夏七夕工作室 花火工作室

赠你温柔，宇宙独有

Give you the unique tenderness of the universe

林一尔 著

江苏凤凰文艺出版社
JIANGSU PHOENIX LITERATURE AND ART PUBLISHING

图书在版编目（CIP）数据

赠你温柔，宇宙独有 / 林一尔著. -- 南京 : 江苏凤凰文艺出版社，2021.5
ISBN 978-7-5594-5419-5

Ⅰ. ①赠… Ⅱ. ①林… Ⅲ. ①长篇小说—中国—当代
Ⅳ. ①I247.5

中国版本图书馆CIP数据核字(2020)第227597号

赠你温柔，宇宙独有

林一尔 著

责任编辑　张　倩
特约编辑　龚　雯
封面设计　小茜设计 Miniqian Designstudio
版式设计　杨思慧
封面画手　陶　然
出版发行　江苏凤凰文艺出版社
　　　　　南京市中央路 165 号，邮编：210009
网　　址　http://www.jswenyi.com
印　　刷　湖南关山美印有限公司
开　　本　880mm × 1230mm　1/32
印　　张　10.5
字　　数　320 千字
版　　次　2021 年 5 月第 1 版，2021 年 5 月第 1 次印刷
书　　号　ISBN 978-7-5594-5419-5
定　　价　42.80 元

Contents
目录

第一章

算我喜欢你吧

程只只知道贺知以即将订婚那晚，大哭了一场。

当时正吃着饭，她爸妈只觉莫名其妙：“你这是怎么了啊？”

程只只三五下把饭倒进嘴里，腮帮子鼓鼓的，眼睛还在冒泪，时不时用手背揩几下：“我替小表叔高兴，真的，妈，这真是个好消息，能在有生之年见证小表叔喜结良缘，我太高兴了！”说着，又抑制不住地大哭起来，嘴里的饭散落一地，“我吃饱了，先进屋了。”

“我说程只只，”安秀吼她，“二十多岁的人了怎么还跟个三岁小孩儿似的哇哇乱叫！”

程臻业按了按自家媳妇的手：“安秀，随孩子去吧，和她叔感情好。”

“你别插嘴，”安秀起身收拾碗筷，“你爷俩和谁都感情好，就只和我膈应。不就是在她叔家住了大半年，人家要订婚了至于哭成这样？没见她为我这个做牛做马的妈掉过半滴泪。”

程只只睡在床上盯着天花板愣神，泪连串地往头皮上流。不知过去了多久，她被冻醒，才发现自己哭睡着了。吸着鼻子翻起身，找到手机，全是尤然的未接来电。看来她是知道了，程只只犹豫着要不要回拨，尤然就又打过来了，她按下免提，把手机扔床上，倒回床上。

“你再不接我就带人来抄你家了。姐们儿，局还没散，我现在来接你，你赶紧收拾下。”

“不来，”程只只翻了个身，“今天没心情，挂了，拜。”

“哎等等等等，别挂，”尤然喝住她，“你必须来。”

程只只叹了口气，在这边闷声了好一会儿，才有气无力道：“不去。尤然，我真难受。”

“贺知以要订婚了你能不难受？！”尤然直截了当，“这局是贺知以攒的，听我话，来。”

程只只的睫毛颤了下，转瞬恢复平静：“不了，我了解他，不会有任何波动以及改变。”

尤然一脚下去，油门踩到底，跑车“轰”一声在郊区公路上蹿出去：“姐妹，你听我讲，贺知以今晚十点才宣布具体订婚时间，时间远近由他说了算，你懂我的意思了吗？”

“他是贺知以，尤然，”程只只闭上眼，又是一滴泪，“不会为谁改变计划的贺知以。”

“傻女！”尤然啐她，“平时横得不行，怎么一遇到贺知以你就这样？”

程只只听见她踩油门的闷响，和风从车窗灌进来的呼啸：“你慢点开。”

“吱——嘭！”紧急刹车，轮胎和地面摩擦，随后是撞上的巨响，安全气囊弹出来，尤然痛吟出声。程只只握着话筒，彻底傻眼：“尤然，尤然你在哪儿？尤然，我马上过来你别怕！”

“嘶~老娘的脖子，”尤然耳朵里塞的是蓝牙耳机，还能听见程只只的声音，“没多大事，追上前面那辆迈巴赫的尾了，我在塘河路这边，你打车来，别骑小电驴。”

程只只此时只恨自己懒惰，考驾照的原因是为了加学分，拿到驾照就压箱底了，小电驴倒成了她常用的交通工具，这下遇到紧急时刻，她爸的车她不敢开，出租车又不好打。

程只只赶到现场的时候，几个医生正在解救尤然，她被卡在了安全气囊和座椅的中间。

然而根本不是小型追尾事故，是她的跑车车头骑在了人家迈巴赫的车尾上，程只只没法想象尤然当时的速度到底有多快，才能造成眼前这个惨状。她摇头，这厮开车总是心不在焉！

“嘀——”后面有车鸣笛，是辆宾利，示意程只只让路，她遂往救护车旁边挪了挪。

她无意识地往那边多瞟了两眼，只见宾利靠边熄火，想必是来接迈巴赫里的人。

一道修长的身影从迈巴赫上下来朝宾利后座走去。

这么巧？！演戏呢？！在这儿碰上了？！

好像有什么东西在程只只脑子里轰然炸开，她闪身躲到救护车后，盯着脚尖，呼吸急促。

却被尤然中气十足的声音打扰："程只只，你过来！"周围似乎静了半秒，转瞬又喧闹起来。

程只只绕到救护车前低声应："我在这里，你小点声。"

"你躲那里干什么啊？"尤然躺在担架上呼痛。

程只只小跑着过去："走吧走吧，我们去医院。"

"你就不用去了，"尤然有气无力地摆摆手，"留下来替我应付迈巴赫的车主和交警。"

救护车响着警铃扬长而去，留下程只只杵在原地。她盯着对面那辆宾利看了好一会儿。车窗紧闭，无法窥视内部。冬夜，降霜了，半空里白蒙蒙的，她最终还是跑上前去敲了敲车窗。

车窗降下，是湛河分外惊讶的脸："只只？！"他上上下下打量她，"好久不见你了啊！"

程只只哭了一晚上，脸上凝着泪痕，头发散乱，羽绒服里裹着家居服，看起来惨兮兮的。她吸了吸冻红的鼻子，朝驾驶座上的晋北点点头："晋助理。"又朝湛河颔首，"湛医生。"

一一打过招呼，余下湛河旁边的人，光从车窗透进来，将他的侧颜勾勒出冷峭的剪影。

她踌躇，垂下眼睛盯着窗沿："贺知以。"他"嗯"了声，再不舍得多发出丁点声响。

两人之间的事，湛河多少知道些，他指了指拖车正在拖走的红色跑车："是你的朋友？"

"嗯，她车技不太好，"她想了一下，继续说，"估计开车的时候和我打电话分了神。"

“我刚听见有人叫程只只还以为听错了，”湛河追问，“你朋友伤得不重吧？”

“只是脖子扭到了。”程只只瞟了眼旁边的人，他额头上似乎贴着块纱布。

“你小表叔——”湛河口中的称呼陡转，“贺知以他没事儿，就额头撞上座椅背擦破点皮而已。”

程只只沉默了会儿，再开口就是替尤然求情：“能不立案吗？车我们会完完整整修好，”她解释，“我朋友她已经被吊销过一次驾照了，第二次吊销恐怕很难再拿驾照，她可能会疯。”

车不是湛河的，他还真不能贸然答应。可车主不作声，他也只能撞了撞身旁人的肩头。

“晋北，”旁边的人拍拍驾驶座的椅背，“通知交警按规矩判责。”语气淡漠，十分疏离。

“是，贺先生，”晋北瞟了眼后视镜，不知是在瞟谁。

湛河嫌厌地“啧”了声，小声埋怨：“冷血。”

“……”程只只扯了扯嘴角，“没关系，”却因为嘴唇太干，唇瓣中间扯出条小口子，开始冒血珠，她舔舔嘴皮，朝湛河摆手，“你们要是忙可以先走，我留下来等交警判责结果。”

湛河刚想说只只见外，随即就是贺知以冷不丁的声音：“晋北，开车。”

发动机被打着，车窗缓缓上升，湛河觉得不可思议，找身旁的人理论：“喂喂喂，贺知以，你就把只只一小姑娘丢在这荒郊野外？万一出——”车窗关紧，阻断声音，宾利脱弦而去。

程只只大半的脸缩在羽绒服衣领里，睫毛上凝着霜，站在马路牙子边好久都没动作。

眼眶热乎乎的，她记起当年首次见面，是在十七岁那年，也不大愉快。

她家和贺家本是远房亲戚，但无血缘关系，她的表太爷爷多年前在自家门口捡到一女婴，取名许芬，就成了她的表姑婆，表姑婆膝下最小的儿子贺知以，就是她的小表叔——贺知以。

二十多年前，程臻业，程只只的爸爸，把自己辛苦挣来的家底借给了刚涉猎建筑行业的许芬。

她爸靠农业起的家，起初只是承包土地种菜，专供超市和酒店，后来政策兴起，国家鼓励农户养殖、种植，她爸就把附近的几座山头包了下来，成立了蔬菜和家禽种养基地，在镇上也算是排得上号的大户人家。程只只从小到大从来都是要什么有什么，过得相当轻松愉快。

而当时建筑业正起步，戏剧性的是，表姑婆和表姑爷凭借这家底，滚成了个百亿富豪。

知情人打趣说她爸目光长远，懂得放长线钓大鱼。

结果她爸只收回本金，连利息都没多要。

那年她高三，住校生，时间紧，通常晚自习放学回到寝室就必须关灯睡觉，基本没有学习时间。她随口抱怨了两句，两家就合计让她住表姑婆家。也没问她的意见，这事就定了。

在收拾行李时，程只只的妈妈把“在人家家里不准闹脾气，不准任性胡来”这些话反复叨叨。

程只只还记得当天就出发去了表姑婆家，五个多小时的车程，中午出发，到申城已是下午五点。她从梦中挣扎醒来看见车窗外的草坪和联排别墅时，以为还在梦里，又闭上了眼。

程只只自家在镇上修的独栋小楼，前门花圃，后面院子，也算得上别墅，但和眼前这片别墅区比还是有着天壤之别。

直到表姑婆叫来刘妈领她进屋，她才彻底从睡意中清醒过来，因为别墅里外的灯差点闪瞎她的眼。

当时表姑婆说给她准备了好吃的，她一时嘴欠多问了句有什么，得到的答案是什么都有。

这可让她高兴坏了，就像牛羊群徜徉在大草原上：“有伊利火炬吗？”顺其自然问出。

程只只现在想起来只觉得那时候的自己就是那种给笑就灿烂、给水就泛滥的纯真高中生，有的吃就不错了，好意思提要求？要不是低龄无知的她非要吃火炬，能把大佬当成销售？

表姑婆把“火炬”理解成了黄金做成的摆设，说明儿个就给她去金铺打两支金火炬。

她解释了好几分钟，才让表姑婆的思维从“黄金”转换成“冰激凌”。

“你们年轻人的词汇都不是字面意思，听得我这个老年人稀里糊涂的，想吃冰激凌那还不简单，刘妈，让最近的连锁超市的销售经理来家里，就说贺家小小姐亲自找他谈点事情。”

当时这话令她瞠目结舌，而表姑婆说得轻巧，像是去市场买肉让屠夫便宜五角钱一样。

她目瞪口呆杵在原地，她想吃火炬这个请求，是不是提得有些过分？

之后进屋过了个把小时，门铃就响了，刘妈在厨房忙活不过来，她便自作主张去开了门。

事实证明，身为客人自作主张是个多么愚蠢的行为，人家家里的一草一木都是认主的！

她握着门把开了条小缝，可屋内外强风对流，门把生生从她手中溜走。

门猛地敞开，撞在门口那人的身上。她被风灌了满怀，才惊觉屋外早已下起雨，7月的雨来势汹汹，投在砖墙上的树影疯狂摇曳，烟草味打着旋儿在半空盘旋，却迟迟不散去。

她记得他接下来的动作就是捂住了额头，还闷闷地哼了声，显然是被弹出去的门撞了头。

可能是梁静茹给她的勇气，她当时不仅没道歉，倒还责怪他站得离门太近。

他拿下捂着额头的手，看了看掌心的血渍，又看了看她，抬眼皮的动作充满了威胁警告。

这可把年仅十七岁的她吓得心脏骤停了半秒，完了，给人弄伤了，是不是得赔医药费？

程只只具体记不太清自己后来说了什么惹到了贺知以，大致的意思好像是：你如果不向我表姑婆告状，我这辈子的火炬全包给你家超市。他当时的脸色，黑得像锅底似的。

突然从厨房走出来的刘妈缓解了这场尴尬的意外，他被热情邀进屋，还被亲切称呼为贺先生。这些都不算什么，最劲爆的是，刘妈让她唤他小……小……表叔？

她立马僵了，像根即将被人掰成两截的冰棒。然而晚来的超市销售经理抹着额头的热汗出现在门口，向她解释路上如何如何堵，别墅门卫如何如何严格……她哪儿还听得进去啊！

一个劲回想走之前她妈在耳边念叨的程家族谱，表姑婆和表姑爷早年忙于事业，老年得子，所以这个与她没什么血缘关系的小表叔，也就是贺知以，只比自己长六岁，但辈分这东西可不能随心所欲。

所以她到底是怎么把气场这么强的贺知以认成超市销售经理的？程只只开始了无数次追问。

是西装吗？是凑巧吗？对，是的，程只只糟心地啧了声，看吧，从那时候就被讨厌了呗！

“小姑娘，过来这边！”正在事发现场调查的交警大叔招呼程只只。

“来了！”程只只的回忆被打断，站起来拍了拍屁股上的灰朝那边跑去。

“这场意外是红色跑车车主的全责，你是跑车车主委托的人吧？现在和我们回队里签字。”

交警大队门口。

程只只刚从警车上下来就看见停在门口的宾利，心登时凉了大半截，可想而知，贺知以有多厌恶她，明明顺路，也不愿载她一起。程只只不想进去了，她想逃回家躲起来。

这时，湛河出来接电话，看见干站在那儿的程只只，说了声：“我待会儿给你回电话”，便挂断电话，朝程只只走来：“怎么不进去？”

程只只张着嘴抬头，喊了声“湛医生”，听上去情绪十分低迷，又摇摇头：“我还没做好准备。”听贺知以冷嘲热讽的准备，和贺知以四目相对的准备。

湛河第一次见到程只只时，她才十七岁，精精灵灵的一小姑娘，很是讨人喜欢。那时候，但凡程只只有什么小病小痛，贺知以绝不会分时间地点，只冲湛河吩咐：“你马上过来。”

十七岁的程只只口无遮拦，爱和湛河打嘴炮，针扎疼了她说湛河肯定没有考到医生执业证，药开苦了她说湛河以公谋私报复她，连腿受伤了让她坐轮椅她也说湛河是想看她出洋相。

贺知以也不管，满脸欣慰地看着程只只，湛河在口水仗里风里来雨里去。

两年的时间，湛河和程只只打出了革命友谊，他也一直把程只只当成亲妹妹在照顾。

湛河印象最深的那次，是在程只只上大一，那时她和贺知以才确定恋爱关系，正处在热恋期。程只只念的申城大学各间教室没有装空调，炎炎夏日，她光荣地热中暑了，回家喊头疼。

顺理成章，湛河又被贺知以一个电话喊去家里当义工。

刚进门就听见程只只的声音，大致内容是贺知以准备给学校捐款装空调，她不准，说贺知以铺张浪费，还说做贺知以的女朋友压力大。湛河特能理解程只只，别说她一小姑娘了，要是哪天贺知以也砸个几百万在他身上，那他同样招架不住“金钱摩擦”在心理上的压力。

程只只把自己蒙在被子里不肯让湛河接近，贺知以坐床边好说歹说，她才肯露出个头。

想起这些，湛河不由得在心里感叹，贺知以曾经是真的把程只只宠上了天，只是可惜。

“欸，只只，爱情不成，咱可以跟他做朋友，你说是不？”湛河点了支烟，难得苦口婆心。

程只只扯出了个难看的笑：“我才不要。”

湛河夹着烟吞云吐雾：“那你说说，你要什么？”

程只只觉得湛河话里有诈，瞅了他两眼，跟他打马虎眼："我要我的快乐。"

"哟，两三年不见，咱只只还学聪明了，"湛河笑了起来，"听哥的，忘了贺知以，你没了他，还有我这个哥哥。最近省医院会到几批实习生，哥给你把把关，找个配得上你的。"

程只只拐着弯儿拒绝："我妈只生了我一个。"话外音就是：我可没有你这样的哥哥。

说了半天还是在对牛弹琴，湛河的声音拔高了两度："我是不想看你以后哭得死去活来、悔得肝肠寸断。贺知以他迟早是要订婚的，而且新娘必须是赵南燕，懂？！"

程只只蹙起眉头，认真领悟湛河咬得死死的两个字眼："必须？湛医生，什么叫'必须'？"

这小妮子重点抓得也太准了吧，湛河神情有点不大自然："行了，走，先进去签字吧。"

程只只突然昂起头："湛医生我现在是不是很丑？"

还有闲心注意仪容仪表？湛河敷衍她："不丑。"

程只只走到车窗面前照镜子，她……她……她就是以这副鬼样子和贺知以重逢的？程只只把乱蓬蓬的头发扎成马尾，冷幽幽地冒了句："湛医生的眼睛还是和以前一样瞎啊！"

"……我招你惹你了？"

和湛河双双走进办公室，程只只感觉开了暖气的室内温度比室外还低，贺知以坐在上座，晋北毕恭毕敬地候在他身侧。听见响动，他淡漠地放下手里的手机，双手交叠搁在桌面上，看了她一眼："坐。"在不明情况的人看来，还以为是程只只犯了事即将被录口供。

贺知以板起脸来气场是真的强得很，连湛河也不敢轻易开口替程只只说情。

程只只扯开凳子坐下，埋头在桌底下抠手指，现在面对贺知以时她才和四年前的程只只判若两人。

那时贺知以住的地方离省二中仅五分钟的路程，而每天早上从老宅开车出发到省二中需要一个多小时，于是这天，在贺知以出差完全不知情的情况下，许芬擅自安排程只只住进了贺知以的家里。程只只心里高兴极了，在表姑家住的时日里，她胖了不止五斤，清晨从两盏燕窝开始，中午的便当里的汤搭配的是佛跳墙，晚上做完作业的夜宵是许芬亲手做的甜点。为了不辜负好意，她就算快吃吐了也要把所有东西吞进肚子里，弄得自己身心压力巨大。

其实以上她都能克服，最具诱惑力的是多睡一小时！多睡一小时对高三生来说是什么概念？就她而言，她可以吃不饱、穿不暖、买不起，但绝对不可以少睡，一秒都不可以。

但是吧……苦涩泛上程只只心头，那是贺知以家欸，感觉随时会把她扫地出门的贺知以。

她为难地告诉许芬这样不好。

许芬安慰她，贺知以是自己的儿子，他的东西她当妈的有权做主，硬是让她住了进去。

但当贺知以回家这天，程只只记忆犹新，贺知以还真把她扔出去了，连带衣服、书本、日用品，然后丢给她一百元打车费，“砰”地关上门。

那天外面在下雷阵雨，程只只从小怕死打雷了，一个劲地敲门求贺知以放她进去。

十分钟过去，里面没有任何动静以及反应，雷鸣声却像要撕破天际，震得程只只耳朵嗡嗡响，她当时只觉得自己再不进屋雷就会劈她头上，索性坐地上扯开嗓门胡乱说——

“叔你娶了婶，就不愿意对我这个拖油瓶负责了吗？！”

“你难道忘了吗？！当年你把我从孤儿院接回来时，曾向院长承诺要将我抚养到十八岁！”

程只只的声音把整栋楼的住户都惊动了，这栋楼住的可都是申城有头有脸的人物，大家纷纷站在电梯口对贺知以家紧闭的大门指指点点。人多力量大，程只只底气更足了，喊的内容更有杀伤力了。

门重新从里打开。

她就势滚了进去顺带关上了门，眼泪汪汪地扯着他的裤管告诉他自己知错了。

她从来没见过贺知以的脸色这么难看，一会儿黑，一会儿青，金丝框镜架折射着某种和他一样冷冽的光。她记得他缄默了好久，抱臂居高临下地睨着她，扔了句“程只只，你行啊”，转身回房间时毫不留情地将裤管从她手里抽走，但她也算是有了进门权。

程只只当时就是以这种死皮赖脸的方式强行进入了贺知以的地盘，以至于她后来经常会觉得缘分是个奇妙的东西，稍微出点差错都不行，要是那天不打雷，她肯定就走了，长这么大她哪受过这种气。

“既然车主都到齐了，就请仔细阅览判责书，若无异议，签字之后就可以自行离开了。”

程只只回神，半个字没听进去，只目睹贺知以在签名那栏龙飞凤舞地画上了自己的名字，随即起身，扣上驼色大衣里的西装扣，头也不回地走了，开门时放跑了屋里的暖气。

程只只盯着方才贺知以坐的位子，好久好久都回不过神，肩膀被谁拍了拍，她才昂头。

“走了。”湛河朝门口摆摆头。

程只只的声音在发颤：“我想待会儿再走，我没事，我很好，我可以，你先走吧，湛医生。”

这还叫没事？湛河啧了声：“大晚上，女孩子家不安全，我送送你。”

程只只咬着唇疯狂地摇头，声音已经带哭腔了：“谢谢你啊！不用了，你看我现在丑成这样，地痞流氓见了我都得绕道。你路上小心啊，再见。”她不想被别人看见她现在的模样。

“行，”湛河见她固执己见，不得不妥协，“我叫辆出租车在外面等你。”

门被关上，程只只放开嗓门“哇”地号了出来，今晚的泪跟不要钱似的哗啦啦往下淌。她心里闷着气，如鲠在喉，除了哭，找不到其他办法缓解情绪。她觉得自己快死了。

刚转弯的湛河听见爆发的哭声，又折了回来，站在房门口拿出手机拨通贺知以的电话。

“喂？”清清冷冷的声音从听筒里传来。

湛河也不说话，就把手机这样拿着。

车里，撕心裂肺的哭声像挠人心肺的猫抓似的搅得人心烦意乱，贺知以的手肘支在车窗沿上，托着头，听着那边一声比一声更凄惨的哭，却不作声。稍后，他抹了把脸，挂断电话。

嘟嘟的忙音响起，隔着玻璃门，湛河拍了段程只只坐在那里放声大哭的视频。

被贺知以扔到旁边座椅上的手机“嘀”的一声响，他瞄了一眼，是湛河发来的微信视频。

虽然只能拍到侧面，不过程只只看起来也非常难过了，白炽灯光照得她血色全失，马尾随她抽噎的动作一起一伏，额前、耳鬓的几根散发也被她的泪沾湿贴在脸上，着实叫人心酸又心疼。

贺知以一时间都忘记关闭视频该按哪个键，此时的手机像个烫手山芋，烫得贺知以手心发疼。

他按下车窗让冷空气进来，然后狠狠地将手机扔到一边的座位上，闭上了眼。

开车的晋北看了看后座的人，动作极其细微地吁了口气，还知道发泄出来，就说明正常。

晋北回想起小小姐大二提分手那年，先生临时决定开拓美国市场，整个人跟没事人似的坐在华尔街高层写字楼办公，按时上下班，定期参加商会，在酒杯和女伴间推杯换盏。他当时佩服先生能在走心的感情里迅速抽身自保，直到一次应酬，先生烂醉后唤小小姐的名字。

一声又一声，唤到自己酒醒，意识清醒，起床服下两粒安眠药才进入睡眠。普通人醉到糊涂通常沾床就睡了，可先生无法入睡，尽管意识已经模糊，但对小小姐的感知依旧清晰。

晋北当时拧开药瓶看了看，所剩药片数量不多，他更加猜不到，这是多少瓶中的其一。

先生十分想念小小姐，不管是在四年前、四年后的现在，还是无数个四年以后。

贺知以合眼靠在椅背上小憩："专心开车。"

晋北一惊："是，先生。"

"丁零零——"

程只只被手机铃声吵醒，她昨晚凌晨两点才回到家，好不容易才睡着，于是相当不耐地接起电话："谁啊？"

"你快要饿死在冰冷病床上的姐妹。这都中午了，程只只你不应该提桶高汤来探病呢？"

程只只把手机拿得老远，待尤然噼里啪啦抱怨完了，她才又拿回耳边："我去厨房看看。"

说完，程只只掀被起床，打着哈欠开门，和正要推门而入的安秀撞了个正着。

"哎哟——"安秀恨铁不成钢地戳她脑袋，"让你爸把你惯的，寒假都快过半了也不去实习。"

"妈！"程只只摸着痛处，"我自己的事情自己知道。"

"我还说不得你了是吧？"安秀火气更足了，"明儿个就给我去你表姑婆公司实习去！"

"我不去！"程只只从空子里钻了出去，"实习我自己会找地方，反正表姑婆那儿我不去！"

当然程只只跑得再快也快不过她妈的拖鞋，她揉着被拖鞋砸中的脑袋，闪身跑进了厕所。

洗漱完毕出来时，屋内静悄悄的，看来她妈已经出门打麻将去了。餐桌上留了三菜一汤，来不及坐下来吃，她找来保温桶通通倒了进去，随后马不停蹄地拿起鞋柜上的钥匙出门。

一路风风火火骑小电驴到医院。

程只只推开病房门，尤然正和一穿着白大褂的小哥哥打得火热。

"我胸口也疼得厉害，小哥哥你拿听诊器帮我听听，是不是把胸撞坏了？"

“还有，还有这儿，你摸摸，”尤然抓住人家的手往大腿上带，“我感觉是粉碎性骨折。”

程只只无语，你都能自己诊断出粉碎性骨折了，还干吗让人家小哥哥摸?

“够了啊尤然，”程只只适时出现，解救了刚来的实习生，“谢谢你啊医生，让你受苦了。”

尤然自个儿拧开保温桶盖，脖子虽然动不了，四肢还是好好的：“你不会说话就别说。”

程只只在尤然这头侧躺下，盯着她看了半晌，没头没脑地来了句：“你真美。”

尤然从昨晚到今天中午没刷牙、没洗脸、没洗头，饿成了兽类，这会儿吃东西的架势无比凶残，根本毫无美感。尤然嘁了声，白了程只只两眼：“说人话。”

“贺知以昨晚赶赴宴会的路上被你撞了，推迟了宴会，所以具体订婚时间还没宣布。我现在盛情邀请你来当我的助攻，帮我重新追贺知以，你来吗？”程只只瞪着水灵灵的大眼。

“咔嗒”，两根筷子落下，尤然满脸难以置信，机械地拿下嘴角的饭粒：“你想通啦？”

程只只双手枕在后脑勺下盯着天花板：“这不是想不想通的问题，因为我有很清醒的认知，当二十岁那个秋天，我向贺知以说‘拜拜’的那一刻，我就已经追不回他了。”

“那你为什么还要……”

“但是吧，我不甘心。分开的这几年我不是没想过试着开始一场新的恋爱，但没有人能覆盖贺知以的影子。所以我想追回他。结果无所谓，重要的是过程，我要在这个无比艰难的过程中，让自己死心。”

程只只翻了个身：“我是个凡人，今后，我也要结婚生子，你说我要不死心岂不是悲惨人生？静静看着贺知以幸福美满的生活，我一个人孤苦伶仃地住在养老院。贺知以最好不要给我希望，一直这样决绝下去，或许我彻底崩溃死心后，那我就是崭新的程只只了。”

程只只看上去大大咧咧，其实比谁都拎得清。尤然喝完汤：“你和贺知以到底怎么了？”

尤然指的是当年，大二结束，即将升大三的暑假，在申城大学念得好好的程只只申请了交换生。贺知以也是在那年，突然宣布近几年公司重心会放在海外。两个人就这样断了联系。

尤然就奇了怪了，到底发生了什么会让两只同林鸟各自翱翔？

程只只没了动静。

尤然支起身子往脚那头看了一眼，这丫头睡着了？！居然还能睡得着？！尤然抓在手里的筷子头眼看就要敲下去，却在看清程只只发青的黑眼圈后顿住，哎呀，算了算了，怪可怜的。

程只只在凌晨两点被尤然的咒骂声吵醒。

“他喵的，伏地上也能给我狙死？这人充钱了吧？！”

程只只从尤然脚这头爬起来，焦躁地抓头发：“你玩儿游戏能不能小点声？”

紧接着一个比方才更洪亮的怒吼：“又死了！啊啊啊！我要卸载这破游戏！”

说着，手机被尤然“啪”地扔到床头柜上，她抬脚踢了程只只两下：“点两盆小龙虾来吃。”

程只只冷酷地睨了她两眼：“医生说你得忌辣。”

尤然爬到程只只面前冲她眨眼卖萌：“蒜香的不辣。”

大晚上的谁能禁得住龙虾诱惑啊，程只只暗暗吞口水：“行吧！”

话音刚落，起身去找自己的粉色头盔：“我自个儿骑车去‘虾娘’，在我回来前尤然你要是敢睡着，我就把汤汁泼你脸上。”程只只撂完狠话，拉开门往外走，房门“啪嗒”落了锁。

程只只骑着小电驴突突地来到虾娘店门口，她双腿支在地上，手扶车头，盯着招牌走神。这家店她和尤然以前经常来，但大一之后就没再光顾过，原因她自己都觉得特别缩头乌龟。

贺知以住的小区就在这附近，她怕遇见他，比如，像昨晚那样，猝不及防。

她也没奢望过盛装出席，但好歹也让她洗个头或者涂个口红吧，昨晚是个什么鬼样子？

程只只仰头往马路对面的高层电梯房望，贺知以住顶层，站阳台上能看见这家店的招牌。

愣了会儿，她甩甩头，暗自骂自己总活在回忆里真没出息。停好小电驴，她推门走进店里，店内的陈设变动不大，免费的醪糟汤圆仍然被藏在不起眼的角落里，靠墙第三张桌子的顶灯坏到现在也没舍得换一换。都凌晨了生意还那么火爆，喝夜啤的坐满堂内十来张桌子。

“三斤十三香，三斤蒜香，多少钱？”程只只走到前台点餐。

“一共消费三百六十，手机支付请扫二维码。”收银员指了指台上的小牌子。

程只只摸出手机，才发现手机拿错了！她连忙拿收银台座机拨打自己的手机，打了好几个都没人接，她断定尤然睡着了！此时凌晨三点整，打电话吵醒其他人肯定会被吐唾沫星子。纠结了大概五分钟，收银员好像看出来点什么，踌躇要不要通知老板店里来了个吃霸王餐的。

“虾……已经开始炒了吗？”程只只小心翼翼地试探着问。

“是的，马上就炒好了，”服务员犹豫了下，“顾客您……是不是没带钱？”

“……”算了，上去碰碰运气！她掏出小电驴钥匙拍台面上，“押这儿，我回家拿钱。”

可能是找到了正面交锋的理由，程只只一路冲到小区门口都不带喘气儿的。幸好门卫李叔还认得她，遥想当年住进来的时候进出小区需要刷门卡，可她老是忘带，也得亏贺知以给的零用钱多，她经常给李叔提水果去，一来二去，她就拥有了自由出入的特权。

“哟，只只回来啦！”李叔从保安亭里探出头。

程只只不由得愣住，有种回到四年前上下学的错觉。她那时每天早晚上下学都会元气满满地和李叔打招呼，“李叔我上学去啦！”“李叔我放学回来啦！”当时李叔也像这样，按开锁然后从保安亭里探出头，“哟，只只今儿真早！”“哟，只只放学回来啦！”

你看，你暂且搁置在岁月里的小事总有人替你惦记着，最后完好无损归还于你。

程只只吸了吸鼻子，走进小区站在窗口前冲李叔笑："您还记得我？"

李叔摆摆手："瞧你这丫头说的，贺先生转告我说你去念大学了，总有一天会回来的。"

她的笑僵在脸上，身体里某个部位像被戳了个洞，风呼啦呼啦地往里灌："他真这样说？"

"我还骗你不成？"李叔冲她昂昂头，说，"你看你好不容易回来趟，赶紧回家。"

"我改天过来看您！"作别后，程只只在小区里左拐右转，轻车熟路地来到贺知以的楼下。进电梯前她告诉自己这次不能退缩，可即将要摁响门铃的时候，她又开始了心理拉锯战。

他要是没在家敲了岂不是也白敲？即便是在家，都这个点了肯定休息了吧？

程只只在门口磨蹭了二十分钟，最后才把注意力集中在了门把上方的指纹锁上。

神奇的第六感告诉她自己的手指似乎还能解开这把锁，她想了好一会儿，才把手指放上去。

"欢迎回家。"机械的女音提醒，门缓缓打开，玄关敞在她面前，客厅的灯也都还亮着。

程只只惊呆了，像只原地振翅学飞的小麻雀，飞不了又走不动。她再三暗示自己是来借钱的，好不容易将活蹦乱跳的心镇定下来，却听见了从屋内传来的脚步声。程只只彻底僵住。

贺知以就站在餐厅那里，一身真丝纯黑家居服，手里握着玻璃杯，杯里是加了冰块的纯净水，杯身渗出薄薄一层水珠。他的头发软塌塌地搭着，少了几分冷峻，多了几分柔和。

今天真的是赶巧了，这身真丝纯黑家居服，是她给他买的。

那个时候，她才住进来，于是为了讨好他，她特意从自己旅行基金的小金库里拿出一大笔钱给他买了套真丝家居服。当她满心欢喜地打开纸盒把家居服拎在手里说这是送给他的礼物时，他本来没什么表情的脸转瞬变得阴骘——

“程只只，你这是在给我置备寿衣？”

“……”她只能选择闭嘴。

再后来知道他的消费品位不俗，她就再也没给他买过半毛钱的礼物，这套家居服也被她遗忘了。直到今晚在这里再次见到它，程只只有种恍如隔世的错觉，衣服板型不错，他穿着好看。

“有事？”贺知以杀过来的眼神如同冰凌扎伤了程只只的眼睛。

她认死地咬咬牙，到嘴边的“借我五百元”却变成“不好意思我走错了”。

说完，她当真就点头哈腰地退了出去，还顺带体贴地给人把门关上了。

人还没跑出半米呢，门却从里打开了：“程、只、只！”是那种发自咽喉深处的低吼声。

被吼的人双脚定住，慢腾腾地转过身来，知道自己错了头垂得极低：“我是来借钱的。”

贺知以的脸色又黑又臭，握着杯身的指节泛白，他扯扯嘴角看样子是要说什么难听的话，却见程只只自己从门缝钻了进来，还熟门熟路地从鞋柜里拿出拖鞋换上，并在客厅陈列架第三列的抽屉里找到钱夹从里面扯了五百元钱出来，然后拉上拉链放回原处：“就五百，没多拿。”

贺知以的喉结上下滚动了一下。

她总是能轻而易举地让他活成回忆里的贺知以。

高三那年她的生活费归他负责，但他哪有那闲工夫管她这些芝麻粒儿似的琐事，况且她那时候可招他烦了，他索性就将整月的生活费放在钱夹扔抽屉里。每个周一的早上，程只只出门前最重要的事情就是拿本周的生活费。

像今晚这样：“就两百，没多拿。”

玻璃杯被重重地搁在餐桌上，“哐”的一声响，程只只扭头看向他。贺知以大步流星走过来拽起程只只的手腕，将她整个人朝门口拖：“谁允许你进来的？谁允许你动我的东西？”

程只只赶紧抱住酒柜不肯撒手：“你别拖我，不然这整排酒柜倒了，你再也喝不到私酿了。”

贺知以薄唇紧抿，下颌和咬肌形成两条棱角分明的折线，下一秒，他甩开了她的手腕。

正当程只只揉着自己被他拽红的手腕窃喜他拿她没辙时，却见他拾起了沙发上的手机按下三个数字键——110？至于吗？至于惊动警察叔叔吗？人家警察叔叔半夜不睡觉的吗？

程只只慌了，伸手去抢贺知以的手机却扑了个空。那边已经接通了，贺知以斜眼锁着她，眼尾冷得要命：“你好，这里是公园大道美科郡，有人私闯民宅滋事，企图破坏私人……”

贺知以半路被堵住的话是被程只只吃了。

程只只觉得自己可能是脑壳秀逗了才会跳起来挂贺知以脖子上用嘴堵住他的嘴，精简的说法叫作强吻。她还死不要脸地用双腿缠住他的腰，忘了呼吸差点断气但她却自我感觉良好。

程只只的十根手指头也没闲着，正在对贺知以的脊背、胸膛上下其手。

今晚生米煮成熟饭，明早一哭二闹三上吊，这事就成了！她想得可美了。

贺知以大脑有片刻空白，她很生涩，根本不是在吻，分明是在咬他的舌头和嘴唇，还自以为挠痒似的手法是在撩拨。贺知以一把把她从身上拽下来并推开她，赏了她两个字：“下去。”

力道有些大，程只只没站稳，当贺知以伸手捞她时为时已晚，程只只连退好几步撞倒了身后的酒柜。刹那间，酒瓶一瓶接一瓶地往地上砸，她肿着唇呆愣在原地，听着稀里哗啦的破碎声，闻着价值不菲的液体的醇香。这些酒不是拿来喝的，是收藏者的情怀！大多数已停产，意思就是有钱也买不到。程只只脑子里奏响了哀乐燃起了几炷高香，呵呵，我死定了。

“喂，先生？先生是遭到袭击了吗？我们民警正在赶来的路上，请您坚持！”

贺知以此时就是拿叉的死神，他掐断电话，就像掐断某人脖子那样大力。

程只只心虚地挠了挠鼻梁，用微乎其微的声音为自己开脱：“你说你干什么非要推我呀？”

一股火从肝上直接涌到了贺知以咽喉处，落地窗外的月光浑浊得很，将将让他一半陷在黑暗里，一半陷在月光里："程只只你现在做这些到底算什么？"嗓音冷冽到如同寒天冰窖。

一下子就浇熄了程只只希望的火苗，她埋头不敢看他，静默了好一会儿："算我喜欢你吧！"

"滚。"

一个字令程只只打了几个哆嗦，她麻利地跑到玄关穿好鞋，还不忘捡走了地上的五百元钱。

她连滚带爬地冲回"虾娘"把钱拍在前台上："快，虾，钥匙。"

收银员吃惊地上下看了她两眼，走去后厨将温在保温箱里的小龙虾提了出来："顾客慢走。"

程只只拿回自己的小电驴钥匙，出门骑上车将两盒虾挂在车把两端，她没再去医院，而是骑回了家。到家时天快亮了，她坐在房间的阳台上剥光了六斤小龙虾，顺便赏了回日出，她望着从东边冉冉升起的红日，说不出心里是个什么滋味儿。按理来说被贺知以骂了应该难过，但她好像并不难过，倒还觉得贺知以言之有理，毕竟是她先对不起他，啧，爱情真让人卑微。

程只只腰酸背痛，在家蒙头睡了两天，第三天去医院时，护工正在收拾尤然的病床，尤然准备出院。她戴着个护颈站在旁边，见程只只扶着腰挪进屋："哟，你这姿势是怀上了？"

程只只挺直腰杆坐下："撞柜子上了，医生给你开的膏药还有剩的吗？给我两张贴着。"

"啧啧，腰还能撞柜子上，你不会是被谁壁咚了吧？"尤然满口跑火车。

房间突然安静一会儿，程只只揉了揉鼻子："对。"

尤然的脖子还不能随意转动，她慢慢地将脸拧过来："你和贺知以好了？"

"没，我啃了他的嘴，然后被他推开了，我没站稳撞倒了他的酒柜，最后连滚带爬跑了。"

尤然嘶了声，听得意犹未尽，但却浮想联翩："真不愧是贺知以，到嘴的肥肉都不吃。”

“……”程只只冷幽幽的，“我不是肥肉。”

尤然比了个OK的手势：“好的，你不是，才怪。”

“尤小姐，行李收拾好了，该去门诊大厅办理出院了。”护工打断似要继续斗嘴的两人。

两人卡在病房门口互不相让，程只只依仗自己体格瘦弱，先挤了出去，却在楼道间撞见了晋北：“欸欸，晋助理，你身体不舒服？”一般来说，贺知以生病首先要找的应该是湛河。

“小小姐，”晋北冲程只只和尤然先后颔首，“不是我，是贺先生。”

难不成我还把贺知以啃坏了？程只只歪头问：“居然还有湛医生都治不了的疑难杂症？”

晋北抿抿唇，一副欲言又止的模样：“抱歉小小姐，有关贺先生的私事，我不方便说。”

程只只和尤然面面相觑，开始了只有两人能懂的眼神交流——

程只只眨巴眨巴眼：我能想到的只有重金求子。

尤然满头挂满问号：你的意思是贺总不孕不育？

程只只：那你说说，还有什么难以启齿的私事？

尤然恍然大悟：你说得有道理！

晋北在两人无声的对视中咳嗽了两声：“小小姐要是没事，我就先过去了，先生还在等。”

“有事！”程只只喝住晋北，“晋助理，你们公司最近缺人吗？你看我怎么样？合适吗？”

晋北稍愣：“具体招聘信息请小小姐登录官网查询，www.xuanhe.com。”

“……”程只只咬咬牙，“没事了，你先走吧！”

尤然盯着晋北远去的背影，唏嘘道：“你看看贺知以带出来的人嘴巴紧得跟蚌壳似的。”

“蚌壳还得张嘴吐沙呢！”程只只愤愤不平，“这个晋助理简直就是修炼成精的人精。”

“不过话说回来，你还真打算进煊贺？每天就在贺知以眼皮子底下晃来晃去？”

“实不相瞒，我背着你连简历都准备好了，”程只只磨刀霍霍，“不入虎穴焉得虎子。”

“行，贺总不孕不育的猜测要是铁锤，记得告诉我，咱把消息卖给狗仔，酬金你六我四。”

“……你一说话我就觉得你还不如是个哑巴。”

两人你一言我一语走到缴费窗口排队，傍晚时刻排队的人不多，没多会儿就结清了费用。

两人站在医院大门口不知道何去何从，尤然卧床太多天，心早就飞去了酒吧，程只只刚睡醒，不想又回家睡觉。于是，两人统一意见，先去吃火锅，再去酒吧，最后去夜市吃烧烤。

恰好这时候来了个买单的，程只只接起湛河打来的电话：“喂？”

“听说贺知以的酒柜被打翻了，你就是那个打翻酒柜的勇士？”

“……”程只只太阳穴突突地跳，“你有话快说。”

“小只只，真的是你啊！”那边响起湛河大快人心的笑，“贺知以从大学就开始收藏那些酒，别说给我喝了，闻都不给我闻，只只，你做了我这些年想做却不敢做的事。今晚千万别拒绝，这顿饭哥请定你了！”

“上车上车，”程只只招了辆出租车把尤然塞了进去，“秦记老火锅等你，记得带上银行卡。”

“谁啊？”待程只只挂了电话，尤然凑近问。

“贺知以发小，一医生，”程只只摸着下巴打量尤然，忽然哪壶不开提哪壶，“你爸不是最近在催你找对象吗？我看湛医生就挺不错，你们一个总犯神经病，一个医术高明有药医。”

尤然冷不丁地来了句：“今晚卡座酒水钱你付？”

损话到嘴边转了一百八十度的弯：“他不错是不错，但配我的然姐还是差太多，嘻嘻！”

“送病历本需要这么久？”

晋北推开病房门，贺知以正在扣袖扣，他欠了欠身：“碰见了小小姐，搭了两句话。”

贺知以整理领口的动作顿了顿：“嗯。”他扯过搭在架子上的领带，对着全身镜熟练地打了个简洁的结。正当晋北以为他不会再过问想要退出去时，贺知以迟迟地开口：“生病了？”

虽省略了主语，但晋北听了出来：“不是小小姐，是她的朋友，前些天撞上了我们的车。”

领结打得有些紧，贺知以松了松，套上呢大衣，又过了会儿，才问：“聊了什么？”

晋北愣了下：“小小姐貌似打算去煊贺应聘，但据我了解，近来公司人事没有招聘计划。”

“有。”他最后戴上手表，稍低着头扣表带，声音冷冷清清的。

晋北微微吃惊：“先生，校招时公司已经招满，现实习生属于饱和状态，人事那边——”

“人事那边你找刘经理核实，”贺知以打断晋北，他终于穿戴完毕，抚平呢面上的褶，“今晚的时间空出来，答应了粱丛和他吃个饭。明儿周六，这周放你两天的假，你下班了。”

晋北双手交叠点头：“谢谢先生！”

晋北走出病房，总感觉哪里不对头，好像有什么话题被贺先生成功带跑偏了……

第二章

骗人是小狗，贺知以，你是大狗

火锅店里。

湛河在秦记预订了包间，程只只和尤然由服务员引到包间门口。

推开门，那张近来日思夜想、魂牵梦萦的脸庞缓缓出现在程只只眼前，她脑子里立刻展开直击灵魂的三连问：五百元我现在要还吗？他会不会找我赔酒钱？不想还主要是赔不起咋办？

“来，只只和你朋友坐这边。”湛河起身张罗，安排的位子倒也微妙，坐在贺知以对面。

包间里有见过程只只的，也有没见过的，但都乐融融地和她打招呼。贺知以例外。他面前一个油碟、一个瓷盘，盘里夹了条耗儿鱼，正慢条斯理地理鱼刺，连眼皮都没舍得抬一下。

湛河被程只只“他在这里你怎么不早说”的眼神来回剐了数遍，湛河头疼，他这种卡在中间不上不下的好朋友、好兄弟关系实在难做到一碗水端平。今儿他原本只约了程只只，结果刚走进秦记就碰见了高中时期几个关系不错的老同学，平时虽有联系但时间凑不到一块儿，那几个就合计着干脆小聚一下，就这样你一个电话我一个电话攒局，贺知以也被他们攒来了。

尤然从进门就两眼发光，凑到程只只耳边低声道：“谢谢姐妹带我欣赏大佬们吃火锅！”

“啊？”程只只费解。

“邻桌正背对我们坐的，叫翟佞，翟氏的老总，身家后面挂十个零，当然，比贺知以还差点儿。翟佞旁边的叫何守默，精算界的神人，身家不可估，但听说大学在读时就结婚了。还有正在和贺知以言笑晏晏这个，叫粱丛，我爹最近超想拉拢的投资商。好了，我要去混个脸熟。”

“啊——还有，”尤然突然回头冲她打了个响指，“请你吃饭的湛医生非常上道，记得替我谢谢他今晚攒的好局哦！”话毕，她端起酒杯朝梁丛走去。

程只只用手肘碰了碰湛河的胳膊：“你听到了哈，我就不转述了。”

湛河嘴里嚼着鱿鱼丝，眼睛不知道在往哪儿看：“嗯，我听到了。”

梁丛这名字有点耳熟，程只只戳着碗里的牛肉丸，嘶——她越想越不对劲，要是没记错……尤然说的梁丛……好像挨过她的骂？大概是高三那年，某晚，程只只洗漱之后正打算睡觉，只听见房门外“咚”的一声闷响，像什么重物落地，吓得她睡意全无，赶紧爬起来查看情况。

结果是贺知以醉得分不清东南西北摔倒在了玄关。

在程只只当时的记忆里贺知以就已经千杯不倒了，可想而知这得灌多少酒才能让他醉成摊泥。正当程只只准备拖贺知以进屋时，落在旁边的手机亮了，那上面闪烁的来电人就是梁丛。

她接起电话，听那边人醉醺醺的语气也听得出他比贺知以好不到哪儿去，那时候的程只只也不知从哪儿冒出来的无名火和胆量，冲那边一顿劈头盖脸地骂：“梁丛是吧？还好意思打电话来，你说你安的什么歹心把我小表叔灌成这样，你自个儿闷头睡大觉吧你别打电话了，拜！”

撒完火她利索地掐断电话并按下了关机键。

“哟，梁总，可真是赶巧，在这儿把你给撞见了。”尤然的搭讪在程只只听来并不美妙。

果不其然，她就知道！这死丫头下一句自我介绍就是“我是贺总表侄女的闺密，尤然”。

梁丛似笑非笑地在想什么，忽地用拔高两个度的声音说：“贺大少，跟你讲个趣事儿，我被你表侄女骂过。”

尤然冲她挤眉弄眼：你咋没告诉我还有这茬？

程只只孤独弱小又无助：我自己都忘了。

包间里的杂声戛然而止，大家纷纷朝正在涮鸭肠的程只只投去探寻的目光，包括贺知以。

程只只如芒在背，她对上他深邃不见底的眼睛，也就两秒，最终败下阵来：“我……”她还真找不到话接，于是掐了把坐旁边的湛河的大腿，疼得湛河倒吸凉气，赶紧接道：“梁丛你记错了吧？！”

梁丛压根儿没往心里去，只是说出来乐乐：“怎么可能，原话我都还记得，我背出来给你听听？”

贺知以给梁丛碗里夹了个虾饺。

梁丛脸上的笑险些挂不住，他的眼力见儿在圈子里是出了名的好，况且贺知以从不轻易给谁夹菜，依目前这个情况来看，是在提醒他闭上嘴巴认真吃饭。

“好像是我记错了。”梁丛干笑了两声，被吊胃口的大家啐他，包间里转瞬恢复热闹。

程只只松了口气，开始敞开肚皮吃火锅，旁边的湛河推推她：“你朋友酒量好像不错。”

程只只顺着他的视线望过去，尤然不知什么时候见缝插针坐在了梁丛的旁边，两人仰头一杯又一杯，程只只收回视线在锅里捞肥牛：“她完全是酒仙，我从来没见她被谁放倒过。”

湛河漫不经心地点点头：“吃完饭，还有什么安排？”

程只只被肥牛烫到嘴了，不停地用手扇风：“和尤然去蹦迪，但你千万别跟着我们去。”

湛河不满地搁下筷子：“你歧视我？”

“你要是去了，我估计这包间里的人都得跟着去，那我还怎么换上我的性感小吊带蹦？”

“那行吧，”湛河选择妥协，“下次我单独约你和你朋友。”

这话听上去哪里不对劲，但程只只没细想，注意力全集中在火锅上。

贺知以的目光有意无意掠过对面有说有笑的两人，指尖一下又一下地轻磕桌面，身边的梁丛和尤然聊到有趣的话题转述给他听，他也只是淡淡地“嗯”一声，把玩着手里的茶杯。

过了半晌，他仰头饮尽杯中的茶：“既然大家都停筷了，不如换个场子玩玩？”

程只只刚刚点了盘蟹腿还没上菜呢！她嘴里塞满肉扭头对湛河着急地“嗯”了半天，湛河倒是明白了她的意思，但见贺大佬已经招来服务员结账，只好安慰她：“哥下次请你吃。”

“我知道一家气氛非常不错的酒吧，只只和我经常去，咱们可以去那里继续。”尤然提议。

话说完，程只只总感觉后脑勺凉飕飕的，她转身看贺知以，只见他正和翟佞聊什么，与她目光交会时，也只是匆匆一瞥，完全没把她当回事。是她想多了吧，她回过头摸摸后脑勺。

接触下来梁丛觉着尤然这小姑娘特有潜力，便附和：“成，那就麻烦小然给我们带个路。”

“梁总这话说得就见外了。”尤然笑呵呵地先行出门联系代驾。

程只只追了出去，拉住尤然的胳膊：“你还真带他们去蹦迪？！”

尤然拍拍她的手背安抚她：“现在是你姐妹我事业的上升期，再说了酒吧又不是只能蹦迪。”

“那没意思，我不去了，”程只只转身回包间，“我回家睡大觉去。”

“喂喂喂！”尤然把她拽了回来，“你真不去看着贺知以？他要是被谁勾走了我可不管。”

程只只沉吟了会儿：“也对，我去。”

秦记门口。

程只只对尤然的办事效率很是服气，她是怎么在短时间内找到十来个代驾？又是怎么在推杯换盏间记住所有人的名字的？程只只看着她准确无误地喊出各路总裁的姓氏，并将他们安排上他们自己的车。说实话，程只只连刚才尤然给她特别介绍的那几个她都有点对不上号了。

但程只只记得贺知以的车，她守在他的宾利前等着他来。

湛河从驾驶位上伸了颗头出来：“只只，咱们一起过去。”

“我才不要，”程只只不耐地摆摆手，“快走吧你。”

“你还想着坐贺知以的车？”湛河看似要开车门下来强行邀请她，程只只猛向尤然使眼神让她阻止湛河，尤然收到求救信号，拉开湛河的副驾驶位的门：“湛医生，麻烦你先送我到酒吧。”

湛河收回伸出去的腿，二话不说，甩上车门，打着发动机，车跟离弦的箭似的射了出去。

湛河一手掌着方向盘，另一只手摸着下巴，眼睛时不时瞟向后视镜，很明显的心不在焉。

尤然在聊微信，拇指和食指快速穿梭于手机屏上，也不知在和谁聊，嘴角咧到了后脑勺。

湛河的目光落向前方，毫无疑问，尤然不记得他了，又或者说，和他那丁点交集被她自动清了零。不应该吧，湛河“嘶”了声，挪了挪身，左右想不明白，她明明喊过他湛医生，不应该忘得这样干净，至少在听见“湛”这个姓氏时，多少该有点反应，但她没有，完全没有。

“尤然。”他突然出声。

本灵活动作的手指停在了手机屏上。

这小动作逃不过湛河的眼，她明明记得他，却假装不认识。

就几秒，手指恢复动作，尤然依旧抱着手机，没抬头：“嗯？”

十字路口灯转红，湛河猛一记刹车，刚好压白线，系着安全带的两人惯性前倾。

湛河侧头，看着尤然，全然和半年前拽着他的手乞求的尤然成了两个人。那天晚上轮到他休息，却被一个急诊唤到手术室。凌晨，他换好白大褂从办公室出来，手里捏着才出炉的手术方案，病人年纪过半百，脑溢血，最棘手的是心脏做过搭桥，情况复杂，凶多吉少。

他从电梯里出来，旁边是楼梯口，阵阵骂声从黢黑的楼道里传出来，是个女孩子——

"你最好祈祷我爸平安从手术台上下来，不然你坐得稳总监这个位子，我尤然改姓。"

"还有，我先给你提个醒，我爸书房装了针孔摄像头，我们秋后算总账！"

待她转身，和他目光交会，他撞进了一双闪光的眼睛里，分不清是泪光还是反射的灯光，反正那双眼像有汲取心神的魔力。他微怔，还是旁边的人推了推他才回神，转身进了会议室。

术前简短的会议，结束后大家各司其职，做最后的准备。

他走出会议室，被一群白大褂拥着，走在最前面，正要进手术室时手被谁拽住了。

是她。

"湛医生，求求你，一定要救活我爸爸，"她哽了哽，泪珠子成串往下砸，没了刚才在楼道里接电话的嚣张跋扈，泪眼汪汪地恳求他，"在这世上我只有我爸爸这一个亲人了。"

在这医院他见惯了生死，按理说他不该动容的，他看着那只被她紧紧握住的手。

他的视线慢慢从手转移到她的脸上，她强忍着不落泪，一个劲哽咽的模样，像个极力表现自己很懂事的小孩。他拉下口罩，对身旁的人道："你们先进去，给我三十秒钟。"

手术室门口剩下两人。

"如果你想听实话，病人生还概率小于百分之三十。"

"但请你相信我，我会百分之百完成那百分之三十。"

她一愣，含着泪，拼命点头。他握了握她的手，接着抽出手，扭头进了手术室。

手术中的红灯亮起。

一场和阎王抢命的手术，持续到紧要关头时，那双泪眼从脑子里急速闪过，他更加聚精会神，灯下的手术刀折射着和他神情一样凛冽的冷光。五小时后，室外的红灯终于转绿。

他迈着疲乏的步伐走出来，走廊空无一人。身后有同事想要搀他，他摇摇手，慢腾腾地在她先前的位子坐下。他合着眼，头抵着墙，消耗过大，脑子里空白一片，整个人轻飘飘的。

也不知那晚在过道坐了多久，印象中好像睡着了。直到医院开始上班，他被声响吵醒，才想起什么，起身去了住院部，却被值班的护士告知，昨晚的病人连夜转院了，还说直接包机去了国外，那边有更好的医疗设备。他听后，某个地方像被蚂蚁夹了一下，细细麻麻地疼。

而后他却笑了，生死攸关，命悬一线，医生自然是病患家属的救命稻草。

是他失了医德，竟觉着小姑娘是在对他示好。

就这样，湛河再也没见过尤然，也没有费心思打听她，他挺信命的，命里没有莫强求。

但现在，命强制性地把她再次推到他面前，湛河的神色忽然变得轻松：“你爸爸还好吗？”

尤然心跳乱了一瞬，整了整呼吸，点点头：“还行，”她迟疑两秒，“多亏有你，谢谢！”

湛河握着方向盘的手指收紧，但心情分外畅快。红灯转绿，他一脚油门，车冲了出去。

一路沉默，快到目的地时，车速慢了下来，他突然道：“为什么装作不认识？”

她表情淡淡的，隔了会儿，才舒出口气：“因为丢脸。”

她爸白手起家，小时候她跟着吃了不少苦，从贫穷到富有的过渡让她熟知人情世故。以前避而远之的亲戚们现如今笑脸相迎，关于人心，她看破，不说破，心也就这样一点一点地硬了起来，她已经很多年没有掉过半滴泪了。人前，她知事，顾大局；人后，她果敢，爽朗。

她爸这次得了脑溢血后发生的事触及了她的底线，她爸一路扶持的亲戚竟反咬一口，令她爸气急攻心，差点丢了命。她很难过，她知道人心坏，但不知道能坏到这种地步。所以，她哭着求湛河竭尽全力时，完全丢盔弃甲，没了往日的风采。这是她活到现在，第一次将脆弱展现在人前。

于是，当她爸脱离生命危险，当她真正冷静下来，就连夜跑了。

到了地方，湛河倒车入库，半个身子侧着，一手掌握方向盘，一手搭在尤然的椅背上，时不时看看后视镜，时不时看看她，脸上的笑又痞、又讨打："看不出来你还挺顾面儿。"

尤然的脸难得一红，还不忘抬杠："你在我面前哭成那样试试？"

反观程只只这边。她站的地方是个风口，冻得她原地跺起了小碎步。

贺知以去吸烟区抽了根烟，出来时发现人走得差不多了，隔得不远，他看见了程只只。

她埋着头，脚尖在摆弄地上的碎石子，神情十分专注，额前的碎发扎在眼皮上也没拂一下。夜里开始降霜，周遭浮着层薄薄的雾气，主干道上路灯的光投下来将她的影子拉得老长。

贺知以记起程只只高三时也耐着性子等过他。那时候她的成绩不稳定，被班主任问到心仪的大学和专业时，她回答的是都可以。班主任认为她的学习态度有问题，被勒令请家长。

以前他工作日天天加班，通常晚上回到家她已经睡下了，可那天，她不仅没睡，还破天荒地给他熬了黑米粥。他其实在公司用过餐了，但想探探她那葫芦里究竟卖的什么"狗皮膏药"，于是就遂了她的意在餐桌前坐了下来，喝粥期间他不作声，碗里的粥见底他起身要回房间。

她终于贴出了狗皮膏药："贺知以，我被通知请家长了，你明天能抽空来趟学校吗？"

他当时不允许他喊自己小表叔，因为听起来显老，但他也没允许她直呼其名。

"看情况。"他只留下这么三个字，便提步回了房间。

结果第二天这事被他忘得干干净净。还是快要下班时，晋北提醒他，她在等他。

祸不单行的是，碰上星期五又下雨，十分钟的路程堵成了半小时。赶到省二中时，天黑尽，巧的是，那时候也是冬天，细雨夹着霜，半空中白蒙蒙一层，而那坨黑乎乎的人影就蹲在保安亭的屋檐下，雨水一滴又一滴地顺着屋檐砸在水洼里，她愣怔怔地盯着那处水洼。

他的心就是在那刻软下来的。

他打开车门，从马路这边走到她面前，她昂起头，眼睛里的光在看到他出现时异常地闪。

“是班主任把你撵出来的？”他那会儿的口气不怎么和善。

她摇摇头：“我怕你来了找不到我在哪个教室，所以就站在外边等你。”

他记得自己沉默了许久，再开口时声音有些颤：“对不起，我来晚了。”

在之前那段感情里，她做过最大的付出应该就是等他。而爱她，几乎要了他的命，尤其是在她决绝离开那天，贺知以忽然这样想。

程只只闻到风中有股烟草味，面前的车“咔嚓”解了锁，她连忙拉开副驾驶的门坐了上去。

贺知以拉开驾驶座的车门，吃饭时他滴酒未沾可以自己开车过去。程只只生怕他像那晚把她扔下，紧紧抓住安全带：“其他人都走了，你顺道载我过去，行不？”

“我说不行你会下车吗？”贺知以推了推鼻梁上的镜架。

程只只疯狂摇头。

发动机被启动，贺知以从后视镜里瞥了她一眼，声音像从凉幽幽的溶洞里传来：“地址。”

“山河区宋安西路夏沙街巷子口右转203号。”程只只一口气报出这串地址都不带停顿的。

贺知以意味深长地扫了她一眼，程只只意识到自己嘴快，立马坐直了腰板急忙摆手解释：“不是我，我很少去那里，是之前尤然喜欢去，她喝了酒不能开车，老是叫我骑小电驴接她。”

贺知以双手掌控方向盘，时不时从副驾驶外的后视镜里看两眼车况：“和我有关系吗？”

程只只窝在座椅里，两只手死命捂住耳朵：“听不见，听不见。”

“……”环形道，贺知以猛打方向盘，程只只的脑袋“哐”地甩在车窗上。

两人不再开口说话。车稳稳行驶上内环，车速转瞬快了起来，程只只本是挺爱找话题的人，此时也抿紧唇，车窗上覆着水汽，因车速过快凝成水滴像小蝌蚪似的往车窗后游，她看得出神。

夏沙街是条酒吧街，贺知以的顶配宾利减速开进来，吸引了不少站在自家酒吧门口揽生意的服务生。尤然常光临的那家叫焰欲，档次高但消费也出奇地高，开套酒分分钟上六位数。

一般车辆需要停在夏沙街对面商场里的地下车库，但尤然是VIP，享有停进焰欲的地下车库的特权。车在焰欲门口停下后，打着圆边蝴蝶结的侍者跑了过来，正当程只只准备报尤然的手机号时，驾驶座上的贺知以直接打开了车门，把车钥匙交给了侍者。程只只小嘴微张，这是什么消费级别？

“贺先生，晚上好。”一位梳大背头，脚踩锃亮大皮鞋的中年男子笑吟吟地迎了过来。

程只只认得这人，是焰欲的经理，有次尤然玩兴奋了，成了当晚消费最高的女王，就是这人亲自来卡座送的祝贺香槟。尤然第二天睡醒了痛心疾首，焰欲的经理咋会是位老大叔？

贺知以点头表示打过招呼：“李经理你忙你的，我这边有朋友张罗。”

程只只不屑地冷哼了声，瞧瞧这排场，还真是斯文败类啊！

见两人还要继续攀谈，程只只气不过，转身自个儿进了焰欲。

她对这里不陌生，但平时尤然的专座上不是他们，她正纳闷，只听见头顶传来熟悉的尖叫声：“只只，抬头！二楼！”尤然站在二楼看台喊她。焰欲有三层楼，一楼中间舞池，二到三楼是设有卡座的环形看台，可以看见舞池。程只只和尤然喜欢去舞池中央甩脑壳，所以她没去过楼上。

“咦，楼梯在哪儿来着？”程只只看了半天被灯光闪得晕头转向也没看到从哪儿上楼。

这时，几名侍者簇拥着贺知以进门，他走到阶梯处停了下来四处张望。程只只以为他在找自己，双手跟鸡翅膀似的扑棱，可结果，贺知以的视线在她身上停留了半秒，扭头左拐。

……程只只讪讪地摸了摸鼻梁，提步麻溜地追了上去。

没人敢拦贺知以，可任谁都敢拦程只只啊：“小姐，请出示证件。”

证件？程只只迟疑，慢腾腾地从卡包里摸出身份证：“这个？”

保安憋住不笑：“小姐，是年消费上百万元的金卡。”

那贺知以进出得如此自由，他肯定有比金卡还金的卡！他果然在这里夜夜笙歌！程只只把自己气成了河豚，她挤开安保三两步登上楼梯拽住贺知以的手：“你们看好了，我男朋友。”

保安憋不住还是笑了：“小姐，你快下来，别碍着贺先生的道。”

程只只撇着嘴盯着贺知以，偏偏他冷脸置若罔闻。程只只抠了抠他的掌心，他才终于有了动静。该出现时不出现的尤然出现了，她噔噔地从楼梯上跑下来，冲保安甜笑：“我姐妹。”

“原来是尤小姐的朋友，”保安不好意思地笑笑，“刚才多有得罪。”

贺知以的手无声地从她手里抽走，径直上了楼。程只只泄了口气，然后盯着尤然：“姐妹，你好棒棒哦，你出现得真是时候。”

“你现在才发现哦？”尤然勾着程只只的肩膀朝二楼走，完全没有理会程只只话里有话。

程只只和尤然走上二楼，看见贺知以的右手边居然还留有空位，那不就是属于她的女友的位子吗？！

她感激涕零地紧紧握住尤然的手：“谢姐妹替我留位子！今晚这里除了我，你就是最美的！”

说完，她立马撒开手奔了过去。

一股青柠味的风卷了过来，贺知以看了一眼坐下正取包包的程只只，端起酒杯继续和梁丛聊天。

方才程只只上来时，翟佞去了洗手间，这时才注意到她。

程只只高三时，他在贺知以家里见过她，当时贺知以给他做介绍：“只只，这是翟佞，我的朋友。”

她盘腿坐在沙发上吃冰激凌、看电视，繁忙中敷衍地转头瞥了他一眼：“哦，翟叔叔好。”翟佞差点没拿稳手里的公文包。

想到这里，翟佞笑了出来，呷了口酒：“知以，你表侄女长大了。”

“哦。”贺知以忽略。程只只显然记不得翟佞了，指着自己，歪头道：“翟总，我们见过？”

翟佞的眉头抽了抽，这小妮子喊完叔叔就不认人了？！他搁下酒杯：“也算是见过吧！”

“我这人记性不好，该自罚。”她笑嘻嘻的，端起酒杯朝翟佞举了举，仰头一饮而尽。

翟佞起了玩心，和她开玩笑道：“我们这儿的规矩是三杯起罚。”

贺知以倚着靠背，酒杯里有晶莹剔透的冰块，被他端在手里轻轻摇晃，发出哐当哐当的撞击声。可他丝毫没有要替程只只解围的意思，小口小口地啜饮着杯中的酒。

“成！”程只只咕咚咕咚灌下两杯，啪地把杯子倒扣在桌上，“这儿的黑啤可真甜呐。”

“甜？”贺知以难得地理她，“你手边的农夫山泉也甜，没见你多喝两口。”

“哦，是吗？”翟佞这只狐狸笑得开怀，“甜就对了！来，别管你小表叔，多整几杯。”

湛河见状，和梁丛换了个位子，坐在了翟佞的旁边：“姓翟的，你这根老油条敢灌我家只只？！来，色子给爷递过来，爷今晚就让你竖着进来，横着出去。”

服务生陆续推车送来酒和大大小小的杯子，湛河逐一将大杯子摆放成一条笔直的线，小杯重叠在两个大杯的边沿，大杯里倒有半杯透明的龙舌兰，小杯里倒有半杯棕褐色的利口酒，哐的一声响，小杯挨着撞击掉落在大杯里。

表演完毕，湛河在捧场声中鞠躬谢幕。

程只只眼睛都直了，遮住嘴低声问尤然："点这么多，喝不完吧？"潜台词是，你钱带够了吗？

尤然凑近道："你家贺大佬做东。"

程只只咽咽口水，暗暗在心里腹诽，真是区别对待……那天五百元钱都不肯借给她……

湛河说的色子是酒吧必备游戏用具之一，不比大小，比准头。程只只懂规则，但玩得不多，属于生手。

女士优先，从尤然开始，她晃动两下盅，看了一眼立即盖上："五个三。"

轮到程只只了，她不太熟练地晃动盅，报数时有些犹豫："六个四。"

湛河用打火机敲了敲桌子："只只，我不用开你，就知道你在假报。"

程只只的眼睛登时瞪大："你咋猜的？"

卡座里除了贺知以外，其他人均愣了半秒，转瞬爆发出哄笑，特别是翟佞，都笑得直不起腰："哎呀，知以，你家表侄女有点儿好玩。"说完，他递了杯酒给程只只，"来，品品这酒。"

程只只愿赌服输，喝得半滴不剩，喝完立马转过头看着贺知以，声音软软的："贺知以，怎么办，我不会？"

贺知以脱掉外套，扯下领结，解开抵着喉结的两颗衬衣扣，沉默了一会儿说："你往小的报。"

翟佞见贺知以和程只只嘀嘀咕咕半晌，随后脱衣服、扯领带这架势……是要大显身手的预兆？他赶紧偷着提前吃了两颗解酒糖，抬头发现自己被贺知以盯上了："翟佞，我劝你把整包都吃了。"

翟佞干脆把糖扔在桌上："哥，你知道的，我两个月前才拍了胃镜，诊断出胃溃疡。”

贺知以伸手拿过那糖，剥了两颗放在嘴里嚼：“我不知道。湛河，开。”

“好嘞！”湛河手里的盅摇得哗哗响，他打开一条缝瞅了一眼，立马盖上，“四个三。”

接着，翟佞接过盅，稀里哗啦声响完，他啪地扣在桌面上：“四个四。”

贺知以一只手搭在扶手上，一只手放在唇边摩挲，忽地勾出一道势在必得的笑：“开。”

开完翟佞的表情垮了，贺知以点了支烟叼在嘴里，连串的白烟熏得他眼睛微微眯起，看起来妖冶极了。他又推了两杯在翟佞的面前，将烟摘下，捏在拇指和食指间：“刚才你自己说的我们这儿的规矩是三杯起罚。”

程只只被眼前这副禁欲系男色诱出了口水，她趁机伸手摸了把他的脸：“这里有脏东西。”

摸了又摸不过瘾，最后还厚脸皮地用指甲抠了抠，才发出“哎呀，是颗痣呀”的惊诧。

她的指腹有些凉，他是知道的，她从高中起就体寒，一年四季四肢总是发冷，用中药调养了半年也不见好转。倒映在贺知以眼里的光闪了闪，他微侧过头煞有介事地斜了她两眼。这眼神跟开关似的，某人立刻就老实了，讪讪地缩回手，回敬他一个尴尬而不失礼貌的假笑。

这时店内的光由闪转换成昏暗，众人视线浑浊，在座的除了翟佞都错过了两人的小动作。翟佞叼在唇间的烟“啪嗒”掉落，几颗火星子跃动几下转瞬熄灭，他那表情跟受了惊吓似的。

贺知以注意到了翟佞，将手里的纸揉成团扔进了垃圾桶里：“翟佞，”他朝桌上的酒昂昂头，“你继续。”

贺知以只感觉衣角被拽了拽，程只只小小的疑惑声传来：“你是怎么看出来的呀？教教我呗。”

“翟佞喜欢玩儿虚的。”贺知以无意地侧头，发现程只只的眼神接近迷离，正盯着他傻笑。

“你喜欢玩实的？我是实的，四舍五入，你喜欢玩我。”她咯咯地笑，睫毛跟着颤起来，神采飞扬，分外好看。

贺知以的瞳孔急剧地缩小，喉结随着吞咽的动作上下动，却转回头掐灭烟：“程只只，你牙齿上沾了口红。”

程只只打开前置相机，又倏地反应过来自己没有涂口红：“骗人是小狗，贺知以，你是大狗。”

她的声音不大不小，坐得近的几个人刚好能听见。

翟佞看了看程只只，再看了看贺知以，又和梁丛对视了一眼，似乎有了点什么眉目，但没胆拿这事开玩笑，只能藏在心里暗自消化——

贺哥和小只只真有那啥？啧，也太那个了吧！

几轮色子玩下来，程只只喝得面色潮红，这会儿中场休息，正在那里托着腮帮子生闷气。

程只只嫌热，褪下外套。今晚，她从进来就将这外套捂得严严实实的，不是里面的搭配不合适，反而是太合适了，她才不敢脱，里面是一件紧身亮片小吊带儿，挤胸的那种。

这小细节没有引起其他人多大的反应，湛河夸她漂亮，她拨动长发：“不错，有眼光。”

“……”贺知以愣怔了一会儿，才转动脖子，声音不再冰冷，带点儿战栗，“外套穿上。”

她充耳不闻，站起身来。

程只只的身材胜在骨架小、胖瘦均匀，该有的有，该翘的翘。一条浅色小脚牛仔裤搭着一双黑色过膝靴，将笔直的腿包裹得十分匀称，上身的小吊带儿勾勒出纤细的腰身，平时饭后习惯靠墙站半小时的习惯，还给她练出了直角肩。

“我热，我要出去跳舞。”程只只的话是想让贺知以给她让路。

“热还往人堆里凑？！坐着歇歇。”贺知以的双腿伸得老长，半分没有要让她的意思。

真是传说中的酒壮人胆，程只只根本不理睬贺知以，拉起尤然，从另一侧走了出去，一边下楼，一边用手脚比画："待会儿，你上台打碟，来首劲儿最足的、最劲爆的，看我艳惊四座、艳压群芳。"

"啧啧！"尤然啐她一口，"姐妹！你知道上去打碟多少钱一分钟吗？三千！十分钟就是三万！"

程只只神神秘秘地靠到尤然的耳边，却用眼角余光扫向二楼："偷偷记在贺知以的账上，咦——"

程只只突然注意到尤然的颈项上少了什么："你的护颈呢？"

"来之前，湛医生在车里给我扎了两针。"尤然捶了捶颈椎，"那股酸痛感全消失了，神奇。"

她脸上写满"这男人不正常，随身携带银针"的嫌弃："我以后少怼湛河，以防他拿针扎我。"

湛河察觉在程只只融进舞池并爬上最高的舞台后，姓贺的某人就笼罩在沉沉的黑气里。

"别说，这小只只还是个练家子，舞台感觉真的不错，我要是开演艺公司的，肯定把她签了。"

"是吧？我也觉得。"湛河接过翟佞的话茬，"粱总联系联系呗，也给我们只只铺铺路？"

粱丛那眼力见儿，早就看出贺知以微妙的变化了，赶紧把话茬往外推："我哪里有这手腕。"

湛河轻叹了口气："那就可惜了，挺好的苗子。"

"这么可惜，不如别做医生了，回去继承家业，闲暇之余创立一家演艺公司？"拆台的是贺知以。

"那可不行。"湛河坐没坐相，两条大长腿无处安放，"我湛某人此生钟爱医疗事业。”

贺知以冷哼两声，不再搭他的话，只觉得心烦气躁，便借口去洗手间，实则站在通风口抽烟。这地儿隐蔽又清静，看得见舞台上的人，舞台上的人看不见他。

他鲜少见过如此多娇的程只只，也就她大一那年，为他跳过一支热辣风的舞。

“亲爱的，你盯着舞台上那小姑娘看什么呢？”赵南燕带着呢喃的声音打断贺知以的思绪。

他错开紧锁舞台的目光，瞧见双颊酡红的赵南燕，蹙起了眉：“你怎么喝了这么多？！”

“嘘——”赵南燕的手指放在他的唇上，示意他安静，“我想你应该说‘我送你回家’。”

贺知以沉吟两秒，眼角的余光朝台下扫了扫，却被赵南燕抓个正着：“纯情女大学生？”

“走吧！”贺知以别开脸，不耐地扯过她手里的链条包，把她拽得踉跄了两步。

赵南燕踩着细高跟歪歪扭扭地跟上他的步伐，嘴上却没闲着：“我看那小姑娘身段真不错，你要不要考虑金屋藏娇？反正我是没意见，毕竟我也在考虑……”

贺知以突然停住脚步，赵南燕得亏停得及时，挺翘的鼻尖才没撞上去，他说：“你自己回吧！”

赵南燕拖住真要撒手不管她的贺知以：“爷爷在我家呢，你必须送我回去！”

聚光灯下的程只只当之无愧地成了舞池里最耀眼的小精灵，海藻般的鬈发在曼妙的腰肢上荡漾，她抓着钢管，来个凹凸有致的深蹲，向台下抛个火辣辣的媚眼，撩起一股又一股的人浪。

“只只！”尤然从DJ台上冲了下来，差点冲过头，冲到舞台底下去了，“赵南燕来了！”

“啊？”程只只这会儿头晕得分不清东南西北，“赵南燕是哪个？”

“……”尤然恨铁不成钢，搞半天，这人还没弄清楚情敌是谁。她扳过程只只的头，让她的视线能够顺着自己的手指看过去，“瞧见没有？赵氏集团的独女，赵南燕，正在和贺大佬调情。”

从程只只的视角以及她的思想角度出发，贺知以和他身边那位窈窕女子在大庭广众之下拉扯不清、暧昧不已的行为简直不堪入目！

她找了半天，没找到下台的阶梯，干脆从舞台边沿爬了下去，拨开重重人群，抵达贺知以的跟前：“阿姨，你和我小表叔干什么呢？”

赵南燕吓得一哆嗦，定睛一看，这不是舞台上那个小姑娘吗？！

她不可思议地道：“你叫我阿姨？”

“你难不成还想让我叫你姐姐啊？”程只只就差把“你不配”这三个字举在头顶了。

赵南燕指着自己的鼻子转头找贺知以评理：“亲爱的，你教教她什么是礼貌。”

亲爱的？亲爱的？！程只只的心态当场崩了，谈恋爱那会儿，整天贺知以来、贺知以去地大呼小叫惯了，忘了取几个情侣之间肉麻的昵称，这下被人捷足先登，她此时此刻悔不当初。

贺知以无视程只只的小情绪：“一远房表侄女。”

这话宽慰的是赵南燕，意思是让她不要和程只只一般见识。说完，他还扶住赵南燕的肩，好让喝得虚浮的她有个着力点：“你开车来的？”

程只只跨越两步，挡住两人，伸直了脖子盯着贺知以：“我也没车，我也回不了家。”

“湛河在楼上。”贺知以粗略地扫了她两眼，绕开她，和赵南燕走了出去。

也不知道贺知以出门前和迎宾交代了什么，程只只追上去时，却被迎宾拦住：“您请回。”

“我只是想买点路边的麻辣烫来解解馋。”

“您可以先进去，我们待会儿会送去您的卡座。”原本和蔼可亲的小哥这时铁面无私极了。

程只只无话可说，站在门口目送贺知以和赵南燕。

迟钝的失落忽地蔓延，身后的灯红酒绿越发衬得她形单影只。

尤然早就站在程只只的身后，有种人高兴时大笑、难过时大哭，将自己的情绪宣泄得淋漓尽致，可一旦她安静下来一动不动地垂着眼睑盯着某处出神，那她就真的是被戳中心窝了。程只只就是这种人。

尤然故作轻松地拍了拍她的肩："你不会刚和情敌过招就想打退堂鼓吧？"

"你猜得真准。"

"……"

程只只叹了口气："我想跳进酒桶里。"

尤然二话不说地拉着她往楼上走："咱们今儿喝空他贺知以的钱包。"

第三章

程只只，你为什么又要回来？

赵南燕系好安全带，不住地回头看人追没追上来：“贺知以，你跟我讲讲刚才的小姑娘呗！”

“没什么可讲的，”贺知以拍拍驾驶座的椅背，“往南公馆。”

“可劲儿装，刚出‘焰欲’，你还跟人吩咐，不准她独自出店，不就是担心人家喝大了被拐跑吗？”

贺知以面不改色，坦荡的模样倒像是赵南燕在胡说八道：“靠边停车。”

闻言，赵南燕警戒地挺直了背：“爷爷在家等着我们呢！至于吗你，不就两句玩笑话？！”

“那你还不闭嘴？”

“……”

车平稳地行驶在公路上，路灯的光影在车厢留下深一道、浅一道的斑驳，贺知以闭眼仰着头靠在椅背上小憩。车里暖气适中，在赵南燕忍不住打起哈欠来快睡着的时候，他突然开口说话：“上次晚宴出了点意外，什么时候再找个时间宣布订婚日期？你给些意见。”

他的语气就像在问毛豆多少钱一斤，赵南燕挪了挪身子，让自己睡得舒服点：“随便你。”

“那就开春之后，三月份左右，在宴会上宣布我们在六月订婚，具体的订婚流程，我会让策划部出一份方案给你。关于婚礼举行的时间、地点、方式，这些就让老一辈拿主意，可行？”

迟迟没等来回应，贺知以侧头，发现身边的人已经睡着了，他也就没再叨扰。过了一会儿，手边的手机振动起来，是一个陌生号码，他直接挂断，可手机马上再次振动了起来，还是那个号码。

“喂？”

“贺知以！你个大浑蛋！明明是我先喜欢上你的，你为什么要和别人订婚！呜呜呜……”

“呜呜呜……还吼我，让我滚，还五百元钱都不肯给我，还老把我丢了，不送我回家，好狠的心。”

“以前……以前你才不准我穿成这样抛头露面，现在……呜呜呜……现在对我不管不顾，甚至……甚至还和别的阿姨打情骂俏。”这里的阿姨特指赵南燕，“哇……贺知以，你变了！”

那边的重金属音乐似要掀翻房顶，声音输出全靠吼，吼得听筒这边的人耳朵疼。

贺知以太阳穴上的青筋突突地跳个不停，面部绷得紧紧的，他压低声音说：“到底是谁变了？”

“啊！我不管，反正我要你继续喜欢我！你和赵南燕肯定是在做戏！”

“你以前那么那么喜欢我，怎么可能说不喜欢就不喜欢了呢？！你肯定是在演，你最好好好演到结局，别让我看出破绽，不然，我程只只绝对会在你户口本的第二页添上我的名字！”

“程……”“只只”两个字没来得及低吼出来，那边传来啪的一声，声音断了。

赵南燕在程只只尖叫的时候就已经被吵醒了，这会儿笑成了筛子：“贺总……贺总你……”赵南燕喘不上气儿，“你脸色好黑呀！程只只是吧？我记住了，挺优秀，一起吃个饭成吗？”

贺知以终于咽下那口火气：“你不担心她把你嚼碎了？”

“……”赵南燕悻悻地说，“收回那句话。”

程只只喝大了，将自己反锁在卫生间里，脚踩马桶盖，气宇轩昂地打完这通电话。

尤然在门外边儿急坏了，湛河在卫生间门口急坏了，所幸，她还知道开门。“我的手机掉到里面了。”她指了指马桶，“你记得给我捞起来，然后送去手机店里修，别给钱哦，我这手机还没过保修期呢！”

她自言自语完，笔挺地倒向尤然，尤然连退好几步才扶住她："祖宗，你可算是闭眼睛了。"

尤然松了口气，一只手穿过她的腋下，半扛半拖地将她弄到卫生间的门口交给湛河："送到我家去吧！"

湛河喜不自胜，将程只只甩在背上，和尤然走进电梯："你住哪里？"

尤然按下电梯，撒欢了整晚，神色略显疲倦："国贸公寓。"

从焰欲到国贸公寓半小时的车程，尤然喝着湛河递来的酸奶解腻。

车窗半开，醉酒的程只只缩在角落里抱紧自己呼呼大睡。尤然吹了冷风，意识相当清醒："湛医生，聊五分钟的天？"

湛河看出来她想聊什么，从副驾驶座转过头来："我是真不清楚只只和贺大佬的事情。"

尤然笑起来，在忽明忽暗的光里，格外明艳："那贺知以和赵南燕呢？你别说也不清楚。"

湛河盯着尤然的笑愣了一会儿，将头转了回去，老实地坐好，生怕什么表情没藏好，泄露了自己的情绪："男大当婚，女大当嫁，两家又门当户对，一拍即合，这事儿就定了，皆大欢喜。"

"皆大欢喜？"尤然轻笑出声，"只只要是不欢喜，谁都别想欢喜。"

湛河噎住，抬眼从反光镜里去看尤然，竟和她的目光在镜子里相撞，她的眉眼依旧弯弯，却和刚才明艳的画风截然不同："因为以前的只只，才有现在的尤然，只只馈赠我的，比这世上任何人都多。她肯回头找贺知以，说明分手肯定有隐情，我不想她以后都不开心，绝不。"

"绝不"两个字一停一顿地从尤然的嘴巴里吐出来，湛河看得出神，许久才错开目光。

车在国贸公寓的门口停住，湛河把程只只背到电梯门口，尤然按住电梯，却下了逐客令："湛医生，今晚只只醉了，不太方便邀请你上楼喝咖啡，改天一定和只只约你出来当面道谢。"

"择日不如撞日，你们醒了我就提小米粥过来。"他不等尤然拒绝，道了再见，就走了。

湛河走出小区，被冷进骨子里的风冻得直哆嗦。他仰头看向二十楼刚亮起的灯，忽地觉着自己摊上大事儿了。他拉开车门又关上，倚在车门上点了支烟，是时候向贺大佬取取经了。

程只只睡了十多个小时，在傍晚时分睁开眼，彻底蒙了。

身体传来的酸痛让程只只不自觉地脑补了各种画面，但枕边却不见男主贺知以的睡颜。

“痛，只是你昨晚蹦迪劈叉劈过头了，还有，这是我的房间。”知程只只者莫过于尤然也。

程只只在床上乱扑腾，成功地把腰折腾得更疼之后，终于安静：“你为什么不把我送给贺知以？”

“也要人家肯收啊！”尤然被两个抱枕同时击中，正要回击时，手机响了，“行，上来吧！”

程只只缓慢地爬起来，靠在床头，脑袋仍然晕得稀里糊涂：“谁啊？”

“送饭的。”尤然随口答道，起身去客厅开门。

“哦！”程只只靠在床头发呆，力图找回昨晚醉酒后的记忆，无果，只好去客厅寻求帮助。

“咦！”她趿拉着拖鞋走出房间，才知道尤然说的送饭的是湛河。她坐下，自觉地喝起小米粥来。

睡得太久，滴水未进，程只只和尤然恨不得把碗都吃了，屋里充斥着两人呼哧呼哧的喝粥声。

碗里的粥见底，程只只用吸管戳开酸奶：“湛医生，我有一天在医院里碰见晋助理了。”

湛河把最后小半盅粥不动声色地倒进尤然的碗里：“晋助理终于累病了？”

“我也以为是晋助理，”程只只摇摇头，“结果不是，而是贺知以。”

湛河皱眉，抬头竟发现两只炯炯有神的眼睛正哀怨地盯着自己：“湛医生，我也没吃饱。”

闻声，尤然昂起头，把剩下的半碗推到程只只的面前，她不客气地接过来，两三口就喝光了。

湛河看了眼正拿起手机点外卖的尤然，自发地走向厨房：“你们等会儿，我再去熬点粥。”

上次在医院碰到贺知以的事在昨晚程只只亲眼确认贺知以身强力壮后，便没放在心上，只当作闲聊向湛河提了提，并未再细问。她这时的重点在昨晚喝断片之后：“我昨晚没做什么出格的事情吧，嗯？”

“还好。”尤然饮了口黑咖啡。

程只只吊着的心脏完美回归心房。

“也就是打电话把贺知以骂得狗血淋头，放狠话要把名字添在人家户口本的第二页。哦，还把你自个儿的手机扔到马桶里了，除了这些，其他都OK。”尤然轻描淡写地补完一刀又一刀。

程只只刚顺利地回归心房的心脏已停止跳动，她呈大字形瘫在沙发上，脸上写着——绝望。这么精彩？完了，半点印象没有，喝酒误事啊，一不注意就把下辈子的幸福给喝没了。

突然蹦起来的程只只差点吓掉尤然手里的咖啡，只见她急忙冲进房间，尤然问：“你要干什么？”

她抱着笔记本电脑从里面出来：“煊贺官网下周一会出招聘简章，这会儿六点，还剩六小时就周一了，我要趁贺知以还没全城封杀我的时候，进入煊贺，不然，我这辈子都没机会了。”

“简历拿来，我给你润润色。”尤然将咖啡杯搁在桌上，顺手接过程只只递来的电脑。

一分钟后，鼠标被她按得咔咔响：“没了？就这样？？程只只你就准备凭这个进煊贺？”

“不，不止，我还可以凭美貌。”程只只昂起了头，挺起了胸膛。

“你可快给我认清现实吧你，”尤然“啪”地拍在她脑门上，“你以为煊贺的HR都是吃干饭的？瞧瞧你写的实习经历，”尤然一面训一面在文档里标红，“技能证书这里，评估师就完事了？”

“人家证书全称是‘全国注册资产评估师’，你省略前缀，档次登时就降了八个度。还有，这里，”尤然戳了好几个地方，“通通删掉重新写，你这跟小学生写作文似的。”

在尤然的指导下，半小时过去，一篇崭新的简历出炉。程只只已经认不出这是自己的简历了。她连上打印机打印出纸质简历，拿在手上看了看，啧啧称赞自己过于优秀，却被从厨房出来的湛河抽走。

湛河一目十行，看看程只只又看看尤然：“你非得进煊贺？”

程只只站在沙发上抢回简历：“哎呀，你别管。”

湛河把小锅里的粥平均分到两个碗里：“我给你提前敲警钟，煊贺那地方真不是人待的。”

“当然只配我这种仙女待，”程只只接过湛河递来的粥，瞟到尤然碗里几粒红红的枣，嘴角立马耷拉了，“为什么我的碗里没有红枣？湛医生，我是你挂在嘴上的妹妹，你却吃里爬外。”

湛河：“……”

尤然：“……”

“好了，好了，”尤然说着要把碗里的红枣挑到程只只碗里，“不就是几颗红枣？喏，都给你。”

“你吃你的，”湛河伸手制止尤然，折回厨房扔了大袋红枣给程只只，“你好吃个够。”

“湛医生，你不仅偏心，你还对我有偏见。”程只只吐了个核，湛河故作淡定地撇开视线。

粥喝到一半，湛河接到医院的急诊电话，向两人道别后急匆匆走了。

两人喝完粥赖在沙发上，电视被程只只调到了财经频道，这期采访的嘉宾是贺知以。这种节目通常是提前录制，程只只看着两个月前的贺知以，她好像离他近了些，又好像没有。

“节目最后，我和电视机前面的观众同样好奇，传闻贺先生将会在下月宣布订婚日期？”

他抚着额头无奈地笑笑，似乎不满外界关注他的私生活：“计划之内，不必过多揣测。”

主持人见他并不恼怒，遂笑着多了几句嘴：“那赵南燕小姐是贺先生的心动吗？”

镜头猛地拉近，拍着贺知以的特写。他只是收起了笑，眼睛直视镜头丝毫不闪躲，给人一种星球都在他手心里转动的视觉冲击，程只只的心开始扑通扑通狂跳，她和他隔着屏幕遥遥对视。

“不是心动，是最后。”

尤然连翻白眼：“贺知以作诗呢？！肉麻兮兮的！”

程只只冷哼：“呵，最后算什么，我才是心动的正主！”

以前她爱追着贺知以问“你为什么喜欢我”，他说因为心动。

他可以有很多答案——因为你可爱，因为你好看等，可只有心动，才是源自他自身的无法掌控，不管你可不可爱、好不好看，这颗心就是加速，因为是你，只为你。

一直处于休眠状态的电脑屏幕亮了起来，她赶紧收拾好情绪爬回茶几旁，这是她几周前为了投递简历给电脑设置的自动提醒。煊贺是上市公司，选拔制度严格，程只只挨到凌晨两点才做完官网自动跳出来的心理测试，紧接着上传简历页面跳了出来，她按下发送键，松了一大口气。

第二天周一，五个工作日里煊贺最繁忙的工作时间。贺知以从睁眼起就要和晋北讨论这周的行程安排以及工作计划，到公司后整个上午便在会议室里听各个部门的周总结。午饭时间，会议中断，贺知以一边翻阅文件一边快步回办公室，门推开，他见到坐在沙发上的湛河后蹙起眉头。

“省医院什么时候这么闲了？”他坐下，开始拿笔在文件签名栏写下自己的名字。

湛河今天当真是从百来名门诊患者中抽出十分钟来煊贺找贺知以对质的。他起身走到办公桌前，双手撑在桌面上，颇有几分压迫的姿态：“贺知以，你严重失眠为什么瞒着我？”

贺知以手里的笔顿住，渗出一个黑点，他盖上笔帽，将笔放进笔筒：“晋北，你先出去。”

室内只剩下两人。

暖气温度有些高，贺知以扯开领结，站起身来走到百叶窗前点了支烟：“谁告诉你的？”

“只只说前两天在医院碰见了晋北，我昨晚就回医院查了你的病历。况且你是在省医院找的心理医生拿的安眠药，你以为我湛河在省医院的消息就那么不灵通？抓紧时间，”湛河敲了敲桌面，“别耽搁我救死扶伤，说吧，症状、多久了、为什么，还有隐瞒原因。”

贺知以站着不答话，低头拍掉裤面上的烟灰，他表面看上去从容不迫，可湛河比粱丛、翟佞都了解贺知以，当他在点着烟不抽的时候，那就是这件事对他造成的影响很大，他的脑子正在快速运转，思考最佳答案：“几年前在美国，调时差落下的毛病，没有刻意隐瞒。”

湛河叉腰来回走：“两年了，你去美国两年了啊，大哥，这两年你的睡眠全靠药物维系？”

回答湛河的是贺知以的沉默，他透过平开的窗叶看着窗外，指尖的烟燃得只剩下烟蒂。

“两年不间断地服安眠药，你知道对身体的伤害有多大吗？！”

贺知以扔掉烟头，摘下眼镜，坐回办公椅用镜布擦拭，镜片阻碍了这双眼的魅惑，少了这层遮挡，这双丹凤眼狭长又深邃，像生来就多了份淡漠：“心理方面又不是你的专长。”

湛医生暴跳如雷：“贺知以，你怀疑我的医术？你家只只生理期不规律都是我治好的！”

贺知以倏地停下了动作，盯着手里的眼镜失神了好几秒：“我想你该回去了。”

湛河噤声。“程只只”这三个字在贺知以和湛河之间默契地成了禁忌，没有特意指明，也没有明确规定，不知道从哪天起，“程只只”三个字就不再被提起，生硬地从日常里被抹了去。

贺知以戴回擦拭干净的眼镜，重新拿起笔翻开文件：“晋北，送客。”

晋北从外打开门，对着湛河做了个请的姿势：“湛医生，请回吧！”

湛河抓起桌面的车钥匙，一本正经地问了他最后一句：“你和我说句实话，当真不是因为只只？”

没有回答“是”，也没有回答“不是”，他只是哼了声“嗯”，不停地浏览文件，不停地在页尾签名。

湛河走到门口，顿下脚步，回头，嘴角噙着得意的笑：“贺知以，你下次签字别忘了拧开笔帽。”

晋北闻声，同一时间看向这边。贺知以的眸色暗了几分，脸上不再波澜不惊，啪地扔掉笔。

晋北替湛河关上门，贺知以却指指门支开他：“下楼送送湛医生。”

晋北会意，出去后带上了门。贺知以捡起笔，这次记得了拧开笔帽，却再也聚不起精神工作下去。他倒回椅背，仰头闭着眼，两只腿撑着地面转动办公椅。他承受的工作压力远比外人肉眼所看到的还要大太多，煊贺向来接的都是上亿的评估项目，绝大多数的利益关系牵扯到省级以上的政府部门，既要遵守评估师的职业操守，最终结论又要让最大的甲方满意。

以前，贺知以经常性地在被上头施压和触及原则的矛盾之间磨得彻夜无眠，每份评估报告他一旦落款，背责任的将不是他贺知以，而是煊贺。他不得不绞尽脑汁权衡利弊，和各种手腕极端的政商界人物周旋，他要煊贺利益最大化，还要煊贺在每个项目中金蝉脱壳，所以被贪心偷走了睡眠。直到程只只住进家里那年，下班后回到家中的气息似乎总是带着奶油味的甜。

她起初只在自己房间做作业，有天回家，却看见她趴在客厅茶几上背书，手里拿着她常吃的火炬冰激凌，边啃边叽叽咕咕地背诵。她听见响动回头，对他说语文老师要求家长检查背诵情况然后签字。他没答应，她却拿着语文书跟着他进了书房：“今天我先背《赤壁赋》。”

“背吧，”他说，“背错一个字就拿回去抄一遍，再进来重新背。”

她倒让他失望了，一篇拗口的《赤壁赋》被她一背到底，书房回荡着她抑扬顿挫的声音，背完最后一句“相与枕藉乎舟中，不知东方之既白”，她舔了一大口手上快要化掉的火炬冰激凌。

被她这样一打岔，他这整天紧绷的神经轻松了不少，他翻到《高中必背文言文》的目录，指着上面几篇难度系数高达五星的文言文说：“你把这些也背来听听。”

“OK，一块小蛋糕。”她囫囵地吃掉手里的火炬冰激凌，开始秀倒背如流的记忆力。

Piece of cake——“小菜一碟”。贺知以没禁得住她的冷幽默，抿抿唇算是笑了。那晚他靠着椅背，在她的背书声里睡着了，醒来后发现身上搭着条毛毯。

她的音色算不上悦耳，却能掩盖住他焦躁的心跳声。

之后他发现，让他放松下来的不是程只只的声音，而是程只只这个人。即便周末她在客厅看综艺，笑声像成串的鹅叫声传进书房，他也不觉聒噪，嘴角反倒跟着上扬，猛然发觉家里面有个她还不错。他紧接着起身去厨房拿水，实则是想看看她瘫在沙发上笑成软泥的傻样。

她给了他感知人间烟火气息的触须，尽管她后来走了。

半月后，程只只大四的寒假即将收假，煊贺的面试通知终于下达。她一头扎进衣柜在一排小裙子里找了半天，竟找不出一套适合面试的工装，于是把目光放在了尤然的衣柜里。果然是职场女性，办公穿搭都是一套一套的，程只只换上尤然的套装，站在镜子前神采飞扬。

“拿出你平时胡诌八扯那套本事，你准能在大批应聘者中脱颖而出，OK？”

尤然今天公司有事，抽不出时间陪她来煊贺，程只只握着手机点头："我又想上厕所了。"

"……"尤然恨铁不成钢，"程只只，你想好，你要是抓不住这个机会，煮熟的鸭可就飞了！"

程只只在这边不平："贺知以才不是鸭！我知道了，我去趟厕所，挂了。"

程只只从厕所出来，左看右看忘了刚才自己是从哪边进来的，便随便挑了个方向往里走，恰好在过道深处看见了电梯口，电梯门被擦得锃亮，她将就着当成一面全身镜整理自己的仪容仪表。

正当她把衬衣往裙子里掖时，电梯门突然开了，掖裙子的动作顿住，她真没想到电梯会上来得这么快。当她抬眼看清电梯厢内站着的人时，眉毛抽了抽，她站好朝里招手："嘿！"

贺知以抬了一下眼皮，继续低头看平板，上前一步按下电梯的关门键。

说时迟那时快，程只只一个跨步趁电梯门合上的刹那，伸了条腿进去。

只听见"刺啦"的撕裂声，一步裙中间的开衩被她扯裂到大腿根，但幸好没有走光。程只只小步走进电梯，扭头从电梯厢内的镜子里查看裙子的损坏情况："你的外套能不能……"

"你准备裹着老板的外套去面试？"他沉声打断。

"哦，"程只只想了想，"你怎么知道我面试？"

贺知以沉吟了半秒，瞬间恢复漫不经心的常态："这里是煊贺。"

程只只觉得也说得过去："我还以为你会不关心这些琐碎的事。"

贺知以根本不再搭她的话，滑着屏幕浏览本季度的财务报表。程只只靠在电梯厢壁上盯着贺知以留给她的后背，他肩阔腰窄，今天穿的西装外套的肩头绣有中国红的丝线，透着苏绣的精致，想必是出自某知名私定手工艺人。程只只闷声闷气道："袖扣难看。"

贺知以下意识地垂眼看袖口，是对银灰色欧式袖扣，如果换成中国红的木制袖扣则会合适许多。

他抿成直线的唇动了动，拿着平板的手指抓紧了几分："程——"话还没说出口，电梯门忽地开了。

十三楼人事部，程只只朝外走了两步，回头，隐隐约约听见了尾音："你……叫我吗？"

贺知以却已按下关门键，回答程只只的是刚合上的电梯门。

啧，对嘛，这才是贺知以的脾性。她无所谓地耸耸肩，确信自己听错了，踩着小皮鞋踢踢踏踏地找面试的会议室。电梯里的贺知以盯着平板看了好一会儿，直到屏幕转黑自动锁屏他才将手揣进裤兜里，却不由得握成了拳头，刚才有个声音几乎呼之欲出："程只只，你为什么又要回来？"

电梯在急速上升，电梯门映照着他气宇轩昂的身姿，可就连他自己也没有察觉，在她回头的刹那，他抢先关电梯门的动作，几乎乱了阵脚。

电梯直达总裁办公室内部，晋北候在门外，贺知以从里面出来时，扑面而来的冷气流陡然让晋北预感到先生今日心情不佳。他走上前去接过平板，简述煊贺近日几个大项目的进展。

"晋北，"贺知以突然出声打断，"上次公司团建，人事设计的团建服装还有剩余吗？"

话题转换太快，晋北愣了下："有的，人事之前提议，剩下的送去制衣厂改成工作服。"

贺知以抬了抬手："不用了，通知人事，给今天来面试的每位应聘者发放公司团建服装。"

这次面试人数近千人，这种平白无故增加公司成本又没有收益的赔本行为没有过先例，晋北听后迟疑着是否提出自己的疑问。

见晋北一副精打细算的模样，贺知以清了清嗓子："这是宣传企业文化的一种手段，在这方面，晋北你太小家子气了。"

晋北醍醐灌顶："好的，先生，我去当面告知人事的刘经理。"说完，他便退了出去。

座无虚席的阶梯会议室里，程只只已经在自己座位上坐了一会儿。只见负责人领着几个推着推车的人进来，试了试话筒的音：“现在发放的是公司设计的统一服装，请大家排好队有秩序地进卫生间更换，依次进小会议室进行面试，谢谢大家！”

“果真是上市公司，看看这些小细节，根本就是外面那些小私企不能比拟的！”

“对对对，连面试都这样注重仪式，煊贺的管理制度可以说臻于完美。”

“我有个学姐在煊贺，她说只要转正，头年年薪就能上六位数呢！”

……

听着议论，程只只打了个哈欠。前排的大波浪回头看见她的简历，上下打量着她，捏着嗓子尖声尖气道：“你们这些应届毕业生可真不知天高地厚，真以为煊贺项目部随便哪只猫猫狗狗都能进？”

莫名挨骂，她不开心了：“猫狗都有勇气面试项目部了，那你这只猪精面试的是哪个部门？还真把煊贺当成你家了。”

“你！”大波浪站着，蹬了蹬脚，高跟鞋敲在地板上格外响。恰巧这时晋北推门而进，目光直直地向全场动静搞得最大的大波浪投来，大家的目光也接二连三地随着晋北投向她。”

“中央那位女士，我能问问你蹬脚的原因吗？”

大波浪哑口无言，会议室静得让人发毛，情急之下索性指着程只只说她骂自己毫无自知之明。

其间人事将大波浪的简历递给晋北，他翻阅后，说：“柳女士是吗？我们认为你不能胜任外事部的工作。第一，你的鼻翼上卡粉了；第二，面试禁止披头散发。很幸运，你都做到了。”

“柳女士，你作为我和人事共同面试的第一位面试者，我们的决定是，不予录用。”

宣布完毕，晋北和几个人探讨着什么走出了会议室。程只只和所有人同时唏嘘，煊贺的严谨果然名不虚传，但她比其他人多了份唏嘘——连晋北工作起来都这么有魄力，那贺知以不得……

帅哭她？帅晕她？她咽了口口水，决定建个文档记录和贺大佬朝夕相处的每个工作日。

分发的服装是样式简单的米白色立领衬衣和黑色西裤，程只只将破掉的裙子塞进包里，陡然生出个白日梦般的想法——会不会是贺知以见她裙子破了，临时决定分发服装……

她立刻推翻，怎么可能？！少做梦了！

“下一位，530号，程只只，上来登记做准备。”

程只只换好衣服走出卫生间，正好听见自己的名字，快步跑上前去登了记，进入了面试室。

总裁办公室内，晋北的办公电脑上正在实时转播各个面试室。由于经常会出现面试者都过于优秀导致面试官难以抉择的情况，晋北就会调出视频反复斟酌，最后代表贺知以给出意见。晋北看见程只只出现在屏幕里，抬头看了眼正在专心敲键盘的贺知以，思虑再三后选择缄默。

屏幕里程只只刚做完自我介绍，晋北就接到项目部的电话，起身去了项目部。

“晋北，城北郊区烂尾楼的周边区域地图，E-mail到我的邮箱。”

几秒后，无人回应。贺知以从电脑上移开视线朝晋北的办公桌望了望，发现人不在座位上，只好自己走过来按动鼠标，休眠的电脑亮了，屏幕上赫然出现程只只正在面试的画面。

“你为什么来煊贺？”面试官问她。

程只只思考过这个问题的官方答案：“煊贺是我这种评估专业的学子心神向往的归宿。”

贺知以饶有兴味地坐在了晋北的座位上。屏幕里的几个面试官耳语了几句后：“那我现在换种方式问你，你为什么要学资产评估学？”

程只只坐得笔直的背倏地僵住。

贺知以半握着鼠标的手指微微曲起。

“我喜欢的人，他是评估界的大神。在四年前，我高三，那时候我只是仰慕他，因为这世间所有东西，”她强调，“在他那里都能够用具体数字来衡量价值，我既觉得不可思议可又觉得理所应当。有天我问他，那我呢？他想了好一会儿，才给了我一个模糊的答案，‘对于不同的人，你所能发挥的价值各异，父母视你为珍宝，老板眼里你每个月只值几千元的薪水，所以先要确定评估你的甲方。’这就是评估学吸引我的地方，因为他有趣，也因为评估学有趣。”

程只只讲完这一大段话，深深吐了口闷在肺部的气，面前几位面试官开始低声交流意见。贺知以双手交握托着下巴，手肘撑在桌面上，目光如炬地盯着屏幕上正在走神的程只只。她讲的是实话，可她只讲到一半，她当时并没有善罢甘休，而是蹬鼻子上脸又追问，如果你是甲方呢？他从来没有被这种浅显的问题难住过，可当时他犹豫了，吐了两个字——无价。

他伤神地倒回椅背，仰头闭眼养神，可这些都在提醒他，他贺知以是怎样被程只只“扮猪吃老虎”玩栽了，她当他是温泉——想泡就来？他猛地睁开眼，眸子不带丝毫温度，不允许。

晋北回到办公室，看见自家老板还在沉迷工作，遂坐回自己的位子。面试官在告知程只只面试结果：“你的资质目前虽不符合项目部要求，但可以作为储备干部予以录用，之后有机会晋升到项目部，稍后我们会将offer发到你的邮箱，决定权在你手里，希望与你共事。”

程只只跟吃了蜜似的开心，出了会议室打开手机邮箱，迫不及待地点了Yes。

晋北纠结了几分钟，还是觉得应该告知贺知以：“先生，小小姐被项目部拒绝了，但被人事录用成了储备干部。”这话的第二层意思是，既然小小姐有心仪的部门，那就让她进去吧！

“城北郊区烂尾楼的资料不整理完不准下班，还有，给我去催临城CBD评估报告的进度。”

资料早上他才着手整理，负责CBD项目的是全公司最脸黑的霍君霍总监。晋北的两条眉抽了抽，怪自己多嘴说了不该说的话，片刻哀怨，他集中注意力开始了不可能完成的工作。

程只只走出煊贺大门，给尤然发微信：本只已被煊贺储备岗择优录取。

发过去尤然就回了，霸道总裁式口吻：你在原地不要动，我马上过来接你。

突然身后一阵响动，不知什么时候聚集了一拨人潮。“麻烦让让，让让。”程只只被安保人员推挤到柱子边，穿过重重人头，她看见了被一行高层簇拥着从专梯出来的贺知以。

他边走边讲电话，无暇顾及其他，就这样目不斜视地经过了程只只。

人潮迅速散去，剩柱子旁的程只只没动。

要是换作以前，就算隔大老远她也早就冲上去挂贺知以脖子上了，但是现在，程只只连喊他还要害怕他会不会装作没听见走了，她那颗在贺知以面前作天作地的胆子在这两年里长着长着竟长没了。

“嘀——嘀——”程只只被喇叭声吓到发抖。

“愣着干什么呢？！上车啊！”出租车后座的尤然冲她招手。

上车后关上车门，尤然报了饭店地址，程只只问她：“你准备什么时候再去考一下驾照？”

“我最近在和粱丛谈投资，哪有时间啊！”提起这事尤然就火大，硬是狠狠地白了两眼旁边的程只只，“你说说你好歹也是贺知以前女友，好好替我求两句情私了不就行了啊？非得报警。”

程只只不甘示弱：“还好意思说我呢，您也不看看您老人家那车技，都从人家车屁股骑到车头上去了，俩车轱辘还悬在空中打转儿呢。要不是看在我的面子上，晋助理还得来找你谈后续的问题。噢，对了，车你给贺知以修好返还了吗？别跟我说还没有啊！”

“啧啧，看在你的面子上？我这就呵呵了，你面子这么大，怎么没见你进项目部，反而被发配去了个可有可无的储备岗？程只只，我看你就只知道窝里横，你有本事去贺知以面前横啊！”

“你站着说话可真不嫌腰疼，就连这储备岗，都是我程只只过五关斩六将争来的，有岗位就不错了。”程只只的肚子咕咕响了好几声，“听见了没，你的小可爱，我饿了。”

两人再斗嘴也不影响姐妹情深，尤然指着前方的红绿灯：“师傅，前面左转，靠边儿停。”

下了车，尤然脚踩十五厘米的恨天高大步向前迈。程只只挽着她的胳膊踏着小碎步跟在她身侧，看上去像极了有钱人家的大姐领着家里最小的妹妹出来放风。进的是申城小有名气的私房菜馆，馆内的装潢讲究，大到房梁、墙面、屏风、桌凳，小到碗碟，都特意花心思做旧，整间屋子充满了岁月沉淀下来的厚重感，程只只觉得这宝地适合小情侣谈情说爱。

“欸，”程只只坐下，冲尤然挑挑眉，“你是不是经常来这里泡男人？”

尤然翻白眼：“你不觉得这种氛围老年人才会喜欢吗？比如公婆约未过门的媳妇共餐，还有就是像我老爹为了排面请客吃饭。不过话说回来，这里的酸菜鱼是真的好吃，我老爹带我来吃过，特别鲜而且不腥。我记得你爱吃鱼，所以订的这里……”尤然讲话的声音越来越弱。

“怎么突然不说话了？”程只只从碗里抬起头来，疑惑地顺着尤然的视线回头。

“别、回、头！”尤然大喝，但为时已晚，程只只看见了被准媳妇陪着来吃饭的表姑婆，当然，男主人公贺知以不会缺席。隔得不算远，许芬的眼珠子一下子亮了：“呀！只只？！”

第四章

你乖乖的

程只只倒吸了口凉气，自知在劫难逃，干脆抱住了许芬使劲蹭："表姑婆，我好想你哦！"

她那掐着嗓子腻死人的腔调在尤然听起来，表示浑身起鸡皮疙瘩。

"你个坏小孩！"许芬轻拍了程只只两下，"这两年都不来探望你表姑婆，"说着，许芬又把她翻来覆去地打量，"哎哟，知以，你看看只只，两年不见出落得可真是水灵。"

贺知以双手抄在裤兜里岿然不动，话却十分不中听："不见得。"

这台拆得……许芬的笑僵在脸上，扫了自己儿子两眼："我让你看，没让你发表意见。"

程只只"扑哧"笑出声，抬头竟对上贺知以冰冷的眼，她继续埋进许芬颈窝："还是表姑婆最好了。"许芬向来宠程只只，在她搬进自己家里后更甚，原因有二：一是许女士一直想要个女儿，无奈身体缘故不宜再孕；二是贺知以生来性子冷，排斥她那举世无双的母爱。

程只只记得瞒着贺知以住进他家后被扫地出门那次。可能是邻居走漏的消息，许芬第二天就冲到事发现场，坐在沙发上一把鼻涕一把泪地哭诉自己的辛酸史："我就只只这一个表孙女，虽无血缘，但人家父亲当年对我和你爸恩重如山，没有她父亲，就没有现在的我和你爸，更不可能有你！"许芬当时是真的动气了，激动得呛了一下咳嗽了起来。

贺知以显然吃这套苦肉计，赶紧为许芬拍着背顺气："妈，生气伤身。"

许芬保养得当的脸上泛出气急的赤红："那你还来气你妈！"

那时程只只缩在角落里不敢吱声，听着许芬硬性要求贺知以："你愿不愿意照顾只只？”

“我愿意。”他的声音听上去蛮勉强的，表情看起来也牵强，却让她当时的心咯噔一下。

许芬不罢休，把程只只唤到身边，拉过她的手递给贺知以：“你说，你愿不愿意对只只好？”

这场面清清楚楚地刻在程只只脑子里，贺知以垂着眼盯着她的手看了好一会儿。她的中指因常年写字磨出了老茧，指甲有些歪，指节也不修直，总之不美观。周遭光柱里的灰尘颗粒似乎都静止了，墙上钟摆秒针走动的咔嚓声却无比清晰。程只只的手颤了下，正要缩回。

他突然握住她的手，包裹在掌心里：“我愿意。”程只只的心刹那间逃离胸腔，不知所终。

“来，只只，表姑婆给你介绍，这位呀，”许芬另一只手拉过赵南燕，“这是你小表嫂！”

赵南燕的右手搭在贺知以的臂弯，左手被未来婆婆热情地攥着。以前，程只只碍于和贺知以的辈分、亲戚关系，不敢在亲朋好友面前像赵南燕这样广而告之。程只只的笑有些勉强。

“上次在酒吧我和只只见过，”赵南燕摇了摇贺知以的小臂，“亲爱的，我没记错吧？”

店里本就安静，在赵南燕话音落下后，感觉更静了，食客拿匙动筷的轻微声响全入耳里。

贺知以站的地方光线微暗，他“嗯”了声，无意间用余光扫过程只只，只见她撇了撇嘴。

她还好意思委屈？贺知以别开眼，声音淡然：“妈，订的桌在二楼，我和南燕先上去了。”

两人上楼，许芬拉着程只只不放：“和你朋友一起，陪表姑婆吃个饭，表姑婆可想你了。”

暗中观察的尤然其实觉得程只只挺沉得住气的，要换作她——拜拜就拜拜，下一个更帅。

走出几人的视野，贺知以的小臂就绕开了赵南燕的手，突然走快了些，离她有半米远。

赵南燕早就习惯了人前做戏、人后疏离，落空的手揣进大衣兜里：“小姑娘还是在意你的。”

包间门口有服务员站着，为两人推开门，两人坐下，开始布桌。“所以呢？”他突然问。

他方才沉默了半晌，赵南燕以为他不会说话了，这一问，倒还把她问住了：“什么所以？”

贺知以用热的湿毛巾擦手，就像法医解剖前戴上白手套：“所以我就该给她回应？”

“你这人真是，”赵南燕生厌，“有话好好说，你拿我激人家，哪天激过头了，你——”

“得不偿失”四个字咽了回去，门从外被人推开，贺知以睨了眼赵南燕，她耸了耸肩。

小互动在程只只眼里被无限放大，尤然推推她，她才慢腾腾地走到贺知以身边位子坐下。

包间内的布置比楼下大厅更考究，楠木制品在空气中苏醒散发出厚实的木香，其间夹杂了清爽的苹果香，让人久闻也不觉得木香沉闷。这种专门放置在室内用来清新空气的苹果产自澳大利亚，程只只以前在贺知以家里见过，她当时不懂，拿来就啃，完了之后跟他提起，说下次别买这苹果了，水分不足。贺知以从上至下又从下至上地将她看了两遍：“这是拿来闻的。”

今晚总是想起以前，程只只心里不是个滋味，饭也是吃得索然无味。

许芬一面给准媳妇夹菜，一面给表孙女添汤，嘴上也没闲着，唠起了两年前的嗑：“你看你说搬走就搬走，要不是后来知道了你是去做交换生，我准以为又是那小子把你赶走的。”

“当时您为了把她硬留在我那里，也是大动干戈，我怎么敢赶她走？”贺知以说笑着，拿起汤匙低头轻搅瓷盅里的汤，匙和盅碰撞，发出叮叮当当的撞击声，他时不时挑眉看程只只一眼。

程只只垂着眼，一粒一粒地挑着碗里的米饭，突然：“对不起。”她的头垂得更低了。

“对不起”三个字，只有两人能意会，她在和他过去的感情道歉。

贺知以骤然握紧汤匙，咽了口汤下去，擦着嘴推开盅：“这汤有点淡。”

可这是甜汤啊……正在布菜的服务员愣了，也不敢说，也不敢问，立刻端走了汤。

听不出端倪的许芬笑：“这有什么对不起的，咱只只学习厉害，其他大学都争着抢着要。”

程只只扯了扯嘴角，笑得勉强。之后，她像被人摁了关机键似的噤了声，她非常希望贺知以回应她的对不起，嘲讽也好，耻笑也罢，起码分点情绪给她，让她知道自己还能引起他的情绪波动，尽管是坏情绪，可他直接忽略了。程只只很是失落，心底有个地方塌了一小块儿。

许芬打趣地问她有没有交男朋友，她侧着脑袋摇了摇，看见了赵南燕的手腕。刚才在外边衣服穿得厚没注意，这会儿赵南燕脱了羊绒大衣，腕子上的玉镯子露了出来，随她夹菜的动作，在灯光下晃来晃去特惹眼。不仅程只只注意到了，连尤然也注意到了，看成色，估计上百万。

程只只认得这只镯子，表姑婆五十岁生日那年，表姑爷在生日宴上为表姑婆戴上的。礼敬宾客发表感言时，表姑婆说以后这镯子就是传家宝了，只传媳妇不传儿子。程只只站在席间，偷偷摸摸地扯了扯贺知以的衣服：“你说我跟马大哈似的，要是以后把镯子给磕碎了咋办啊？”

贺知以半天没给她反应，直到她意识到自己说错了话抬头，对上他笑吟吟的眼：“媳妇？”

羞得程只只捏住他的唇，但那双丹凤眼还在笑，她又捂住他的眼：“贺知以，你耍流氓！”

象征女主人身份的玉镯戴在了别人的手腕上，程只只的眼睛红了：“表姑婆，我去一趟厕所。”

去往厕所的过道有些长，程只只快忍不住了，几乎在用跑的，却突然被身后的声音叫住。

“程只只。”

“啪嗒”，眼泪夺眶而出，她用手背胡乱地揩，发现越揩越止不住，索性就这样回头冲贺知以叫嚣：“干吗？”她的样子要多委屈有多委屈，偏偏又强忍着不要别人看出她的委屈。

这种最招人心疼了。贺知以压了压自己的语气：“被甩的人是我，你哭什么？”

程只只顾不上什么“先打入敌人内部”的战略方案了，她屁颠屁颠地走到贺知以面前把自己塞进他的怀里。她已经很久没有抱抱他了，他身上只有古龙水混着烟草的味道，再无其他女人乱七八糟的味道，她往他胸口衬衣上蹭了蹭鼻涕和眼泪：“那我把你捡回来行不行？”

“你当我是可回收垃圾？”

她在他怀里拼命摇头：“不是、不是、不是……”

贺知以太阳穴上的青筋突突地跳，他像是在忍受什么即将爆发的力量，喉结上下动得厉害。开口说话时，他的声音又沉又哑：“你还记得你当年为什么要离开我吗？”

程只只张了张嘴，发出的只有抽泣声，不说记得，也不说不记得。

贺知以深深地叹了口气。他极少极少会叹气，因为所有事都在他的可控范围内，这小半辈子叹气的次数全花在了程只只身上，以前是奈何不得她，现在是推不开她。贺知以把她从自己胸口拔出来。程只只哭得更难过了，她伸出双手，一次又一次地上前抱他，一次又一次地被他拒绝。

程只只无助极了，站在离他半臂远的距离外，他字句咬得清晰："你说'贺知以，我们不合适，你已经看遍全世界的风景，可我要的不是你讲的风景，我要自己亲眼去见证'，对吗？"

程只只不知该摇头还是点头，因为这的确是她的原话。

她全身因啜泣过猛而发抖，她去抓他的手求他原谅被他躲过甩开。"其实没必要。"他说。

贺知以静静地看着程只只，光源是几盏罩着玻璃罩的蜡烛，透过昏沉的黄，他好像看到了十九岁的程只只在哭，身体某个烂了个洞的地方灌满了酸涩，可他已经不是二十五岁的贺知以了。过了好久，他才平静地向她宣誓："程只只，你不用回来了，我不再需要你了。"

屋外起风了，风从过道这头吹到过道那头，程只只就站在过道中间感受着这道穿堂的凉风，睫毛上凝着泪珠，手脚冰棍似的凉。她注视着贺知以离开的地方，也不知在讲给谁听。

"我说的，都是假的，我骗你的。我是个骗子，你是个傻子。"

程只只实在没有力气回去强颜欢笑了。

她用微信给尤然发了条消息，让后者转告许芬自己学校有急事先走了。她走出饭店在马路对面的一家副食店坐下来等尤然，恰好店门口有个巨大的冰柜，还真有卖她以前喜欢的火炬冰激凌。

她想了想，直接拿了一百元给老板，坐在离冰柜最近的位置一根接一根地吃。

甜品拥有治愈人的魔力，在她吃完第三根后，门口的音响开始放杨千嬅的歌："祈求天父/做十分钟好人/赐我他的吻/如怜悯罪人……"她跟着哼起来，心想这不就是唱的我吗？

一个多小时过去，“在哪儿？”尤然送走许芬后就给程只只打电话。

“你对面啊！”在尤然出店门时，程只只就看见了她。

尤然挂了电话奔了过来，她盯着程只只看了会儿，才道：“你把贺知以打了？”

“……我命令你给我滚。”程只只继续啃火炬冰激凌，又过了会儿，“贺知以这次好像真的不要我了。”心闷闷的，酸酸的，就像被爱人亲手撕碎了。尤然有些手足无措，好像做什么都多余。

饭店门口，两道般配的身影从台阶上下来，尤然推推程只只：“贺知以结完账出来了。”

程只只立马拿手里的火炬冰激凌挡住自己的脸。尤然无语：“别躲了，你脸比火炬冰激凌大，遮不住。”

“我没躲，我只是在举给贺知以看，我还喜欢吃火炬冰激凌，我还喜欢他。”程只只有理有据。

“……”尤然无语，“然后呢？”

“然后贺知以这道坎我还没跨过去，”程只只再次撕开一支火炬冰激凌，“真好吃，你吃不吃？”

尤然告诉自己打人是犯法的，才忍住要打爆程只只的头的冲动：“怎么分的？”

从程只只和贺知以分手到重逢，尤然只问过两次这样的问题，今晚是第二次。

才分手时，程只只第二天就飞去了临城大学做交换生，尤然被程只只剩在了申城大学。那时候尤然担心她想不开，逃课飞去临城大学请她吃火锅，结果那天她吃了平时的两倍。她说：“幸好你来了，不然都没人陪我吃。”尤然以为贺知以什么的都过去了。

等到大三那年过年，程只只被她妈和她爸押去贺家老宅拜年。当晚下了鹅毛大雪，整个申城被茫茫白雪覆盖，尤然家的门铃突然响了。她打开门，一坨雪球撞进她怀里，是程只只。

她哭得好可怜，眼睛红红的，鼻头红红的，嘴皮紫紫的，她指着心说：“我这里好难受啊！”

她其实没有在贺宅看见贺知以，正因为没看见，所以难受。尤然才恍悟，她全都在装。

“任行半年前因公殉职，你知道的吧？”程只只忽然提起风马牛不相及的事。

尤然以为她又要岔开话题，拧眉道：“这跟你和贺知以分手有关系？”

“有啊，”火炬冰激凌太冰了，冻得程只只说话捋不直舌头，“任行就是你想知道的分手原因。”

“当时煊贺财务上出了很大的纰漏，贺知以被传进了税务局问话，上头下了禁止出省令，助理、职员还有直系亲属接二连三地被请进去协助调查。如果我和贺知以这层关系暴露，我家、他家乃至整个申城都得沸腾。再加上任行的腿伤复发，你也知道任行那腿伤是因为我，我除了离开贺知以，没有别的办法。”

“……”尤然彻底傻眼，说不出话，嘴唇颤了半天，才基本消化，“傻子。”

七年的朋友，这点默契还是有的，程只只也不赘述：“你千万别冲去告诉贺知以。”

果然是姐妹，藏不住半点小心机，尤然难为情地叽歪：“我这不是想着你们早日和好！”

“我这么和你说吧，”程只只难得语重心长，“我不愿意贺知以因为我的难言之隐，再联想到以前的点滴有了感动才答应我和好，我要的是他喜欢此时此刻的我，正站在他面前的我。”

“你说，因为错过、追悔而重拾那份遗憾的感情，那要是哪天还清了那份遗憾呢？”

程只只反问尤然。尤然愣住，张了张嘴，什么都说不出。

程只只啃完最后一口，找老板退了七十二元钱，火炬冰激凌三元五角钱一支，算下来她吃了八支。

她捧着自己的脸：“尤然，我有点烫，好像是发烧了欸。”

“大冬天的，八支冰激凌，你不烫谁烫？”尤然嘀咕着，在路边招了辆出租车，带着她上车，绝尘而去。

尤然以为程只只只是普通的发烧，回家给她喂了几颗退烧药就睡下了。

年轻人的生活不分白昼黑夜，这眼睛一闭再睁就是第二天傍晚。尤然是被身边的人烫醒的。程只只脸红得跟只熟虾似的，脑子烧糊涂了，嘴上还在说胡话。尤然暗叫不好，给湛河打电话却被提醒关机，她啐了句脏话：“关键时刻掉链子！”又赶紧拨通急救电话叫了救护车。

煊贺今日的新职员报到工作接近尾声，晋北审查名单时发现程只只名字后写着“未到”。他看了两眼办公室里间的贺先生，发现他正和霍总监谈事情，于是悄悄给程只只打了个电话。

那边却是一个焦急的女音接起：“喂喂喂？晋北？晋助理？我是尤然，只只生病住院了，情况有点复杂，麻烦你把电话递给贺总。”

贺知以和霍君莫名其妙地看着贸然闯进来的晋北。

晋北暗暗清了清嗓，递出手机：“先生，小小姐闺密的电话。”

“小小姐”这个词霍君是头回听，他慢慢直起腰，抱臂欣赏贺知以的反应，指缝里还夹着支笔。

贺知以看了看晋北手里的手机，又看了看晋北，那眼神就是在警醒晋北——这不归他关心。

“小小姐住院了，听说情况还挺不好的。”

还是情难自禁地迟缓了半秒，贺知以的眉心皱成了川字，他抬手接过手机：“喂？”

“贺知以，医生说只只高烧不退，外加昨晚情绪崩溃伤心过度，现在躺在手术台上，意识薄弱。”

被贺知以握在手里的中性笔“啪”地断了，他吸了口气：“她为什么会躺在手术台上？”

一向行事利落的尤然这时乱得不行：“昨晚那么冷，她连吃了八根火炬冰激凌，我想着她心情不好就让她放开吃了，但我没想到她生理期提前，引起了宫内大出血……”

“你去综合楼顶楼找省医院院长，我让他安排妇科专家主刀。”

尤然来不及道谢就挂断了电话。贺知以盖上笔帽，泰然自若地起身：“晋北，外套。”

“外……外套正穿在你身上。”

“嗯，”他不大自然地清了清嗓，上下瞟了晋北两眼，不紧不慢地扣纽扣，可手好像有些抖，扣了好几次都没扣上，最后放弃，大敞着衣襟往外走。

晋助理和霍总监咋舌：是个人都能看出来你心里乱了套，还搁这儿装什么淡定啊！

“先……先生，你忘了车钥匙。”晋助理这次的声音彻底哆嗦了。

“你记性不错，”“记性”两个字被贺知以重重地咬死，他说完，抓起桌面上的车钥匙，拉开玻璃门扬长而去。

晋北扭头对上霍君狐狸似的目光：“哪个小姐这么大的排面？”

晋北正色纠正他：“霍总监，是小小姐，不是小姐，麻烦您注意措辞。”

“噢，”霍君懂了，“那还是个学生吧？”

俗话说，言多必失，晋北在嘴边做了个拉拉链的动作：“不大清楚。”

电梯到车库这段时间里，贺知以不断地给湛河打电话，全被机械的女音提醒已关机。

他拉上车门，插上车钥匙，却没打火，眉心被他拧成川字，他滑动手机通信列表——

“喂？陈教授，您好，不好意思这么晚冒昧打扰您。我想请问，宫内大出血会留下什么后遗症吗？”

那边是位已退休被医学院返聘的老教授："宫内大出血？严重的情况会导致不孕不育。"

尤然在电话里形容的高烧不退、情绪崩溃、生命危险、意识薄弱这些词猛地在耳边回响。

贺知以脑内空白了几秒，耳蜗里"嗡"的一声响。过了半秒，一记重拳捶在方向盘上。

贺知以赶来时，鞋底磕在地砖上，长长的过道里发出清脆而又空洞的脚步声。

尤然和众人闻声回头，他从光的源头大步走向这边，他的面容有几分倦，有些不修边幅。可再怎么不修边幅，也抵不住从骨子里散发的那股运筹帷幄以及气宇不凡。

尤然暗暗竖起大拇指，尤物也，她姐妹只只眼光就是好。

"脱离生命危险了吗？"贺知以问尤然。

"几分钟前院长和主刀医师交流过，说是常见的宫内出血，只是只只严重体寒，需住院观察数日才能确诊是否会留下后遗症。"

贺知以把"后遗症"和"不孕不育"画上等号，本就倦怠的脸上此刻面如土色，太阳穴疼得要命。

他该怎么让只只接受，她不能生小小只的事实？

"贺总，"尤然犹犹豫豫的，她十分畏惧贺知以，但话又卡在嗓子眼里不上不下，为了替姐妹出头，她豁出去了，深呼吸了口气，说，"昨晚你对只只说的那些话，有些过了。"

贺知以不作声，双手揣在裤兜里斜斜地倚在墙上，盯着自己的鞋尖，许久，"嗯"了声。

妈哟？！我没听错吧？！尤然又蒙又惊，贺大佬这是认识到自己的过错了吗？！

"尤然，后遗症的事，我来告诉只只，你不用提起。"这时，手术室的灯由红转绿。门开了，程只只被推了出来，可能是发烧的缘故，她的脸颊有些红，肌肤底色却是惨白。

嗯？等等？！尤然的头顶挂满大大的问号，贺知以说的是普通话啊，可她怎么听不懂？！

尤然转身正要追问，却见贺知以用自己的额头抵在只只额头上感受温度，她立马闭紧嘴巴，安静嗑糖，今日份的“叔叔太爱我怎么办”！呜呜呜，尤然落泪，只只的苦日子到头咯！

直到第二天夜里，程只只仍旧昏迷不醒，这是湛河今天第十次被贺知以叫来查房。

“贺知以！我叫你哥行不行？我都跟你说了，全身麻醉醒得没那么快，还有主刀医生也说了，只只前天晚上精神状态低迷，她需要休息，不会太快醒过来，你干着急个什么劲啊！”湛河压低声音再三解释。前晚尤然给他打电话时，他正进行着一台颅内手术，整整四小时才结束。

“这就是你们省院对病患家属的态度？”贺知以倒也不明着杠，只是意味深长地反问。

“……”湛河想大哭，他心塞地戴上听诊器，“大哥您请坐，让小的来为您排忧解难。”

可病床上的人不醒，湛河再怎么听杂音、量体温、看病历本也是徒劳。做完查房的常规检查，湛河取下听诊器，正要向贺知以例行报备，病床上的人哼唧了两声，带着浓浓的鼻音。

“你不要吵。”贺知以竖起食指放在嘴唇上冲湛河皱眉。

湛河觉得做人真的好难，做贺知以的兄弟难上加难。

“你可以出去了。”贺知以用小得不能再小的声音遣走湛河。

行吧，他走。为了不发出声响，湛河踮起脚碎步走到门口，万分小心地关上门。

病床上的人拱了拱，贺知以走到床头打开了床顶的暖灯。程只只醒了，正睁着眼看着他。过了会儿，她又把眼睛闭上，数了两秒，再次睁开，的确是贺知以，她莫名地想落泪。

一时间，两人相顾无言，最后还是她先打破沉默：“手术口会留疤吗？”

贺知以替她掖了掖被角，放缓了声调：“当然不会。”

这和那天晚上的决绝态度简直云泥之别！

可能是近在咫尺的贺知以太过温柔，出现了电视剧里主角才配有的光晕，程只只缓了好一会儿的神，才撇了撇嘴，指指自己的肚子：“贺知以你要对它负责。”

平日里高高在上的贺知以蹲在床边与她平视：“那你说说，要我怎么负责？”

“它现在要喝粥，”二十四小时没进食的程只只饿得手抖，“湛医生的粥熬得就很不错。”

贺知以不多问，马上拨通湛河的电话：“湛河，只只醒了，送粥过来，要你熬的，尽快。”

“先别挂，先别挂，让他多放红枣，”她在旁嘀咕，“上次的红枣就只给尤然不给我吃。”

这话被贺知以听到了，推了推眼镜：“湛河，这次记得多放红枣。另外，今年红枣的价格是超出你的预算了吗？改日我往你家寄十万斤，以后千万别在两三颗红枣上斤斤计较。”

湛河从这句体面的话里听出来了阴森的警告，他握着电话哭丧着脸：“别了，哥，十万斤红枣我堆哪儿啊！哥，上次是个误会，我可以解释，你听完了也会理解我的，我真不是重色轻友。”

“呵，自己把心里话说了出来。”说完贺知以就掐断了电话。

“喂喂喂？”手机屏幕显示通话已结束，湛河脸都气青了，叉腰在办公室里走来走去，惹得几个伏案的实习生纷纷抬头看他。湛河大声嚷：“看什么看？！药都配了？房都查了？”

按下锁屏键，贺知以转身看见程只只正盯着自己，她拍了拍床边位置示意他过来坐下。

贺知以顿了下，还是走了过去。

程只只右手插着针管，动不了，头向他的腿边靠了靠，左手环住他的腰，他身上的温度偏低，室内的暖气打得稍高，一冷一热正适宜："贺知以，你说你不要我了是真的吗？"

他静默地看着她，也不准备接话。

她打了个哈欠，动了动找到个舒服的睡觉姿势："是真的也没关系，反正我没听进去。"

贺知以："……"

一小时后，湛河送粥进来，看到了这个温馨重演的画面，贺知以食指放在唇间："嘘。"

"嗯。"程只只是真的饿了，丁点儿动静都能吵醒她，毛茸茸的脑袋在贺知以腿边拱了拱。

"你可以出去了。"贺知以看也没看湛河，和一小时前一模一样的话、一模一样的语气。

湛河腾出一只手指着自己的鼻子："我就不能看看只只？"

麻药的药效完全过了，缝合的地方麻麻地开始疼，程只只曲着身子一边拱一边哼哼唧唧。

贺知以以为她被吵到了，终于抬头看了湛河一眼。湛河做了个投降的手势，放下粥撤了。

贺知以碰碰程只只的脸，温温柔柔的："我们先起来喝粥？"

她被"我们"这两个字暖到了："你的手好凉。"她握住他的手，放到了热烘烘的被窝里。

然而她放的地方是……胸前……贺知以好像感受到了什么软软的东西，有点反应不过来。

"那什么……"大佬也有磕巴的时候，手在被窝里攥紧成拳头，"粥热乎着，趁热喝了。"

程只只乖乖答好，坐起来靠在枕头上："我右手动不了。"潜台词是"我要你喂我"。

贺知以抿了抿唇。程只只立刻接收到大佬变脸的信息，觉着自己太得寸进尺了，准备伸手去拿勺子。贺知以却先她一步打开保温桶将粥倒在小碗里，用勺子轻轻搅拌之后送到她唇边。

程只只八百年没享受过的待遇，在这个举世同庆的夜晚享受到了："吹吹。"她继续挑战。

"你——"贺知以拖长了声音，忽然抬起眼睛锁住某只，"到底饿不饿？"

"饿、饿、饿。"程只只磕头虫似的点头，生怕他把粥端走，立刻张嘴要粥。

贺知以还是吹了吹才递给她。这幸福的时光来得太突然了，程只只无比满足！

眼看粥见底，程只只灵机一动，说她伤口疼："啊，真的好疼、好疼，快疼死我了啊！"

她失血过多，脸和唇惨白，看起来是真疼，贺知以急忙按响头顶的呼叫灯："我们忍忍。"

医生护士鱼贯而入，围在床边为她做检查。

程只只挠了挠贺知以的手心："疼死之前我还有个愿望，就是想进煊贺项目部，你看……"

贺知以居高临下地俯视程只只："麻烦各位了。"他摆摆手，示意医生护士可以出去了。

病房内静了下来，拿根鸡毛当令箭却没能成功的程只只有点心虚："实现不了的话……"

话未完，被贺知以打断："实现得了。"

Yes！程只只在被窝里攥起胜利的拳头，一不小心动作幅度过大，真的扯到了伤口，疼得皱眉。

"又疼了？"话凉凉的。

"不疼！"

第二天一早，贺知以依旧带着早饭走进了病房，扯了扯被子，被窝里的人纹丝不动。

“那放在床头，待会儿记得吃。”他说着，便把托盘搁下。

程只只这才从被窝里爬出来：“手背上还插着针呢，自己怎么吃啊？”

贺知以正欲上前，被敲门声打断，护士端着药盘推开了虚掩的门：“我来给程小姐拔针。”

“不行，我拒绝！叫湛医生来，我的伤口还疼呢，还得继续输液！”程只只护住右手的手背。

护士为难地小声解释：“程小姐，你输的是营养液，对减轻伤口的疼痛没有任何帮助……”

“……”程只只不知道怎么还嘴。

贺知以侧了侧头，也不知看了哪儿，笑了笑，接着冲护士抬抬下巴：“别听她的，给她拔了。”

她开始嗯嗯哼哼：“我营养还没补充好呢，真的不能拔。拔了，我就头晕，犯恶心，吃不下饭。”

“我喂。”不温不火的两个字。

程只只当即把手送到护士的面前：“拔完之后多给两根棉签，我凝血功能不是很好，谢谢！”

“……”护士愣住，在贺知以的高压注视下，她给程只只拔完针，外带送了一整包棉签给程只只。

“张嘴。”贺知以舀了一小勺人参粥喂给她。

程只只咂吧几下嘴就咽了，见他西装革履，便问：“你要去公司啊？”

“嗯，国外回来的客户，约的今天上午十点见面。”贺知以的注意力都在手里的小勺上。

程只只盯了盯碗，又盯了盯他，小心地提醒：“现在九点五十分了。”

意料中的惊慌没有发生，他给她喂完最后几口，像个没事人似的抽了张纸给她擦嘴：“饱了？”

程只只看不出贺知以脸上的表情变化，但觉得自己好像耽搁了大事：“你……迟到……了。”

贺知以气定神闲地起身：“查到客户的航班晚点，会晚到两小时，我直接从医院去机场接他。”

程只只松了口气，突然心里就不对劲了。

贺知以主宰着他那个圈子里的天时地利人和，就像眼前这事儿，他就是有办法知道客户航班晚点，再根据情况采取应对措施，让时间和人力都能得到充分利用。

他是个不允许结果和计划出现丝毫偏差的人，那她还有胜利的希望吗？

程只只突然这样问自己，却想不到答案。

他握着门把手拧开，像是重复过上百次的习惯，顿住回头：“你自己记得在病房乖乖的。”

一时间，程只只僵了，木讷地抬头。贺知以也意识到了：“别多想。”

他说完，就关上了门。

以前每次她周末在客厅看电视，他有事外出，在玄关穿好鞋开门时，就会像刚才那样随口嘱咐：“你在家乖乖的。”

她闻言，会很无耻，扭过身子趴在沙发靠背上。

“那个，”她冲他眨眨眼，“我想吃以前高中门口的红豆包，你记得给我捎两个回来，不然我不给你开门哦！”

“行啊！”他难得吊儿郎当，“那你亲我一口，就当作跑路费了。”

划算啊！她当即从沙发上翻下来，冲上去，在他的唇上啄了好多下：“够本儿吗，贺先生？”

那是他们浓情蜜意的时候，那是他们最好的时候。

程只只的眼睛闪着光，虽然他在极力抹去她的痕迹，可是，失败了，她有点幸灾乐祸。

贺知以走向电梯的步伐有些快，直到电梯关门，他短短地舒了一口气。

下到车库，贺知以坐在驾驶座上不动，眼镜的镜片上映出“安全通道”的标志。

过了一会儿，他摘下眼镜，手肘顶在方向盘上，伤神地按着睛明穴。

手机铃声大作，他瞥了眼屏幕，是晋北：“说。”

“先生，任部长的飞机还有半小时落地，你在去机场的路上了吗？”

“在了。”他挂断电话，戴上眼镜，打着发动机，宾利转眼从地下车库消失。

“贺总，久仰大名。”从VIP通道走出来一位气质出众的年轻男子，微微躬身向贺知以伸出手。

贺知以礼貌地躬了躬身，伸手回握住男子的手：“任部长年轻有为，期待我们的合作。”

“抱歉，贺总，我想你是误会了。”男子看似友好地笑笑，“由于我们研究之后会和公司达成长久性的合作，而煊贺拿手的项目是地产，在物理技术专利方面没有承接过大型项目，所以，经研究所的领导商讨决定，这次合作，所里采取三选一的竞标方式，我非常期待煊贺的表现。”

贺知以并未受到任何影响，继而打趣道：“那想必任部长也是研究所的领导之一了吧。”

男子推着行李，侧身轻摇头：“只是跟踪各公司参标进程，不参与最后投票。”

贺知以心下会意，这也算是个难搞的角色，但脸上丝毫不见愠色：“任部长果真是年轻有为。”

“在贺总面前倒显得班门弄斧，”男子毫不避讳地直视贺知以的眼睛，“你说呢，贺总？”

金丝框架在白炽灯光下折射着凌厉的光，贺知以扶了扶眼镜腿：“哪里的话。先去煊贺吧！”

宾利在煊贺楼下停住，一左一右出来两道修长的身影，径直走向专用电梯，直升顶层会议室。

会议室里，煊贺项目组A、B、C三组的项目总监翘首以盼，门开，纷纷起身，一一向贺知以和男子颔首。

贺知以向众人介绍："国研研究所，物理部部长，任行。"

路上，贺知以来不及把手机调至静音模式，铃声就突然在这肃静的氛围里响了起来。

贺知以原本打算关机，在看清来电人后，还是接了："程只只？"

接着，他走向窗边。

任行怔了一瞬，脸上的微笑毫无破绽，打开笔记本电脑连上投影仪，为稍后的会议做准备。

"贺知以，我饿了，你中午送饭过来吗？"程只只的语气显得优哉游哉。

"我会安排晋北送。"他不紧不慢地罗列菜单，"白乌鱼汤、鸡蛋羹、山药粥，好不好？"

"嗯……"程只只犹豫了一会儿，"也行吧，记得鸡蛋羹里不加葱。那你晚上给我送饭吗？"

贺知以这电话接得有点久了，霍君看了看表，走过来准备拍他的肩膀，提醒他在等他开会。

贺知以却转过身来冲霍君做了个闭嘴的手势，朝电话里轻声交代："好，我等会送过来。"

嗯？霍君竖起耳朵偷听，贺知以却挂了电话："愣着干什么？开会。"

霍君："……"

"近来，东南亚国家向我所购买一项物理专利，这项专利只属于国研，市面上没有相似的存在，所以，不能够根据市值进行售卖。"

“国研想要的是能精确地评估出这项专利对当地的未来价值，简单地说，这个价格既要让所里满意，又要让对方觉得物超所值。”

任行说完，全场静默。

贺知以的手指一下又一下地敲着桌面，眉头中央聚起浅浅的沟壑，目不转睛地看着幕布。

霍君蹙眉，看着幕布上未曾涉足的物理专业领域，想起自己念的是文科，啥也看不懂。

这确实不是煊贺的强项，更可以说是弱项。

而国研的目的十分明确：让合作方信服的未来价值。相当于评估师本身就要对这项专利有透彻的解析，可物理领域，宽泛得很，研究半辈子的教授犯难时也愁自己还是个门外汉。

“有难度，但总的来说也还好。”贺知以突然出声，话里的意思是：这项目，煊贺吃定了。

霍君倏地生出不祥的预感，他有些烦躁地扯了扯领结，果不其然，马上就被下了“诏书”。

“霍总监，专利评估项目的竞标书，我和A组负责出，B、C两组做辅助。今晚，我会让晋北出一份项目组人员调动书，尽可能地从其他两组中调出精干的评估师到A组来。”

“再者，大家如果认识在物理领域取得过荣誉的朋友，欢迎大家内推，煊贺高薪聘请。”

“任部长，距离竞标的时间还有两个月，这段时间有劳你跟进指导项目。”

“那大家，”贺知以推了推眼镜，“可以散会了。”

听完贺知以条理分明的安排，气场这东西真是与生俱来，霍君倒也不叫苦了。

大家整理好面前的文件，三三两两地议论着走出会议室，没一会儿，会议室只剩下几人。

任行算是初步见识了贺知以，转了两下转椅，起身收好电脑：“贺总，赏脸做个东？”

按理说，这应该是贺知以发出邀请，但他想起程只只的电话：“今天实在不方便。”

“哦？”任行笑道，“还以为贺总真像业界传的那样只为工作痴狂。”

贺知以不解释：“我们改日再见。晋北，送任部长到酒店。”

第五章

任行回来了

夜里十一点，贺知以提着云吞赶到病房外，程只只已经睡下了，贺知以在门外招来护士。

“程小姐等您等到八点，见您没来，就吃了医院食堂的饭菜。她早上醒得太早，半小时前就睡了。”

“好，谢谢！”贺知以把云吞递给护士，“麻烦帮忙把这个处理了。”

这家店的云吞限量出售，出了名难买。护士道了声“好”，接下食盒，就回了值班室。

避免过道的灯光照进去，贺知以只开了一条门缝，侧身挤进屋。

门窗被关得死死的，暖气又打得高，还不开换气功能，她被热出了一层薄汗，蹬开了棉被，手脚都放在外边。

贺知以摇摇头，摸黑将窗开了一条缝隙，放了些新鲜的湿冷空气进来，接着打开加湿器，把她的手脚放回被窝里。

“任——任——”

程只只说梦话，“任”了半天，也没“任”出个所以然。

贺知以戳了戳她的脸，胶原蛋白丰富，一戳一个坑。

夜晚是情愫的催生剂，他整个人融进黑暗，只能识别出模糊的轮廓。医生说的后遗症仿佛还在耳边，墙上的秒针嘀嗒嘀嗒地转，他站了好久，声徐徐地说：“不能生小小只，你会难过吗？”

她翻了个身，一张便利贴粘在她后脑勺的头发上——贺知以，你来了，一定要叫醒我！

这张便利贴本来贴在床头，粘力弱就掉了下来。

他看了一会儿便利贴，有个地方忽地变得柔软。

“程只只。”他轻轻喊了一声。

睡梦中的人毫无察觉，甚至把手垫在脸下面，睡得更香了。

他的指腹碰碰她的唇：“我叫你了，是你自己没听见。”

程只只第二天醒来，盯着天花板发了十秒的呆：贺知以呢？

突然，尤然的脸在眼前放大，吓得她翻了好几个白眼：“你早干吗去了，到现在才来探病，我差点都没认出你是谁。”

“我出差啊！”尤然猛地拉近距离，“昨天我下飞机在机场瞧见了一个人！”

“你要是在机场瞧见的不是人，那才邪门了。”说完，程只只咕咚地喝水。

尤然唯恐天下不乱：“我看见任行了！”

“咳，”程只只被水呛到，难受地咳嗽。

尤然连忙给她拍背顺气：“欸欸，犯得着这么激动吗？！”

程只只咳了好一会儿才缓过来：“我信你个鬼！你肯定是没睡醒，认错了！”

“不可能！”尤然据理力争，“绝对是任行！我就是把你认错了，也不可能会把他认错！”

“……”程只只还是不信，懒得理她，“除非我亲眼看见，不然，我就觉得你在胡说八道。”

“随便你。”尤然气得摆手，拿了个苹果啃着，“嗯，你那心上人呢？还在忙事业啊？”

“不知道。”程只只被问得心烦，“你快帮我去问问湛河，我什么时候能拆线出院啊。”

“叫你心上人去问呗，我只是个可有可无的朋友。”尤然的话比柠檬还酸。

“给我去问！”程只只捞起枕头就要砸过去，尤然尖叫着闪得比兔子还快。

“明天拆线，后天出院，你确定？”尤然再次确认。

湛河点头：“线早拆为好，不然，和伤口长在一起了，拆起来会很疼。”

“哦，那行，谢了啊！湛医生，我先回只只的病房了。”她打完招呼就要走。

“等等。”湛河连忙叫住她，她蹙眉回头，“有屁快放”四个字写在脸上。

“只只出院后的注意事项，还有之后生活饮食上怎么进行保养，这些你都得记着一下。”

尤然的耐心耗完了：“你跟贺知以说就行了，跟我说多了，我也记不住。”她又作势要走。

湛河咬咬牙：“你给我打电话那天晚上，我有别的手术，不是故意不接电话，你别生气了。”

“我没有生气啊！”尤然满头雾水，用食指的指尖指着自己的鼻子，“我为什么要生气？”

几丝愠色浮现在湛河的脸上，他的唇动了动，像憋了什么说不出口的话：“晚上吃个饭？”

尤然又是一脸“我为什么要和你吃饭”的表情，皱起眉盯着他，眼睛亮晶晶的，看上去精明得很，也不喊湛医生了，直呼其名：“哟——湛河，我发现你这个人有点奇怪。”

湛河被她盯得不自在，稳了稳心神，长了几分气势：“怎么，吃个饭也要理由？为你住院的闺密前后忙活这么些天，你和她的医生吃个饭表示感谢，很奇怪吗？”

尤然鬼着呢，才不会被他三言两语绕进去：“前后忙活？这不是维护良好的医患关系应该做的吗？医院又没少给你发工资，啊——”她像看懂了什么，“哦，你这是在受贿！”

湛河的脸瞬时垮了下来，他腾地站起来，一步一步逼近尤然。

他一身白大褂，带着似有若无的笑，十分落拓不羁，这让尤然发怵，往后退。可身后是墙，她一扭头，他近在咫尺！

他的两只手撑在墙面上，左右锁住她，目光炯炯地盯着她：“受贿是吗？”

他的嘴一张一合，轻飘飘的语气像在宣告死亡期限，还真把尤然给镇住了。

她开始结巴：“这……这里是医……院！你……你……想干吗？！”

“干吗？”湛河的手指绕着她耳边的发丝，唇几乎贴在她的耳郭上，“我这不是在受贿吗？”

尤然身体发麻，两只大眼睛瞪着他，一把推开他，冲出了办公室。

湛河看着仓皇逃走的背影，掸了掸衣袖，嘴角和眉眼弯成了弧形：我还治不了你了？！

拆线当天中午。

“煊贺最近很忙吗？”程只只问。

“嗯。”他的唇动了动，好像还要说什么，但最终什么都没说。

敏感的程只只嗅到空气中混杂着悲哀，还是悲恸。具体的，她无法形容，只觉得贺知以这会儿好像有点难过。她靠在床头看着他坐立不安，一会儿从床尾走到沙发，一会儿从窗户走到门边。

她没头没脑地来了一句：“贺知以，你要抱抱我吗？或者，”她伸出手，“我抱抱你？”

一束光透进来，尘埃在光里辗转升腾，春日在这一刻凝固，这是近乎从前的时刻。

他下意识地蹙眉，生生将她和周遭的背景分离。

他的悔意快溢出来了，如果那晚他不逞一时之气伤害程只只，她就不会崩溃，更不会暴食冷饮，落下今后不能生育的后遗症。

贺知以强迫自己别开眼，他在躲避程只只的热情，他不太愿意接受失控的自己。

半空中的两只手伸酸了，却得不到回应，失落地搭在棉被上，程只只缄默。

主刀医生带着四五个白大褂敲门而入，调平病床：“程小姐，请躺好。”

几分钟后，医生道：“贺总，伤口恢复得不错，那就开始拆线了。”医生摊摊手，助手递来了镊子。

程只只突然有点害怕，这线都长到肉里去了，现在又要从肉里抽出来，她能不害怕吗？！

她拽住贺知以的衣角，五官生动地演绎着疼痛："不行，我疼！疼！疼！"

医生无辜："程小姐，那个，我还没开始拆。"医生左手镊子、右手剪子，不知该如何是好。

贺知以握住她的手背："给她敷麻药。"

"好的。"医生利索地敲开麻药，虽在他看来这是小题大做，可动作上丝毫不敢懈怠。

麻药敷上，手被贺知以握着，程只只这下舒坦了，不喊不闹，由着医生在她的小肚子上动剪刀。

十来分钟后，伤口最后被涂上黄褐色的碘酒，医生取下口罩："线是拆完了，但是，贺先生，我之前和你沟通过，程小姐体寒，宫内出血，难免会留下后遗症，要好生将养身体。"

"嗯，我知道。"贺知以在她的床边坐下，把她的手放进被窝里，顺便替她掖了掖被角。

两人的视线交会时，贺知以却没了动作，盯着她的眼睛："只只，无法生育只是很小的缺陷，现在医学发达，可以做试管婴儿或者收养。只要你愿意，我什么都给你最好的。"

程只只听完这段话，彻底蒙了，什么跟什么啊？

医生也蒙。他回头看其他几个医生，并没有接收到有用的信息，低头翻着近日的记录簿以及各类检查报告，确信床上躺着的就是因生理期过度食用生冷食物造成子宫内膜加速脱落而进行小手术的程只只后，抹了一把额头的冷汗："贺……贺总，您臆想的后遗症不成立。"

臆想？

贺知以周遭的气压低了下来，他的眼睛微眯，机械地转头看向医生："你的意思是……"

“医生的意思就是我的子宫有点小毛病，但不至于不孕。”

“我好好调养个半年，能给你生对龙凤胎。”

贺知以捏住程只只的嘴：“你闭嘴，你一个女孩子，知不知道自己在讲些什么？！”

程只只嗯嗯地挣扎了半天，才从他的手里挣脱，怎么着也要把话说完：“我又没瞎说，我妈本来就说过我家有双胞胎基因，我奶奶生我爸我姑就是龙凤胎。我相信，你努力，我们可以！”

“程小姐的话糙理不糙。”医生跟着笑，“贺先生要是没什么事情，我们就先出去了。”

一行人迅速消失。于是，病房里只剩下程只只和贺知以。

突然就这么静下来，程只只不敢再放飞自我。她低头抠手指，其实脑子里在拼命找话题。

贺知以周遭像是被一团黑色的烟笼罩，五官顷刻变得冷若冰霜，表情阴鸷得很，连鼻梁上的金属镜架都透着锋利的光。

被别人看了这么大个笑话，他已经没有好脾气可言了：“程只只。”

“到！”被叫的人开始卖乖，像上课抢答问题那样举手。

但是，晚了！

贺知以睨着她：“明天公司有事，我脱不了身，自己想办法出院，我走了。”

用棉被捂着嘴，她瓮声瓮气地说“不要”，却被贺知以屏蔽了。他不再和她多说，转身出了病房。

贺知以走出很远，在过道尽头的吸烟区停了下来。他唇间叼了一根烟，用手拢着点燃，火星明明灭灭，熏得他蹙起眉头。

他猛地吸了一大口，看着艳阳高照的窗外，悠悠地吞云吐雾。

今天吧，虽然闹了笑话，但好在是他的臆想，这感觉像劫后余生。

贺知以拿食指弹弹烟头，零散的烟灰飘下来，他微微眯起眼睛，看着某处，连吸了好几口。

程只只正式提分手那天，也是艳阳高照的天气。他其实早几个星期就察觉到了她的情绪变化，但他当时以为，她只是闹闹脾气。加上那段时间煊贺在税务方面接二连三地出问题，他每天奔波于税务所和公司间配合调查，忙得连脚沾地的时间都没有，实在抽不出时间哄她开心。

没过多久，是她二十岁的生日，贺知以记忆犹新，他转让了煊贺的百分之五的股份送给她做生日礼物。他想：她二十岁之后的每个生日，他都转让百分之五的股份给她，等到适婚年纪，她也差不多是煊贺半个老板娘了。

可当她看到股权转让书时，没有惊喜，也没有意外，脸色格外冷，她说她要去临城考潜水证。他不同意，但看到她欲哭的表情，心立马就软了。

他解释自己没有别的意思，她体质差，又体寒，深水湿气重，身体会受不了。

她倒在沙发上沉默了好久，拿抱枕捂着脑袋，也不准他靠近。当他穿外套要带她出去吃饭时，她才开口，声音里已经带着哭腔。

她说："贺知以，我们分手吧！"

她说："贺知以，我们不合适，你已经看遍全世界的风景，可我要的不是你讲的风景，我要自己亲眼去见证。"

他的心登时凉透了。他在原地杵了好久，才明白过来，原来他的爱对她来说是种负担。

好像她说得也并没有错，他总是走在前面对跟在后面的她说，你这样做是错误的，到最后受伤的只会是你自己。就像她想上台跳热舞，想去临城考潜水证，他有数不清的方法让事情的危险系数降到最低，可她正值妙龄，她不会有他那么多的瞻前顾后，她只愿活在当下。

贺知以好半天才反应过来，那种慌张他从未体会过，连说话都有些没头没脑了。

他说："只只，没关系，潜水证，我可以陪你去考，现在我们先出去吃饭？我订了好大的蛋糕。”

她说：“分手吧！”

贺知以被烟呛到，咳嗽起来，被谁拍了拍肩膀。他转身看到湛河，湛河扔了一瓶水过来。

“想什么呢？”

贺知以喝了两口，盖上瓶盖，摇头，把烟盒递到湛河的面前：“没什么，今天没排手术？”

湛河接过烟盒，抽了支烟衔在唇间点燃：“本来休假，在家睡大觉没意思，就过来了。”

“哦，是吗？”贺知以挑眉，“我怎么听说尤然今天也来医院了？”

“……早走了。”湛河泄气地“唉”了一声，“你当年是怎么把只只追到手的？这姐妹俩一样难搞定。”湛河戳着自己的左胸膛，“台面儿上我是把人镇住了，可里面这心我真镇不住。你是过来人，有经验，给做兄弟的说说呗，让兄弟我少走弯路。”

贺知以把水扔回给他，慢悠悠地道：“我走过的弯路，你一条也别想少走。”

湛河满头挂满问号，等贺知以走远，才悟过来，在窗边气得上蹿下跳，向着贺知以离开的方向嗷嗷大叫：“嘚瑟个什么鬼，你以为你就革命成功了？我看还早着呢！”

他忽然回过头来，吓得湛河心肝一颤：“明天记得把人给我送回去。”

湛河想起是程只只出院，嘴角撇了撇，怨道：“你就是一斯文败类，装什么正人君子。”

出院后，程只只在尤然家休息了几天，挑了个宜出行的日子，精神抖擞地出现在煊贺人事部。办理入职手续时，她才惊觉自己被贺知以阴了，于是问人事专员：“项目部也有储备岗？”

“是的，每个部门都有储备岗，当部门人员发生调动的时候，储备人员就会弥补空缺。”

程只只暗骂贺知以狡诈，又在心底发出土拨鼠似的尖叫，啊——绕来绕去，我还是个储备人员——

“谢谢你！”程只只接过工作牌，进电梯按下项目部所在的二十楼。

电梯门开，一群行色匆匆的职场男女从她的面前经过。他们嘴上讨论的专业名词，她听不懂，就站在里面感叹项目部真是个人杰地灵的地方，连温度都比其他部门低两摄氏度。

电梯门即将自动合上，她再次按下开门键，贺知以和晋北，还有几个看上去也很厉害但她并不知道是谁的人走过，她紧张得毛孔都张开了。但贺知以像看不见电梯里有个人似的径直走了。

嗯，我隐形了吗？程只只上下打量自己，倒是晋北路过的时候冲她微微点了点头示意。

她露出牙齿笑了笑，以示友好。走出电梯，她揣着“贺知以是只熊瞎子”的想法找到储备岗的办公室。

“程只只是吧？我是M姐，人事部给我发过邮件了，说你刚报到。”她指了指，“你的工位。”

“谢M姐！”程只只环顾四周，大家俨然都是认真工作的状态。

“你才来，要学会有眼力见儿，同事忙不完的活，你帮着做做。熟悉了之后，会指派工作给你。”

M姐说完，踩着高跟鞋回了项目A组。程只只坐下，刚给尤然发了条微信，半只手臂高的文件突然从天而降，模样看上去憨憨的女生拜托她：“麻烦你，一式三十份，送去会议室，谢谢！”

“好。”程只只放下手机，将文件搬到复印机前，“什么时候要？”

女孩儿想了想：“最迟明天中午，任部长下午过来，开会需要这些资料。”

“先生，”进了办公室，晋北关上门，“只只小姐来公司报到了。”

“我有眼睛。”贺知以脱下外套，随手搭在椅背上。

自己又多言了，晋北登时噤声。

室内只剩敲键盘的声音，过了好一会儿，贺知以扶了扶眼镜腿，漫不经心地问：“她的上司是谁？”

晋北呆愣两秒，才明白他问的是只只小姐：“是M姐。”

“哦！”贺知以没有继续追问，“给食堂打声招呼，以后工作餐加份参鸡汤，多放红枣。”

“好的，先生。”晋北出办公室前提醒，“明天下午和任部长有会议，先生，你记得做准备。”

贺知以在浏览明天开会的文件，淡淡地“嗯”了一声。专心工作到中午，他才从电脑屏幕上移开眼，无意间偏头，办公室四周的玻璃能从里看到外，他看见在玩复印机的程只只。

她掀开复印机顶上的扫描盘，对准自己的脸进行扫描，然后按下打印。

一张人脸赫然出现在纸上，她抖着肩膀笑，越笑越收不住。

午饭时间，晋北推门进来提醒贺知以用餐，见他侧头盯着某处表情愉悦：“先生？”

贺知以别开眼，怪异地咳嗽了两声，瞬间恢复冰山脸：“说。”

“霍总监让我把这份资料给你，说是需要你过目后签字。”

“嗯，搁下。”他简单地应了一声。

次日下午，说是两点准时到的任部长还没到，项目部紧张的气氛稍微缓和了些，程只只被派去楼下买下午茶。她盯着高处的菜单：“十杯冰美式，五杯常温焦糖，十五个杧果千层。”

等单的时候，反正闲着也是闲着，她单点了个雪媚娘吃了起来，突然，谁喊了她——

“只只。”

嘴上的雪媚娘“啪”地砸在地上，程只只盯着那坨染上污渍的奶油，想：我听错了吧？

“只只。”他又喊了一声。

任行的音色可以说是刻在了程只只的脑子里，她不用见到人，也完全分辨得出，这绝对是他的声音。她转身，看见他就站在后面对她笑。她捂住嘴，身体抖得厉害，忘了如何上前。

任行前进一步，小心地抱了抱她：“我回来了。”

任行救过程只只，不光是命，还有她差点被别人踩在脚下的骄傲。

高一那年，程只只刚入校，那时尤然还没有转学来省二中，也没有贺知以。

任行是省二中从初中部直升高中部的风云人物，和程只只是同班同学。

程只只在校不爱冒尖，挺低调的，和任行这种老师又爱又恨的天之骄子不在同一层级。

省二中的生活区和教学区是隔着马路的两个区，从教学区去生活区，需要出校门过马路刷校牌进生活区。省二中周边有几所鱼龙混杂的学校，作息时间统一，所以每到放学，校围墙边总蹲着外校的混混。

程只只是回寝室时偶遇那群混混的，那群人嘴里不干净，还故意弄脏了程只只脚上的小白鞋，才引发的之后的意外。

在这些人面前，程只只是有自己的骄傲的，她当着他们的面脱掉小白鞋，扔进垃圾桶里。

程只只记得扇她耳光的是个短发妹妹，挺小、挺矮的，力气却挺大，她只感觉眼冒金星。

有人帮她喊了“打架了”，省二中的保安叫骂着跑过来。那些人作鸟兽散，瞬间没了踪影。她碰了碰有点肿的脸，进生活区食堂吃了个饭，回教室上晚自习。

程只只记得那天老师都去开会了，晚自习无人看守，任行接了水路过她，又倒了回来："小同学，你被人扇耳光了？"

程只只在做题，"嗯"了一声。

但她没想到任行会抓起她的手往外面扯："是哪个不怕死的啊，敢欺负我的同学啊？！"

当时的任行单纯"护短"，通俗来说就是：班上的同学，我欺负可以，但换成别人就不行。

程只只试着抽回自己的手，但无果。结果那群人真还被任行打电话给问出来了，程只只后来特别后悔的就是这个时候，她没有阻止任行。他们到的时候那群混混已经倒下了，被任行在外校结识的乱七八糟的朋友收拾的。

扇耳光的小妹妹不停地鞠躬道歉，程只只以为这事就过去了。

直到大扫除，程只只和任行被安排清除校外围墙上的小广告，任行突然拉着她跑，但没跑出巷子，他让她踩着肩上了树。

她看见任行被十几个人群殴，十厘米长的钉子扎进他的膝盖，她瞬间觉得世界都黑了。

任行家具体是做什么的，程只只不清楚，但之后那帮混混被判了刑。

任行的右腿从此比左腿短了两厘米，细看才会发现他走路一起一落，比正常人起伏大一些。经历了这些，他们在班上看起来还是不熟，但他的水杯总是满的，发下来的新书写好了姓名，乱糟糟的桌面被归置整齐。有时候下楼做操、出教室上厕所，他用余光都能瞄到一道小小、细细的身影不远不近地跟着他。

就这样大半年过去，任行在期末考试结束后拦下她。他依旧招摇过市，半点不受影响。

"程只只，你这样做是不是觉得心里能舒坦点？"

"舒坦就成，那我让你舒坦了，你能不能别躲着我了？"

那天的残阳血般殷红，偶尔飞过几只黑色的鸟，程只只歪头盯着任行。他的表情轻松得过分，俨然开玩笑的模样，即便是这样，程只只也逃不过内心的谴责，她这辈子都欠任行。

所以后来，他的腿伤复发，情绪崩溃求她陪着他时，她几乎想都没想就应允了。

义无反顾，两肋插刀，任行是程只只青春期里撼天动地的少年，一提及就会心颤的那种。

这之后，程只只把内心的愧疚都藏了起来，表面上一切似归于常，但却有些刻意，还有些勉强。

直到插班生尤然空降他们班，一眼就和程只只相见恨晚，迅速成为彼此生命中重要的姐妹。也因为多了一个尤然，程只只才能把偷偷藏起来的，内心深处那些对任行的愧疚感慢慢抹去。

程只只终于又做回了快乐的程只只，而那些阴晦，谁都不提，好似从未发生。

程只只感受到了任行的体温，才信他是人，不是鬼，语气恢复正常："你诈死啊？"

"我参与的是世界级保密项目，成员都被自己的国家对外宣布了死亡，这样才不会受到外界干扰，"任行说话依旧如当年随性，"咋？以为大白天撞鬼了是吧？哪只鬼有你行哥帅？"

"啧，哎呀，"程只只赶苍蝇似的摆手，"你行行好，关掉你自动开启的自恋模式吧！"

任行弹她脑门："会不会说话啊？你行哥才解禁没多久，想听点悦耳的。"

"女士，你的外卖好了。"服务生递来许多个袋子。本来程只只都做好了多跑几趟的准备，这下任行出现得恰是时候，她朝他摆摆头："快，提起来跟我走，周末晚上请你吃饭。"

任行识趣地付了钱："行，那算我请你同事们吃个下午茶。"

两人几年未见，回公司的路上，穿过绿荫道，程只只忽地出声："你过得还好吗，任行？"

一改不正经，语气过于正式，任行甚至还听出了些愧意，他慢走着，侧头看向她没出声。

程只只没得到回答，昂头看向任行，两人目光相触，光从中间划开。

那些难离难舍的青春似云涌同时裹挟着两人。

任行移开眼，脸上虽依旧带着笑，却不是真正的笑："怎么突然问这个？"

程只只沉默了会儿："我怕你过得不好。"

任行把脸别向别处，也沉默了会儿，才正视程只只，十分平静："挺好的，工作内容是我感兴趣的，能够全身心投入。也不会再有人老是问腿还疼不疼，我都忘了自己有什么不同。"

"你本来就没有不同，"程只只忽然笑起来，"啧啧，我发觉你好像突然一下就长大了。"

气氛登时轻松起来，走进电梯，任行嘚瑟起来："行哥老成得很，是你自己没看出来。"

"就你？老成？"程只只乐出声，"也不知道谁都高三了还跟游戏厅的小学生抢游戏币。"

这锅任行不背："什么叫抢？是那小孩捡了我的游戏币就跑。"电梯到了，"叮"地打开。

抬眼，晋北、霍君、M姐还有程只只叫不出名的A组大佬站在电梯外，她却和任行笑得东倒西歪，这算是上班时间开小差吧？！还被上司逮个现行？！她脸上的笑容慢慢凝固、慢慢消失，连忙立正站好，疯狂给任行递眼色："外卖小哥，都给我吧，谢谢你送我上楼！"

众人齐齐倒吸凉气，程只只拉响体内警报。

"你叫任部长什么？"M姐问她。

任……任部长？任行就是专利项目的甲方？程只只惊呆，手在半空来回指："我……他……"

"程只只是我高中同学，刚在楼下咖啡店碰见，"他举了举纸袋，"你们的下午茶哟！”

“让任部长破费了，不好意思。”声音从外围传来，围观的人立刻闪开了条小道。

贺知以大步走到二人面前，对着程只只说：“待会儿去咖啡厅索要发票，钱返还给任部长，听见了吗？”见她不搭话，他又“嗯？”了声。

“听见了。”程只只小声答应。

“任部长，会议室这边走。”晋北走过来做了个“请”的手势，一行人浩浩荡荡向会议室前进。唯独M姐留了下来，让程只只搁下手里的下午茶：“带笔记本和笔，一起到会议室。”

程只只得令，跟在M姐后面进了会议室，虽然只是坐在临时增加的塑料板凳上。

贺知以站着，衣袖半挽，露出精瘦的小臂，红色的激光笔随他的动作在幕布上四处游走，他偶尔讲些评估方面的名词她还能听懂，但长篇大论都是关于物理，程只只打了不下十个哈欠，反观任行，支着两条腿懒懒地坐在转椅上，看模样有在听，贺知以一面讲，他一面摇头。

“贺总，如果按照目前煊贺准备的评估报告来看，竞标时胜算不大。”

程只只托着腮帮子听任行的总结，高中时候他的物理就一等一的好，考试时其他学科做不做全看他心情，而物理，回回满分，有时解题方式新颖，改卷老师甚至想多给几分。高考他也属于重在参与，因为已经有研究所的少年班签了他，光这个就让她和尤然羡慕得不行。后来他进了研究所，专做物理方面的研究，她总说他能为国争光，相当于实验室里的战士。

贺知以轻松地耸耸肩：“这只是初稿，不到最后，怎么会亮真剑？”

任行起身同他握手：“拭目以待。”

散会时，已经过了下班时间，程只只回工位上拿包，再出来时，不见任行，也不见贺知以。

坐电梯到煊贺楼下，程只只打卡出公司，贺知以的宾利停在门口，他还不耐烦地摁了声喇叭。

一秒惊喜，但如果不是霍君走在她身后的话，程只只真会以为贺知以是在专程等她上车。

紧接着，一辆布加迪停在了宾利后边，车窗降下来，是任行的脸：“上车。”

程只只犹豫一瞬，从贺知以眼前跑开，拉开布加迪的车门：“嘻嘻，去国贸。”

霍君乐呵地坐上了宾利：“你怎么知道今天我没开车啊？”

贺知以从后视镜里睨加速而去的布加迪，按下车窗，点了根烟：“我不知道。”

听到语气不对，霍君试图下车。但晚了，车门“咔”地落锁，一脚油门，速度猛地提到百迈。惯性让霍君向后仰又向前栽，他揪紧安全带：“贺总我不赶时间，您可以慢点儿开。”

油门踩得更深了，尾气管“嗡”地闷响，车跟离弦的箭似的：“我赶。”

送霍君到住处，下车时，他的两腿发软。

车窗降半，贺知以知会了他一句：“下次记得开车。”便发动引擎走了。

霍君挪到垃圾桶前，“呕”地吐了出来，想着自己今天没得罪他啊，却总感觉被报复了。

布加迪停在国贸门口，程只只解开安全带：“尤然也在，上去坐坐？”

“我赶着回所里汇报项目进度，这周末，约你和尤然出来吃小龙虾，到时候微信联系。”

“成。”程只只关上车门。向小区走了几步，突然想起自己忘了吃晚饭，又转身朝外走。

却看见街边停着辆宾利，幸亏驾驶座上的灯亮着，不然程只只真不敢确定那就是贺知以。

她跑过去敲开车窗，没有问“你怎么在这里”，而是问“你吃饭了吗”。

“没有。”贺知以把脸别向一边。

她发出邀请：“我们去吃螺蛳粉吧！”

“太臭了，吃不惯。”嘴上犟着，却下了车。

“他家也有你爱吃的牛肉粉，”声音顿住，继而转小，像在碎碎念，“我吃过，挺好吃的。”

贺知以充耳不闻，专心地走路，两人隔着一拳的距离，打下来的影子偶尔交错偶尔分离。

粉店是家苍蝇馆子，藏在市中心的小巷子里，店门口多支了几张桌子，被旁边的老梧桐树遮挡着日晒。煮面的锅灶在门口，排风扇呼呼地转，抽出掀锅盖时的蒸汽。程只只拔腿跑过去跟老板说她要螺蛳粉，加酸笋、加鸭脚、加卤蛋，又招贺知以过去：“牛肉粉，是吗？”

他动动唇，对老板说：“除了牛肉粉，其他都可以。”

程只只气得皱了皱鼻子：“给他煮螺蛳粉，臭死他！”

贺知以的脸色沉了几分，点好餐，程只只见他不动：“喂，不是该男士结账？”

贺知以轻描淡写：“你之前借的五百元没还，这十来元当作利息，算下来还是我结的账。”

啊！羊毛出在羊身上！程只只心服口服，扫付款码：“老板，开发票哦，我回公司报销。”

贺知以煞有介事地睇着她：“吃不得半点亏？”

程只只输入付款密码：“贺总说这话良心真的不会痛吗？”

机械的女音响起：“微信收款三十八元。”

贺知以径自走到外面桌坐下。她紧跟上去，坐他对面：“想问什么就问呗！”

贺知以诧异地看了看她，用纸巾擦拭面前的桌面：“我以前怎么没听你提起过任行？”

“高中那些事儿，你那会儿有兴趣听啊！但物理老师说他是天才，生来就适合搞物理研究，”程只只提起这个眉飞色舞，“然后他平时吧老不安分，耍起浑来浑得要死，一看就属于那种上房揭瓦的不良学生，可不知道为啥，我们学校的女孩儿都爱围着他转。”

两碗螺蛳粉端了上来，程只只狂咽口水，拿起筷子就开吃。

经过发酵的酸笋独特的味道熏得贺知以拧眉："看来你和他关系不错。"

程只只摇手，"不能用不错来形容，完全就是患难与共，"她想起了什么，突然冲他邪魅一笑，"喂，贺知以，这次合作，你可以安插我做商业间谍，从任行那里搞些有用的信息回来。"

他端正地坐着，双臂环在胸前，神情泰然地看着她："不需要。"

"不懂资源合理利用，"她嘀嘀咕咕，冲他的粉努努嘴，"你不吃啊？"

贺知以的表情有些扭曲，满脸都写着"这么臭的东西能吃吗"的抗拒，然后依旧不拿筷。

"你尝尝，特别好吃，"程只只帮他拌匀佐料，伸出三根手指头发誓，"我骗你我是猪。"

他这才拿起筷，顺便补了句刀："你本来就是。"

"……"程只只不乐意地在碗里挑花生米来吃。

贺知以取下眼镜，折起镜腿搁在桌上，突破心理防线，夹起两三根，尝了尝，居然还行。

"怎么样，没骗你吧，人嘛，就要大胆尝试新鲜事物，"程只只啃着鸭脚，话题猛打了个弯又给绕了回去，"所以，派我去做间谍绝对是个正确的尝试，我定不负众望满载而归！"

贺知以视她不存在，慢条斯理地进食，连吸粉咀嚼时也是静音的，一举一动优雅得不行。

"程只只，你要我重复几次，我说不需要，就是不需要。"

她暗暗腹诽：凶什么凶啊？我这还不是为了你！

任行是程只只同学这件事在煊贺传开了，之后开的几次会M姐都让她旁听，还是那个塑料板凳，还是那个角落，连张桌子也没有，做笔记时，程只只只能把笔记本摊在掌心里。

看着怪可怜的。

贺知以坐在长条会议桌前端，偏头捂嘴告诉了晋北什么，不多时，就有人送来了张桌凳一体的写字板。程只只如鱼得水，撑着头认真消化这几天的笔记，快要散会时，终于举起手。

贺知以看向她，其他人的目光接二连三地看向她，她就像根小秧苗似的在风中凌乱了。

太久没做焦点，她舔了舔嘴皮，居然有点怯场。

贺知以以为她又要提出什么间谍方案，看了看她便把目光收了回来："就这样，散会。"

程只只大幅度摇晃自己的手，诚恳的脸上写着"我要发言"，力图得到贺知以的许可，他视而不见，盖上笔记本电脑作势要走。M姐冲她抬抬头："程只只，你有什么想说的？"

她腾地站起来，弄得桌凳"哐当"响，所有人这次认真看向她，包括贺知以。

"我……我有个简……简单的问题，"在场都是大佬级别的评估师，有些个名字熟悉的，程只只还借鉴过他们的论文，她紧张得结巴属于理所当然，"嗯……我们的方向是不是错了呀？"

兴许没料到她会留心听这场会议，贺知以在原地定住，抬眼看了看她："继续说。"大佬们犀利的目光嗖嗖地向她射来，连霍君也板着个脸，坐直了腰板，听她接下来要说什么。

她吐了一口气才进入正题："我们为什么不请东南亚的物理学家来协助我们呢？他们更清楚这项物理专利对他们的国家来说意味着什么，也更清楚他们的国家需要什么。我们一直在中国、在申城、在煊贺、在会议室里运作，会不会就显得有些井底之蛙了？"

静了两秒，议论声响了起来，程只只松了口气，坐了下去。

半小时过去，早已过了下班时间，程只只肚子在喊饿，她抖着腿等会议结束。

一直在转笔思考问题的霍君发话："程只只的出发点是正确的。"

M姐同意霍君的看法："这小姑娘虽然才走出学校，可能正是因为见的人、事少，所以思考问题的出发点浅显，但我们好像缺少的就是这种浅显，我们最开始就把问题看得太深沉。”

“对，”霍君点头，“这样吧，程只只，明天来A组，负责接洽任部长和东南亚物理学家。”

程只只眼睛发亮，却被贺知以喊了停：“她不行。”

程只只急了：我没试你怎么知道我不行？！

霍君好像也有话要说，但似乎贺知以并不想听：“接洽的人选有待商榷，好了，下班。”

办公室人多嘴杂不适合吵架，程只只乘电梯来到地下车库，蹲在贺知以的车边讨要说法。

“你在这里做什么？”贺知以支开了同行的晋北。

“等你啊，”程只只气鼓鼓的，“我为什么不行？”

贺知以拉开车门坐了进去：“上车。”

程只只甩上车门，“砰”的一声响，车身震了震。贺知以发出轻笑：“你脾气可以再大点。”

她的不高兴全写在脸上：“贺知以你烦死了，我到底哪里不行，不行的我都可以学的啊！”

宾利开出地下车库，汇入车流，才入春的三月天，阴雨绵绵，就像两人此时此刻的心情。

“不是你说的那样容易——”

程只只利落地打断他的话：“我愿意接受挑战。”

贺知以的脸上终于出现了些不耐烦：“我会和霍君详谈，给出最佳人选，不排除会是你。”

“停车，我要下车！”程只只这股气往心里去了。

贺知以依旧理性自持，车速不减：“你不要总当自己是个小孩子。”

宾利靠右停下，从里面下来个气势汹汹的女孩儿，下着雨，伞也没撑，甩上车门，拔腿就跑。

贺知以回到家先灌了杯冰水降火，再进浴室冲了个澡，出来时，手机上好几个未接电话。

“霍君，有事？”

他是来给程只只争取机会的：“今天那小姑娘很有灵气，我从人事那边调出了她的档案，专业课资产评估平均成绩过九十，四年连续获得国家级奖学金，我挺看好这小姑娘的。”

霍君说的这些，贺知以比他还清楚，那是因为程只只一半的专业课程都是他亲手教出来的。

他点了支烟，仰头靠在沙发背上，一缕烟从指缝升至半空：“霍君，你想过吗？程只只来煊贺两月不到，就参与了骨干成员才能加入的会议。是，我承认，她今天的提议非常有价值，但是，如果让她成为重点，你确定今天在场的所有人会服她，而不是等着看她闹笑话？”

霍君沉默半晌：“那你的看法是？”

贺知以抖了抖烟灰：“我还是那句话，程只只不行，”他沉默了会儿，“这面旗由你来扛。”

Excuse me？！您这……这……这把我弄成了众矢之的？霍君炸了：“贺总，我也怕闹笑话。”

贺知以也只有在拿他当枪使的情况下才会夸他：“我不会看错人。”

如此才勉强安抚住霍君：“那行吧，挂了。”

贺知以按下手机锁屏，掐灭烟头又接着点烟，最近烦心事比较多，烟瘾好像也比之前大了不少。他扔开火机，夹着烟倚在沙发上闭眼小憩，刚才给说的都是些能上得了台面的理由，其实他有私心，他不放心程只只和任行走得太近，他看得出来，任行喜欢程只只。

贺知以神色黯然，烟灰缸里的烟头堆成小山，桌上还掉落几个。他的太阳穴这会儿疼得厉害，起身回房间，从床头的抽屉里倒了两粒药和水吞下，过了好久，翻来覆去难以入眠。

“唉！”黑夜里重重的叹气声，好像，在不知不觉中，又开始了沦陷，程只只啊程只只。

第二天，程只只请假了，原因那栏写的是心肌梗塞。

晋北把她通过官网提交的假条拿给贺知以看：“先生，小小姐又生病了。”

贺知以淡然地瞟了两眼：“行了，我知道了。让霍总监进来，我有事找他。”

晋北出去的这几分钟里，贺知以随手点开了微信，刷到凌晨三点多尤然发的朋友圈。配图是程只只的背影，抱着膝盖坐在飘窗上，周遭漆黑，唯有窗外的月亮亮着，还附了行字——哭得惨兮兮的小可怜。贺知以停在这条朋友圈上半天不往下滑，手抵住唇，牙齿轻轻咬着。

霍君推门而进：“贺大佬，今儿有什么吩咐？”

“没事了。”贺知以起身，风似的路过霍君。

霍君原地犯蒙：“晋北？晋特助？你喊我进来就是看贺大佬表演起身的？”

程只只要死不活地躺在床上，枕头底下的手机突然响起，她看也不看就接了：“谁？”

“我，”而后静了两秒，“你下楼。”说完，就把电话撂了。

程只只看着黑下去的屏幕，嘴上叫嚣：“你叫我下去我就下去？你自个儿不知道上来？”可脚上的棉拖鞋已经穿好了。昨天下了小雨，今天的气温低了几度，刚开春又进入了倒春寒。

贺知以敲着方向盘，侧头有意无意地看两眼小区出入口。

程只只裹着厚家居服，戴着毛线帽，趿拉着棉拖鞋，从里面走出来。一双眼睛又红又肿，显然是哭过了。她走近，也不拉开车门，就站在车窗前，双手揣兜里，偏头不看他：“干吗？”

说话的鼻音很重，呵出的热气散开，过了两秒，见他不说话，又吸了吸鼻子："你到底干吗？"

显然，程只只卖起惨来，贺知以是吃这套的，像被识破了死穴，冷冷的语气升温不少。

"如果不允许你参与专利项目，你会怎么样？"

程只只的眼泪说掉就掉，倔强地用衣袖擦："我不怎么样，我还是会待在煊贺，待在打印室，给人打印资料，跑腿买下午茶，吹吹M姐和霍总监的彩虹屁，我每天都过得开心。"

贺知以面不改色："那你有什么好哭的？"

她把头扭到另一边抹眼泪："我没哭，我一点都不委屈！"

贺知以双手搭在方向盘上，几分钟后，吁了口气，从驾驶座倾过身来打开车门："上来。"

程只只犟起来谁说话都不管用，她当没听见似的不动。

贺知以的指尖有一下没一下地点着方向盘，像是在聊天气似的顺口提起："昨晚霍君向我力荐你，我想了好久，才决定把你安排在霍君身边，但你现在这个态度貌似不太愿意——"

突然贺知以感觉从外涌了股冷风进来，再转眼看，副驾驶上的程只只就差没把安全带系好了。

"那我那天的提议是不是就过了？我之后就是霍总监的助理啦？需要我做什么方案吗？"

贺知以调高了车里的暖气："要不煊贺的总裁你来当？"

程只只不好意思地摆手："不不不，我不行，"但话猛地一转，"总裁夫人我倒是可以。"

贺知以被噎住正在想如何反击，突然觉得手臂一重，程只只抱住他整条胳膊蹭："爱你哦！"

可能有预料他会发火，她蹭了两下就推门下了车，边往回跑边朝他挥手："明天公司见！”

直到程只只跑得没影了，贺知以的车还停在原处。他的手掩着嘴，也不知道笑没笑，只是眉目有些弯。过了会儿，打着发动机之前给霍君打了个电话：“有事忘了说，今晚加个班。”

这人有病吧？

刚下班才走出公司大门的霍君又折了回去：“恭候贺总大驾光临。”

贺知以第二天到公司，程只只的工位已经挪到了霍君旁边。

她乖巧地坐在位子上，见他从外路过，冲他做了个斗鸡眼。

贺知以别开眼，像什么也没看见，径直进了里间的办公室。

“梆梆”，桌面被霍君敲了敲：“你对外聘东南亚物理学家有什么建议？”

程只只大有想法：“我推荐最好是已经移民中国的东南亚物理学家，这样他才会有深刻的体会，我们国家和他的国家的差距，他要是心系祖国，就肯定非常希望祖国引进这项专利。”

霍君点头：“听你的意思你是有了人选？”

“Oliver！”程只只从文档里调出资料，“我做了详细的资料查找，他出生自东南亚的半岛国家，当地经济落后，他能接触到物理并对物理心怀热爱，归功于多年前一位物理专业的中国大学生出境支教。早在五年前，Oliver就举家移民到中国，目前从事科研工作。”

“不错，”霍君不吝啬夸奖，“出份策划，今晚给我。之后你负责接洽Oliver，每次的会议总结都由你来做，当我们从Oliver那里消化掉这项专利后，我要看到你的评估报告。”

程只只瞪着圆眼：“可我……我……我没有实战经验。”

霍君喝了口咖啡：“这不就是吗？好了，开始工作。”

一早上，程只只的眼睛就没从屏幕上移开过。午餐时间到，周围的同事基本走光，程只只伸了个懒腰，起身朝外走，正巧碰见晋北提着食盒从电梯里出来，她突然微笑，迎了上去。

“晋助理，霍总监有事找你，让你去食堂。”她说谎从不打草稿。

晋北想了想，掏出手机，并没有未接来电。

程只只干脆劫过食盒：“你去了就知道了，这个我就替你送进去吧，都是同事，不用谢！”

到里间办公室，程只只连门也不敲，轻拧门把，探了颗头进去：“你的小可爱突然出现。”

“……”贺知以拿眼睛扫过她，“怎么是你？”

程只只走进来，提了提手里的食盒：“晋助理吃饭去了，让我来给你送饭。”她把食盒搁餐桌上，自己跟着坐了下来，“喏，过来吃吧，”她看了看菜，“这么多菜你也吃不完吧？”

贺知以拿筷，挑了筷茭白：“没有多的餐具。”这话明显带着逐客的意味。

程只只的眼睛瞬间亮了：“嘿嘿，好巧，我带了！食堂的参鸡汤不配勺，喝起来不方便，我就自己带了。”她一边自言自语一边从包里拿出个条形盒子，里面一双不锈钢筷一把不锈钢勺。她拿过食盒的盖子，将就当个碗，不客气地盛了碗饭，夹了坨晶莹的牛筋，心满意足，“真香！”

贺知以无话可说，抢走她筷下的土豆：“吃完就出去，公司人多嘴杂，不要落人口实。”

“噢，”程只只嘴里包着饭，声音瓮声瓮气的，“表姑婆生日是不是快到了？”

“嗯，下个月月初。”贺知以吃完小碗米饭就停下筷。

程只只心直口快：“幸好不是这周。”

贺知以听了，挑眉看着她：“怎么，这周你有安排？”

“对啊！”程只只喝着鲫鱼汤，也没多想，问什么答什么，“任行说请我和尤然吃小龙虾。”

“新闻说，申城的河湖流域受了上游的污染，里面的水产吃不得，你确定你还要去吗？”

“啊，是吗？”程只只表示慌张，“那我们刚才喝鲫鱼汤了，现在吐出来还来得及吗？”

贺知以的语气带着点隐忍：“这不是申城的鱼！”

“吓死我了，”程只只喝下最后一口鲫鱼汤压压惊，“没事，我们不吃申城的虾就行了。”

贺知以腾地站了起来，凳脚和地板之间发出“吱——”的刺耳摩擦声：“程只只你吃饱了吗？”

她单纯点头：“差不多了。”

“那你还不出去？”

程只只关上门，摸不着头脑：我说什么招他烦了？男人心，海底针！

用完餐的同事见了她：“只只，你杵在贺总办公室门口干什么？”

程只只回神朝同事不好意思地笑：“我刚给贺总冲了杯咖啡端进去。”

同事指了指自己的嘴角：“你这里有饭粒。”

程只只立马拿下，干笑：“中午吃完饭，忘记擦嘴了。”

周六这天，程只只和尤然睡到夕阳西下，两人正在洗手间化妆准备赴任行的龙虾局。

程只只的手机铃声突然大作，来电人是霍君，她赶忙接通：“喂，霍总监？”

“你立刻去贺总家，我的U盘忘在了那里，直接帮我送到机场来。”

“好的！”霍君的语气急切，程只只挂断电话，慌里慌张地穿好鞋，朝还在梳妆打扮的尤然说道，“任行那边我只能先放他鸽子了，公司临时有急事，你今晚替我多喝两杯赔罪！”

门“嘭”地砸上，尤然追了出来：“你眉毛只画了右边！”可走廊，早已不见她的身影。

打车到美科郡，程只只轻而易举进了贺知以的家。之前被她撞翻的酒柜依然屹立在原处，只是上面的酒瓶寥寥无几，程只只这次生怕再撞，离得远远的。她在书房找到霍君的U盘，转身前多瞟了两眼书柜，发现里面摆的全是她高一到高三的课本，一时愣住，只剩下呼吸。

手机铃声再次响起，程只只一面讲电话，一面目光流连于这些课本上，不舍地关上了门。

出租车上，机场路畅通无阻，油门被司机师傅轰到底。

窗外的建筑物疾速闪退，闪得程只只眼花，她索性闭上眼，脑子里却全是刚才书柜里的课本。课本是她高三时候留下的，当时需要三轮复习，家里所有的课本都被她搬了来，她离开的时候什么都没带。但课本之前明明放在她的卧室，现在却被贺知以整理在了他的书柜里。

她好像窥知了贺知以的小秘密，程只只的鼻子发酸，抿着嘴马上就快被贺知以感动哭了。

到机场，程只只下车就看见入口处的晋北："不好意思小小姐，让你大老远跑过来一趟。"

"没事没事，"程只只跟在晋北后面过安检，"贺知以人呢？"

"贵宾候机室，九点的飞机。"

程只只看了眼大屏幕，八点半，快登机了，她拔腿跑向休息室，正瞧见贺知以往洗手间方向走，她扭头追上去，站在洗手间外等他。贺知以洗手出来时，毫无防备地被程只只扑了个满怀，强烈的冲击力让他连连后退，后背撞在了墙上，他举着两只湿漉漉的手："放开。"

她从怀里昂起头，睁大两只水光潋滟的眼睛："你干吗不扔掉那些课本？是不是睹物思我？"

她又埋进他怀里，说话闷声闷气的："我知道你在气我，所以不肯原谅我，你还要闹多久的别扭？"

贺知以扶了扶被她撞得有些移位的眼镜："你先站好。"

“不要。”反倒抱得更紧了。

“之前楼上的住户翻新装修，敲坏了水管，水渗进了你借住的房间，恰好我外出不在，物管那边通知了许女士进行维修，许女士就自作主张把你的那些课本放在了我的书柜里，并放话谁敢把她表孙女的书扔了，她就让那人吃不了兜着走。最后，程只只，人贵在有自知之明。”

不带温度的解说结束，贺知以腰上的手慢慢松开，怀里的人再也不肯抬头。

程只只垂着脑袋，心情像坐过山车，此时跌落进谷底，她好一会儿都没出声。

贺知以看着她，唇微乎其微地动了动，可最终还是缄默，越过她独自走了。

广播里，机械的女音响起，程只只揉了揉发痒的鼻子，拖着沉重的步伐跟了出去。本来打算直接离开机场，但觉着既然来都来了，还是向霍君打个招呼为好，于是掉头朝贵宾候机室走去。以贺知以为首的一行工作狂候机也闲不下来，都拧着眉头聚精会神地盯着电脑。

“霍总监。”程只只打断霍君。

霍君摘下耳机：“晋助理把U盘拿给我了，今天太感谢你了小程！”

程只只笑了笑：“没有耽搁你的行程就行，那我就先走了霍总监。”

霍君重新戴上耳机，转念想到什么，又扯下耳机，疑惑地“欸”了声：“我刚才急糊涂了，我居然找你去贺总家拿U盘，他家不是密码锁，是指纹锁，关键是你居然还进去了？！”

霍君的声音不大不小，刚好够其他人听见，连贺知以也抬眼看向这边。

程只只的脑子里缓缓打出无数个问号，按照陌生人戏码，她不可能进得了贺知以的家！

大家看看程只只又看看他们的贺总，收回视线继续盯电脑，却默契地双击桌面上的微信，拉了群聊——

“霍总监的意思是程只只的指纹能开贺总家的指纹锁？！谁知道点什么吗？！”

“我有天看见程只只站在贺总办公室门口，嘴角还挂着饭粒，难道是和贺总共进午餐？”

“天，手段也太高明了啊！我就说，区区才出校门的大学生，居然够格做霍总监的助理？”

……

大家你一言我一语，讨论得越来越激烈，最后得出结论：程只只贪慕名利自愿潜规则。

有人讽了句：“贺总能看得上她？！”被突然发声的贺知以吓得关了聊天框——

他盖上电脑，递给晋北，理了理袖口，口吻仿佛事不关己：“程只只是我的远方表侄女。”

程只只随后小声地加了注释：“没有血缘关系的那种。”

众人恍然大悟：啊，原来是关系户！

霍君别有意味地多看了两眼程只只，在收回视线时，不小心撞上了贺知以的目光，如同和沉睡在深渊里的灵兽对视了半秒，他紧忙眨眼睛错开：“行了，都别愣着，开始登机了。”接着嘱咐程只只，“那什么小程，哦不对，只只，你就回去吧，路上注意安全。”

程只只礼节性地给霍君鞠了一躬：“霍总监一路顺风。”

吓得霍君又回鞠了一躬：“客气了客气了。”

第六章

藏好的心，在这一刻，破绽百出

进入商务舱，霍君摩挲着下巴在思考什么，瞄了好几眼身边的人。

贺知以闭目养神，懒散地睁开眼："你有多动症？"

霍君换了个舒服的姿势坐好："贺总，我跟你共事这么多年，怎么也没见过这小姑娘啊？！"

贺知以重新闭上眼睛："行了霍君，闹出这茬，程只只和贺家沾亲带故的消息恐怕已经尽人皆知了。你不要过分关注程只只，这样会弄得她在公司的处境尴尬，明白我的意思吗？"

霍君配合地答"好"。过了两秒，猛地反应过来，他这是在为程只只设身处地地做考虑啊！

贺知以昨晚休息得不好，刚又被程只只堵在卫生间门口闹腾了半天，这会儿脑子里嗡嗡长鸣。

他在头疼该怎么处置书柜里的课本，放在原处左右看着闹心，搬去其他地方又显得欲盖弥彰。想当年他为什么会把这些课本好好收在自己书柜里？真实原因是他清楚地知道她回来的概率渺茫，除非……被大学开除。但他那时真心希望她被开除回高中复读，那样她就能回来了。

周一早晨，办公室八卦像张网似的扩散，这下，全公司都听说了程只只和贺知以是没有血缘关系的表叔侄。当她踏进电梯，里面的同事对她露齿微笑并点头问好，还自动为她让出圆弧形的空间，这是她第一次没有在高峰期被挤成饼。她在心里纳闷：我分明是凭本事进的公司……

到办公室，M姐走了过来："Oliver那边约我们今天去谈，做准备，十分钟后准备出发。”

首次登门拜访，两人就吃了闭门羹，前台告诉她们Oliver这三天的行程都在国外。回公司的车上，M姐丢给程只只上周做的策划：“你这上面写的Oliver这周会在公司，结果呢？”

程只只没想到Oliver的行程会发生变化：“我马上核实一下他后面的行程。”

“前几次免不了受下马威，就算今天Oliver在公司，也不会接见我们。但大家都不会和人民币过不去，多磨几次，让对方感受到我们的诚意，到时候再把条件摆到台面上来谈。”

程只只似懂非懂：“多磨几次是什么意思啊？”

M姐从后视镜扫了她两眼：“见缝插针，除了工作行程，想办法搞到Oliver的私人行程。”

回到公司，程只只去茶水间泡咖啡，一拨围聚在一起聊天的同事见到她立马一哄而散。

有人上前搭讪：“只只，咱们下了班去吃鱼吧，我记得你喜欢吃酸菜鱼。”

连喜好都摸清楚了？程只只也太佩服这些人的行动力了，但她对于不熟的人装熟，实在是没办法陪他们装：“我小表叔说了，最近申城水域受污染，好多水产都吃不得。”

那人吃瘪，喝了口水：“那行，你什么时候想吃了，咱再约。”说完，放下水杯出去了。

手机突然响起，是Oliver的助理，对方告诉程只只Oliver后天愿意和她见面。

等到星期三，一大早，M姐和程只只直接在煊贺楼底碰面，雄赳赳地杀去Oliver工作的科研机构。两人守在办公室门口，却被助理临时告知，Oliver需要倒时差，让她们再等等。两人耐着性子等到中午十一点，主人公终于姗姗来迟，却像看不见人似的，径直进了办公室。

助理进去报备后，才放她们进去。几分钟，Oliver稍做浏览，便放下合作案。

“抱歉，我并没有看到这次合作对我的个人利益。”

程只只忙做解释："Oliver先生，这对您来说——"

被Oliver伸手打断："不好意思，我还有个会议，再联系。"

程只只眼睁睁地看着目标离开却无能为力，M姐安慰她："正常现象，多多习惯了就好。"

程只只垂头丧气好几天，在过道遇见出差回来的贺知以也无动于衷，回到工位趴着装死。

贺知以停下脚步，侧头问晋北："她刚才……我……"

晋北了解，点头答道："她刚才没看见你。"

贺知以的脸有些垮："多嘴。"

周五，程只只下班回到家，像条咸鱼似的瘫在沙发上。尤然见了，免不了问："咋啦？"

一句话总结："情场失意，职场失意，啊——人生啊——毫无头绪的人生啊——"

"啧，过去点，"尤然拨开她的腿坐下，"才入职场的小菜鸡，说说吧，遇上什么事？"

"被甲方吃得死死的，这也就算了，连句词儿都朗诵不了。"

尤然怒其不争："小菜鸡，这也叫事儿？虽然评估方面我不懂，但姐姐我跟你讲，谈合作千篇一律，少不了酒，大家往酒桌上一坐，多喝上几杯天南地北都是兄弟姐妹，懂了吗？"

程只只抱着抱枕坐起来咬指甲，别说，她好像来了点灵感。

门铃声响起，尤然跑过去开门："是任行，上次你鸽了人家，今天我把他约到家里来了。"

门刚开，一股来自夜市的食物香气沁人心脾，程只只立马来了精神："快进来快进来。"

"哟，您在呀！我还以为煊贺少了您就不能运转了。"任行故意酸她，把夜宵搁桌上。尤然进厨房拿出几瓶酒，在矮桌前席地而坐："你还不了解她，把贺知以的话当皇令似的。"

程只只爬了起来，打开外送袋，看见红绿交错的辣椒，称心地"啊"了声："香死我了。"

尤然瞧了瞧："这是咱们高中巷子里的烤豆腐吧！任行你可真有心，还专门回了高中。"

"我记得有的人就好这口。"任行把用锡箔纸裹着烤的豆腐推给程只只。

程只只拿塑料勺舀了一小口："天，记忆中的味道！"

三人你一杯我一杯喝了几个来回。任行油光可鉴的发型散了几根，搭在额前，本掖在西裤里的衬衣也被扯了出来，全然丢了平日里任部长的形象："听说你在找Oliver谈合作？"

"昂。"程只只散漫地回答，"你问这个干什么？"

任行撑着头，漫不经心地摇晃酒杯，偶尔看她两眼："我认识Oliver，有需要尽管——"

"打住，公事别和私交扯上干系！"程只只制止他，"公私分明的道理还要我这小菜鸡来提醒你？况且这种作弊的行为已经被贺知以否决了，我反正是不会和我心爱的人唱反调的。"

尤然翻白眼：难道你唱贺知以的反调还唱少了？

任行杯中的酒被仰头饮尽，语气恢复玩世不恭："这是多少漂亮妹妹求都求不来的机会。"

"我宣布退出漂亮妹妹行列，进军美丽姐姐的世界。"程只只说完，发出鹅叫般的笑声。

任行看着她闹腾，表情淡淡的，也不插话。

任行记得，在程只只没有被外校混混欺负之前，他们在学校只有过一次交集。

他那时在学校顽劣不羁，下课后经常性地站在过道和三朋四友打闹。那天，程只只抱着全班的作业本经过，不知是谁推了他一把，好在他反应灵敏，向前扑的同时伸出双手撑住墙，程只只连退了几步，被他拢进怀里。那是夏天，她怀里的书本哗哗掉，全数砸在他脚背上。

他和她近在咫尺，连她衣服上的皂香都能闻到，连她根根分明的睫毛都看得无比清楚。周遭起哄声四起，她抿了抿唇，红着脸弯腰从他臂膀底下钻走了。

所以当他看见她脸上鲜红的巴掌印，说不清是什么感觉。她骨架小又瘦，罩在大号的校服里显得整个人软软糯糯的，他经过她的座位时动作大，她抬头看了他一眼，又低头写作业去了。

但那记眼神，灵动又带点泪光，他本已走过却折返回去，拉起她就去找那帮人算总账。

后来出了事，他的腿因此落下残疾，她整个人性格也突然间变得安静了起来，成天为他做些不起眼的小事，应该是在弥补亏欠。

他当时的心情复杂，有点舍不得又有点迷恋她这样做，就好像他借此得到了某种特权。

后来有人问他后不后悔替程只只出头，她当时就在旁边，身形明显一震。他大大咧咧地坐在座位上，手肘吊儿郎当地搭在她的肩头："这——我兄弟，你说我后不后悔？"

他其实是想缓解她的愧疚。好在她信了，紧绷的肩松了下来："谢谢你啊，任行！"

只不过再后来贺知以出现了，程只只从此拥有了神明、拥有了宇宙。

他才后知后觉，原来爱情里不讲究先来后到，来得再早的，是过客也终究逃不过过客命。

任行呷了口酒，实打实地玩笑道："欸，只只，追不上贺知以，换个口味，追我试试？"

程只只抱着酒瓶子傻乎乎的，配合他："嘁，你还用我来追？我勾勾手指头你就过来了。"

任行举了举杯："你说得对。"

程只只和尤然两个聊起天来手舞足蹈，室内充斥着两人叽叽喳喳的说话声，任行觉得自己应该是醉了，让落寞的情绪钻空子占满了心头。如果记忆能一键删除，他不会删掉程只只记忆里的贺知以，他会把自己记忆里的程只只删掉，那样，他就不会一喜欢就是好多好多年。

过完周末，又是黑色星期一。

"你们看看那个程只只，这都小半个月了，手上的合作怕是凉了。"

"就是啊，耽搁了整个项目还无所谓的样子，有后台就是硬气。"

在食堂用餐时，咬耳朵的碎语传进程只只耳里，她草草扒了两口饭就回了办公室。现在公司基本分成了两拨，一拨在她面前阿谀奉承，一拨背地里冷言冷语，她夹在中间里外不是人。

晋北走了进来，声音极小："先生叫你去办公室。"

有几个回来得早的同事纷纷侧目，程只只叹了口气，拿上笔记本去了贺知以的办公室。

听见开门声，贺知以搁下手里的文件，抬眼看她走进来，几天不见，眼前的人貌似瘦了。

合作案压在她手里没有半点进展，程只只像是闹了笑话，头垂得低低的："你找我啊？"

贺知以点头，倾身端过桌上的咖啡："顶不住就撤下来，我是为你好。"

这话说完，贺知以怔了两秒，她肯定不爱听这话。如他所料，程只只立马成了只被踩到尾巴的奓毛猫："找我来就是说这个？那我告诉你，我会风光地让Oliver在合作案上签上字！"

"程只只！"他起身叫她。眼看她就要开门出去，他语气不缓不疾，却一语中的，"所以要让整个项目组都原地等你程只只？"

闻言，她的动作停了，握住门把杵了好一会儿，才回身，垂着眼睑盯着地板，近来熬夜生出的眼袋下起了浅浅的纹路，一个委屈又惨巴巴的声音响起：“贺知以，你再给我点时间，再搞不定我自己打包离开煊贺。”

他无奈地叹了一口气：“照你说的，这周内，搞不定换人。”

“我知道了。”程只只轻声答，该卖乖时就卖乖这招她运用得炉火纯青。

结果出了门就开始拨电话，哪还有刚才的楚楚可怜：“哇，M姐！我刚被喊进去单独谈话了！我机灵着呢！什么？Oliver答应了下午坐下来和我们好好谈谈？！行，我马上来找你！”

从科研机构出来时，已是夜里八点，天黑尽，M姐开车将程只只送到地铁站。她挂在肩头的大号帆布包里装满文件，沉甸甸的，压得肩膀酸疼。不过她心里开心，Oliver终于有在认真听合作案了，想到这里，赶着去挤地铁的脚步轻快了不少。手机铃却在这时响起——

“程小姐，Oliver先生邀请你来焰欲小酌几杯，你是否方便？”

程只只毫不犹豫地答应了，这或许就是尤然口中的酒桌文化吧！

赶到焰欲，接近十点，舞池里的氛围尚且和缓，未及午夜巅峰时刻。卡座那边，有黑影冲她浮夸地招手，程只只挤开人群，才走近，助理招呼她坐在Oliver旁边。她看了看卡座里坐着的黑影，灯光闪烁，不太能看清，但陪坐的几个着装暴露的女人她倒是看得清清楚楚。

程只只迟疑，Oliver拍了拍身旁的位子，支走了座位上的女人：“小程别站着，来，坐！”

这下不坐就是不赏面儿了，程只只抱着帆布包僵硬地坐下，一下子就被Oliver身上的烟酒气味给淹没了，她下意识地捂住口鼻。Oliver见了，神情微不悦：“合作你还想谈吗？”

程只只点点头，Oliver朝她缓缓吐烟：“那就敞开喝几杯，合作什么的都好说。”

程只只还嫩了点，真以为会像尤然所说：多喝上几杯天南地北都是兄弟姐妹。她果敢地接过递来的酒杯，一口气闷完一杯后，惹得在场几个揽着女人腰肢的中年男人拍手叫好。但好在她只是嫩不是傻，懂得巧妙推杯。Oliver被她灌下几杯烈酒，趁着酒劲竟开始动手动脚。

程只只其实非常厌恶这种应酬模式，她爸妈也从不勉强她跟着他们一起参加应酬活动。而被送到贺知以那里后，别说半夜进酒吧了，半夜进游戏厅都要被他捉回去。

依她以前的脾气，别说让她迎合，就是让她坐那儿她都坐不下去。可现在不一样，她身担重任，她就要把事情办得漂亮，让贺知以知道她长大了，不再是那个总给他惹麻烦只能站在他身后被保护的小姑娘了，她有能力站在他身边的。

快到午夜十二点，重金属音乐冲击着耳膜，气氛被推至高潮，释放的欲望似要胀破整间焰欲。一只手悄悄从衣服下襟摸进来，吓得程只只跳了起来，扰了邻座男女的兴致，女人娇滴滴地吟了两声，扑在她胸口的中年男子看上去更兴奋了。程只只抓起帆布包，步伐有些虚。

“Oliver先生，我有点不舒服，就先走了。”

却被挡住去路，那只手钩住她的腰：“我在对面酒店订了房，我带你去那里休息休息？”

程只只拍着自己的头，试图赶走眩晕让自己清醒：“不麻烦了，我回家就好。”

Oliver却曲解其意掩人耳目：“这怎么会麻烦呢？你我是工作上的伙伴，举手之劳而已。”

程只只的头又晕又疼，仅存的意识告诉自己被下药了。可周遭的人都在享受夜晚的快乐，根本不会有谁注意到这丁点小动静。程只只竭力反抗，T恤的领口被拉扯开，圆润的肩头露了出来，Oliver双眼放光，咽了咽口水，手立马抚了上去，程只只用尽全力赏了他一个耳光。

Oliver擦了擦出血的嘴角，越发亢奋，索性撕开虚伪的面具，看样子是要用强的。

贺知以难得清闲的晚上被急促的手机铃打破，号码是焰欲的李经理，他接起。

那边吵得不得了，谩骂声、音乐声、男女的欢呼声，还有程只只低低的啜泣声。

只听到李经理说“贺总，上次跟你来的小姑娘，在焰欲被外国人欺负了”，沙发上的人瞬间没了影，剩下一杯刚倒上还没来得及喝一口的水。贺知以藏好的心，在这一刻，破绽百出。

“我是这里的顾客，你们有什么资格拦住我？叫你们老板出来，我要求赔偿！”

Oliver张牙舞爪地叫嚣，虚张声势的模样让李经理等人不敢贸然动他。

“砰”的一声巨响，只见一辆顶级宾利一脚急刹，撞碎了焰欲的玻璃门。

从驾驶座上下来的贺知以眼镜不知丢在了哪儿，一双眼的温度低至零度以下。

程只只抱紧帆布袋里的文件站在墙边，细白的脖子上抓痕累累，看见他时，憋在眼眶里的眼泪夺眶而出。贺知以霎时冷若冰霜，李经理见状，不知向何处使了记眼神，一群着黑西装的保镖鱼贯而出，Oliver惊慌失措：“知道我是谁吗？！”

“那你知道她是谁吗？”口吻淡漠，警告意味十足。一时间，现场静了下来。

Oliver认出贺知以，才惊觉自己动了不该动的人，方才的嚣张气焰瞬间消失，这会儿慌张得像只老鼠：“贺……贺……贺总，误会，这其中有误会，我是和煊贺有合作的物理学家Oliver。”

“合作？凭你攀得上煊贺？”贺知以冷笑。他抓住Oliver的脖子，曲起膝盖顶上他的腹部，手肘在他的背部狠狠一击，Oliver瞬间卧倒在地。贺知以踩上他的背，捞起他的手臂往后一拧，只听见“咔”的一声脆响，骨头断裂的声音，“啊——”Oliver痛得晕了过去。

“李经理，”贺知以用纸擦着手，“把人送到医院去吧！”

贺知以一步一步走向程只只，夺下她怀里的帆布包：“你跟我走。”

程只只本就头晕目眩，被他这大力一拽，差点扑倒在地，只感觉一阵天旋地转，她被贺知以打横抱起出了焰欲。

李经理在外备好了车，贺知以先把她放进去，自己再从另一侧坐了进去。

一辆布加迪刹在焰欲门口，蓝牙耳机里传来尤然焦急的声音：“喂，任行你到了没啊？”

“别嚷，我比你急。”任行扯了耳机，丢在一旁，正要下车时，见贺知以抱着程只只走了出来，他僵在原地，忘了下一步要做什么。是不是他早来一点点，就能够当英雄？可时机从未站在过他这头。任行收回要去开车门的手，无力地搭在窗沿上，他看着两人乘车离开。

尤然的电话再次打来："我都到了，你在哪儿呢？我一个人冲进去可打不赢。"

任行的声音像是从谷底传来："不用了，贺知以来过了。"

"这样啊……"尤然喃喃，"这下有程只只好果子吃了。"

挂断电话，任行掐了指尖的烟，下车进了焰欲。被今晚这一闹，焰欲被迫歇业一晚。地下的碎玻璃来不及打扫，救护车还在来的路上，先前晕倒的Oliver醒了过来，任行踩着玻璃碴走到他面前。见到任行，Oliver面色惶恐，挪了挪身体，任行在他跟前蹲了下来。

"任……任……任部长，失……礼……了，"Oliver口齿不清，"是煊贺找人勾引我在先。"

"勾引你？"任行像听了个天大的笑话，"你算个什么东西？！"

Oliver不愿断送仕途，还极力辩解什么。任行直截了当："你该庆幸今天没动她，"他顿了顿，声音冰冷，表情藏在黑暗里看不清，"不然，你丢掉的就不是工作这么简单了。"

Oliver大惊失色。这时，救护车赶到，他被抬上担架推走了。任行脚步虚浮，慢慢朝外边走，门口的保安想要扶他，被他抬手制止。外面降了霜，空中浮着湿润的白雾，任行在最后几级台阶上坐了下来，背影像随风摇曳的芦苇秆，比起咳嗽，喜欢更藏不住，就算是贺知以也一样。

路上，程只只处在晕又晕不过去，醒又醒不过来的迷糊状态，她戳了戳贺知以的胳膊。

贺知以阴着张脸，看也不看她一眼。程只只觉得委屈，吸了吸鼻子，眼睛里开始冒雾气。

谁也不说话，直到程只只发出抽泣声，贺知以才叹了口气："你要真出了事，我该——”他的喉结上下动了动，嗓子里有些涩，像卡着吐不出来又咽不下去的刺，“该怎么和你父母交代。”

程只只赌气道：“我自找的，又不干你的事，有什么不好交代的。”

顶得贺知以低低地咳嗽：“还嘴硬！程只只你当我真治不了你？！”

车在美科郡车库停下，贺知以把人从后座里拉出来径直抱回了家。

程只只缩着脖子坐在沙发上，贺知以坐在对面的高凳上盛气凌人地看着她，看得她全身发麻，像回到了高中，学校要求请家长，那时她也是这副卖惨的模样。

“明天起，专利的项目你就不要跟了，我会安排其他工作给你。”

程只只别开脸，心底不服又觉得委屈：“说来说去你就是不认可我。”

“发生了今晚的事你要我怎么认可你？”贺知以反问，“认可你大公无私的献身行为？”

“这是个意外！尤然早就在赶来的路上了，你比她先到而已，Oliver不会得逞的。而且，我和M姐有plan B，就算最后Oliver不和我们合作，我们也会从备用物理学家里找到合适的人选，一切都在我和M姐的计划内。在公司郁郁寡欢的态度是我装出来的，我的身份特殊做事高调会惹人嫌，贺知以，这些我都懂的。”

“贺知以，”程只只的喉咙酸涩，力图让自己的声音平静，“你懂我吗？”

“我一直一直，”她的嗓子发苦，说话哽咽，但十分恳切，“一直有在努力向你靠近，虽然耗时很长，过程缓慢，可乌龟不也有赢了兔子的时候吗？你信信我，我真的比乌龟聪明许多。”

她其实早就在自己看不见的时候长大了，贺知以发觉真正被留在原地的——其实是他。

沉默了半晌后他说：“医药箱里有药，自己找出来搽。”贺知以起身要走。

程只只叫住他：“那最后我还能参与专利项目吗？”

他冷眼：“再出任何差池，收拾东西走人。”

程只只咧嘴笑了：“欸，等等，你先别走，我今晚睡哪儿啊？”

“再吵你就出去。”贺知以关上了房间门。

嘁，**踿**什么**踿**，程只只不屑地撇撇嘴，熟门熟路地去了以前住的房间。里面的装潢陈设还是老样子，连她喜欢抱着睡觉的趴趴猪都还在床头，她简单梳洗了一下，躺床上准备入睡。眼睛闭了一小会儿，忽地睁开，在黑夜中眨了两下，随后掀被下床，轻手轻脚地摸黑出了房间。

贺知以睡觉没有反锁房门的习惯，程只只轻而易举地拧开门把进去了。遮光帘拉得死死的，暗橘色的睡眠灯灯光微弱，贺知以睡着了，戴着眼罩，呼吸均匀，褪下了白日里的高冷，似乎这时候才是最柔软的贺知以。程只只站在床边欣赏了好几分钟，才喟叹：这鼻梁可真挺。

她弯腰想要凑近细看，发尾却散落，刚好在他脸上扫了两下。

这下可不得了，像触动了机关似的，她的整条手臂立刻被扼制住，躺着的人猛地翻身将她擒拿在身下：“谁？！”程只只痛得无声地龇牙咧嘴，贺知以掀开眼罩，脸色铁青，“你？！”

“轻……轻……轻点儿，胳膊快断了。”肩头的手松开，她的五官才轻松下来。

她手敲着肩头：“我忘了跟你说晚安，结果溜进你房间发现你睡着了。”

他不以为意，从她身上起来：“现在你说了，可以出去了。”

“还没有呢！”她顺势坐起来在他嘴角落下浅浅一吻，“晚安！”

贺知以的脑子暂停了几秒，眼眸内的几粒光闪烁了两三下，眼底腾起凉意。

这下完蛋了，她在心里为自己叫苦，却眼尖地瞄到床头柜上的药瓶：“欸，你生病了？”

贺知以抢过药瓶塞抽屉里：“我让你出去。”

“哦。”程只只咬了下舌头，趁贺知以的注意力被转移，赤着脚板噔噔地跑回自己房间。

听见对面房间的关门声，贺知以紧绷的神情松懈下来，他拉开抽屉看了眼里面的安眠药。药瓶安静地躺在那里，像个储存于暗室的秘密。贺知以躺回床上，以为被她闹醒后会失眠，可今晚的睡眠出奇地好，第二天醒来接近晌午。他打开房门，看见对面房间的门大敞着，他走了过去，里面已是人去屋空，窗户开着，春风吹动窗帘轻轻地摇，书桌上的绿萝淌着水珠。兴许是这房间太久没住人的原因，被程只只睡了一晚，贺知以竟觉得房间都要亮堂了点。

程只只起了个大早去公司加班，将情况简明扼要向M姐转述后，M姐立即提出实施她们的B计划——换人！这回两人的目标是位博士生导师，叫桑姆，也是来自东南亚某国的物理学家，在国际上的学术地位极高。去之前，程只只做好了上刀山的准备，这让她拿到落款是桑姆的合作案时，一度觉得自己还在梦里。出了会议室，她缓不过神："M姐，我们没被骗吧？"

"你又在脑补什么？！"M姐没好气道。

"可……可……可，"她话都说不利索了，"可我们才进去两小时桑姆就签了合同欸！"

M姐眉毛皱起，又松开："你以为谁都像Oliver那个行为不端的老鬼？"

程只只挽住M姐的胳膊："有大腿抱真好，我宣布，以后M姐加班的泡面都由我来泡了！"

M姐由她挽着，语气惊诧："哟，说得多大义似的，本来就该你这个实习生泡。"

周三，晋北候在办公室，见贺知以来："先生，这是小小姐这两天谈成的合作案。"

贺知以脱下外套递给晋北："行了，不用看了，通知下去吧！"

晋北迟疑："那……小小姐知道先生你提前和桑姆见过面吗？"

贺知以的动作迟缓了一下子："她不必知道。"

晋北识相地拿起合作案去了项目部。

一场简单的例会结束，这下，煊贺的天彻底变了，在场的人各怀心思。这表面上是场普通的例会，其实说白了就是程只只的表彰大会，有眼力见的可早都看出来了，程只只明面上有霍总监和晋特助开路，身后边有煊贺总裁撑腰，就算和Oliver的合作谈崩，那也无伤大雅。

茶水间里，霍君靠在洗手池旁看程只只泡咖啡："你们怎么最后居然还和桑姆谈成了啊？"

"我也奇怪，"程只只不打算隐瞒，"桑姆在学术界比Oliver更具威信，但之前我做过功课，桑姆今年的行程腾不出时间接我们的项目，所以我和M姐退而求其次才定的Oliver，可Oliver那边不肯配合，我们走投无路决定去撞大运，结果桑姆粗略看了下合作案就答应了。"

霍君接过她递来的咖啡杯，心里猜中了一二："能力不错，再接再厉。"

霍君端着咖啡去了贺知以的办公室，恰巧碰见湛河坐在沙发上："哟，霍总监来串门儿？"

霍君笑笑："看湛医生今天眉飞色舞，肯定是发生了什么喜事，说来霍某跟着沾沾喜？"

贺知以闻言挑眉，他话里有话，想必已经猜得八九不离十了。贺知以也不含糊："湛河留学时和桑姆是校友，其余的你应该猜到了，这次合作，我和湛河提前跟桑姆打过照面。"

"丁零当啷"，瓷杯挨个砸地上的破碎声，三个男人看向声源，中间那个，眼神格外沉。

程只只端着空托盘木讷地站在门口，脚边布满瓷杯碎碴，茶叶湿答答地贴在鞋面上。她不是存心偷听，只是听晋北说湛河在办公室，她想着泡壶茶送进来，刚好听见贺知以说的重点。

"那什么，哈哈，"湛河站起来干笑两声，"我今晚还有手术，先走了。"

霍君眼疾手快抓起桌面的笔："嘿，找到这支笔了，那我也先出去了。"

一个装作打电话，一个摆弄着笔，一前一后出了办公室，生怕多留片刻会被殃及池鱼。

"进来，关门。"贺知以的声音如常寡凉。

听得程只只心里很不是滋味，她这会儿心里乱如麻，贺知以是关心她还是担心她搞砸合作？程只只向里挪了几步，关上了门，但离贺知以远远的："你最好说点好听的不然我哭给你看。"

"专利项目关乎煊贺在国际上的声誉，我绝对不允许它出现意外，我事先和桑姆见面，再以你的名义谈成这项合作，你不认为这是最佳方案？作为职场新人，你的表现确实不错。"

程只只像泄了气的氢气球，轻飘飘地从天上坠下来："你还是觉得我不行，觉得我一定会搅黄了合作？"

她的理解有失偏颇，贺知以的脸色不怎么好看，却看着她郑重其事地说："可以这样说。"

那她这些天的努力全都在原地转圈？在贺知以心中能为他分忧解难，可以与他并肩而行的就只有赵南燕吗？程只只的神情猛地暗淡下去："贺总还有其他吩咐吗？"

贺知以被她这话堵得接不了话，他烦躁地摆摆手，程只只得令迫不及待地出了办公室。

进来的晋北和程只只撞了个正着，她连招呼也顾不上打快步去了洗手间。贺知以站在落地窗前，背对着晋北，指尖燃着烟，低气压压迫得晋北说话行事小心翼翼："先生，研究所那边传来消息，国内学术界已将Oliver除名，昨晚被强制遣送回了东南亚，有人抢在了我们前面。"

贺知以把玩手里的打火机，扯着嘴角冷笑，想不到任行这小子的动作还挺麻利。

晋北在处理官网后台消息，收到程只只申请的事假："先生，小小姐说她又要请假。"

"什么理由？"

"心肌梗塞复发。"

"驳回，"贺知以掐灭烟，"桑姆那边来消息，工作日八小时的行程已排满，煊贺这边的工作他尽可能安排在非工作时间。所以为了配合桑姆，项目组A全体成员从今晚开始加班。"

“好的，”晋北迅速敲了封邮件发给人事，五分钟后，由人事编辑的加班通知下达每个人的邮箱。办公室沉闷的气氛竟轻松不少，原因在于煊贺的季度奖和项目挂钩，再加上这次专利项目非比寻常，那么季度奖肯定丰厚，大家说笑着去吃晚饭准备晚上加班，除了程只只。

她一个还有半年才转正的实习生，加班工资、季度奖金和她没关系，努力在别人眼里又一文不值。她病恹恹地去了茶水间给尤然打电话：“喂，刚临时通知加班，我今晚来不了了。”

“你又放我们鸽子？！翘班不行吗？”尤然咋呼道，“任行都已经开车去煊贺接你了。”

“不行，今晚是合作方首次来煊贺，翘了班之后的工作可能会衔接不上，况且合作是我和M姐谈下来的，我不太方便缺席，”提起这个程只只心里就堵得慌，“帮我跟任行道个歉。”

电话里传来尤然让司机师傅掉头的声音：“那行吧，别太累，晚上给你捎好吃的回来。”

程只只挂断电话，觉得没什么胃口，转身回办公室，在电梯口碰见贺知以。

她往日的朝气像被抽走了似的，看也没看他，扭头径直进了办公室。

晋北感受到两人之间的暗流涌动，不敢擅自按下关门键，待电梯门自动合拢。他暗暗在心里纳闷：明明担心桑姆刁难小小姐才出的面，却非说成公事公办，弄不懂这有什么好隐瞒的。

到地下车库，果然任行的车停在那里，贺知以早料到了程只只会向任行吐苦水。

晋北看到任行的车时皱眉，任部长来接小小姐？他好像明白了先生为什么突然通知加班。

任行挂断电话从车上下来，他刚从尤然那里得知程只只今晚临时加班，三人约好的饭局再次取消。他的神色不怎么愉悦，冲贺知以晃了晃手机：“贺总，上车聊两句？”

贺知以似笑非笑，情绪不外泄半分，一本正经："什么风把任部长吹来了？"

任行绕到另一侧拉开车门，贺知以弯身坐了进去，任行开门见山："Oliver是我搞走的。"

贺知以面不改色，口吻淡漠却不失礼节："那任部长真是好手段。"

"你知道我想听的不是这些话。"任行双手把着方向盘，静了几秒再次开口，"贺总，实不相瞒，如果那晚Oliver真的伤害了只只，我不仅会让他消失，我还会让煊贺销声匿迹。"

贺知以轻笑出声，再抬眼时，眼眸里染着重重的血色："你以为就凭你动得了煊贺？"

"你能说出这种话，依仗的是你身后的整个任家吧？我和你父亲任总在生意上有些往来，我记得任总之前费了好大的周折才拍到临城那块来路不明的地，任部长要是想让煊贺销声匿迹，还是要掂量一下。"

贺知以的身后像有一头无形的巨兽，任行沉默了半晌，找回了理智："贺总别忘了你如今是有婚约在身的人。"他顿了顿，"我喜欢只只很多年，我忍不了她受丁点伤害。如果贺总给不了她最好的，烦请你收手放她走，她不是你的对手。"

"我难道就忍得了？"贺知以回了句不软不硬的话，"Oliver对我司员工图谋不轨，本该煊贺出面解决，却让任部长占了风头，劳请任部长以后不要干涉煊贺内部事务，大家各司其职。"

贺知以侧身下车的瞬间换了张脸，阴成了飓风即将来临的天色，他拉开宾利的后座车门。

"程只只呢？"他问驾驶座上的晋北。

"在加班。"晋北答。

"嗯。"贺知以仰头靠着椅背闭眼小憩，"打电话提醒前台，晚上七点给大家订夜宵。"

"好的，先生。"

项目正常推进之后，程只只去贺知以办公室的次数少了一半，通常情况下是和霍君进来汇报项目进度，公事公办的模样，像换了个人，汇报完收拾好文件头也不回地就出去了。好几次程只只扭头的时候贺知以都差点叫住她，可好像又没什么要说的，便生生忍了下来。

这天许女士来电话，说是找了个大师算了一卦，今年的生日要提前办才顺八字。

贺知以挂断电话，程只只抱来大摞文件："贺总，霍总监让你过目。"

"等等。"贺知以叫住说完就撤的程只只。

她慢腾腾地转身，似乎不愿多停留。

"许女士的生日会提前到周末晚，都是家里人，你到时候记得过来。"贺知以言简意赅。

程只只对桑姆那件事仍有介怀，嘴上不说而已，不代表心里不赌气："我周末要加班。"

贺知以不留情面地拆台："周末全公司休假，你去哪里加班？"

程只只蒙了："什么时候通知的休假啊？"

"刚才。"

程只只想蹦起来捶爆贺知以的头，但谁让人家是自己老板呢？她咬牙："行，我知道了。"

周末许芬生日会，尤然也收到了邀请，两人在家里拾掇了整个下午，才穿着闪亮的小裙子顶着精致的妆容出了门，却因为招不到空车在小区门口干站了半小时。程只只掏出手机给湛河打电话，却被尤然拦下："欸，你别老是麻烦人家湛医生，我们再等等，马上就有空车了。"

"不对，你很有问题。"程只只抱臂打量尤然，尤然心虚地摸着脖子别开脸。

"你才有问题！"尤然反应过来，"我的意思是不想让你在外欠太多人情！"

"这算什么人情？"程只只重新拨号，坏笑着撞撞尤然，"指不定湛医生正等我电话呢！"

湛河早早到了贺家，接到电话后，转着钥匙圈欢天喜地地去开车，半路遇上了贺知以。

“呀，也没啥多大事儿！”贺知以并未过问，湛河自顾自炫耀起来，“就是小只只和尤然这姐妹俩叫我去接，被人麻烦也总比搁那儿不闻不问的好，你说是不是这个理儿贺总？”

贺知以扯了个迷之微笑，手轻轻给湛河的肘关节拍了一记，湛河指尖上的钥匙圈呈抛物线“啵”的一声进了池塘。湛河看着空空如也的指尖，愣了两秒，突然暴跳如雷：“啊！禽兽！”

贺知以全然不顾，迈着轻松愉悦的步伐向宾利走去，不时遇上到来的宾客还客气地回礼。

程只只左顾右盼，远远瞧见宾利后，刚才的欢欣雀跃完全不见了，又开始气鼓鼓地撇嘴巴。反倒是尤然占了上风，朝宾利挥舞双手，直到车停下：“哎呀贺总，害你大老远过来。”

“湛河车钥匙丢了，托我来接你们，”说着，从里面打开副驾驶的车门，“你坐前面。”

尤然坐进后座，边取包边嘀咕：“就湛河那人？还指望他办成点啥事？”

程只只拽着链条包的链子，不情不愿地坐到副驾驶位。她穿了身鹅黄色的过膝裙，方正的领口露出凹凸有致的锁骨，肩头两边的泡泡袖衬得肩线越发挺立，踩着绑腿平底凉鞋钻进车厢时，一股少女的牛奶香沁进了贺知以的呼吸道，这味道就像旁边坐了颗奶糖。

“饿了车载冰箱里有零食。”贺知以打着发动机，宾利起步汇入车流。

“我不——”“饿”字没说完，尤然大惊小怪的声音从后响起，“哇！好可爱的马卡龙！”

诱得程只只回头，看见尤然捧着的甜品盒，咽咽口水：“我不随便吃零食，马卡龙除外。”

贺知以一手扶着方向盘，一手的手肘支在窗沿上，眼睛有意无意扫两眼后视镜，被手背掩着的嘴抿了抿，看样子是在笑。宾利加速行驶在内环高速上，约莫半小时，便到了贺宅。

刚下车，就碰见了陪同父母前来参加宴会的赵南燕，她像只花蝴蝶似的飞到了贺知以身边。

“嗨，只只！”赵南燕身着一袭正红色带点镂空旗袍，身段被衬得更加婀娜，笑起来露出八颗整齐的牙齿，一看就是名门望族里养出来的大家闺秀。程只只从车窗玻璃里看见自己身上的黄色娃娃裙，突然觉得自己像根黄花菜，那句词儿怎么说的来着？可爱在性感面前一文不值。

“嗨！”程只只勉强地牵动嘴角让苹果肌动了动挤出个难看的笑。

看来上次赵南燕手腕上的镯子对她影响重大，尤然见她战斗力下降，迅速拉起她的手逃离现场：“贺总，你和赵小姐好生聊，我拉着只只进去给许女士贺寿啦！就先不打搅你们了。”

看着程只只丢盔弃甲的背影，贺知以扶了扶镜腿，精明的模样惊到了旁边的赵南燕：“喂，贺大佬，这婚怕是订不成了吧？那你得跟我家里人说清楚，背个未婚妻的名头我瘆得慌。”

“我自有打算。”说完，两人肩并肩走进贺宅，旁人看上去俨然是对珠联璧合的佳人。

晚宴过后，春夜的偏院，湛河、粱丛、翟佞三个大忙人难得凑齐，硬邀贺知以打麻将。贺知以兴趣不大，程只只倒跃跃欲试，于是，湛河让程只只上桌。尤然悄悄告诉她这些人输赢的金额后，程只只掂量着自己小金库的钱可能不够输，冲湛河连连摆手：“我可能会把自己输给你们。”

翟佞摘下唇上的烟，玩味道：“这你怕什么，让贺知以赎回去不就得了。”

尤然抿着嘴偷笑。程只只摇头：“不不不，我值不了那么多钱。”

“你陪他们打两把，不爱打了我来。”赵南燕向贺知以说道。

贺知以坐下，边挽衣袖边笑：“你们几个皮又痒痒了？”

“嘿！你这话说的！财神爷不会每次都站你那头吧？！”湛河冲尤然招招手，拍拍自己身边的凳子，示意她过来坐在自己身边。尤然白了他一眼，走到梁丛身后站着看他出牌。湛河气得不行，大劲地往桌中间扔牌，几张牌撞得哐哐响，尤然懒得理睬，暗骂湛河是个幼稚鬼。

“欸，”赵南燕拦下贺知以将出的牌，“打这张。”

贺知以当真换下了手里的牌打她说的那张。

梁丛叼着烟理牌，眼睛被烟熏得虚眯，声音含糊不清：“夫妻档啊？不带你们这样的啊！”

“你管人家的！”翟佞低骂他，“不服气你也找个姑娘坐你旁边替你看牌呗！”

“谁还找不到似的，”梁丛回头对尤然开玩笑，“来，小尤，你说打哪张？”

湛河的脸色本就不好看，被梁丛这样一搞，简直黑成了煤炭。尤然也不冷场，让梁丛打边上那张。梁丛大手一挥：“成，就这张！”牌刚落桌，湛河就推了牌：“和了，梁丛，给钱。”

“……”梁丛哑口无言，“记账上，再来再来，洗牌。”

赵南燕娇俏地笑：“行了，认真打，我观棋不语就是了。”

程只只站在后面怎么看怎么听都不是滋味，她招呼也没打一声就自个儿闪人去了后院。

贺宅是改良后的中式园林，小桥流水，假山错落，凉亭别致。她在这里住过好长时间，弯弯绕绕来到棵红梅树下，这棵梅树是五年前她亲手种下的，当时她妈说去人家家里长住，要给人家家里带去喜庆，就命她带了棵梅树苗，那时只有半人高，如今却长成了大树。

她踩着树干爬上了树，预备掰几枝红梅插大堂的花瓶里。以前每年早春她都会这样做，她妈说这是把春天摘回了家。程只只扶着枝丫站在树干上，正伸手去够开得最繁的那枝红梅。

“程只只你给我下来。”不知什么时候来的贺知以喝她，背着光，看不清表情。

“唔唔唔——啊——”程只只打了个晃眼，脚下打滑，扑腾着双手“咚”地摔了下去。

好在没爬得多高，程只只扶着腰坐起来，手心紧紧攥着红梅枝：“贺知以你吼我干吗啊？！”

贺知以快步走过来在她面前蹲下：“不吼你你不得爬上天？！摔着没有？能站起来吗？”

“摔着了，站不起来了。”

“……”

“真的！”程只只见他半信半疑的模样，掀开裙摆，露出红肿的脚踝，“你看，没骗你。”

前段时间小肚子做了手术，上个月被抓伤了脖子，今晚又崴了脚，贺知以紧拧的眉头从看见她在树上那刻起就没松开过，他把程只只打横抱起，一句责怪也没有，直接向宅内走去。

程只只有点后怕，这大概就是暴风雨前的宁静，她舔舔嘴皮找借口跑：“我想回家了。”

“这里就是你的家。”

程只只屏住呼吸，黑溜溜的两只眼睛盯着他。

贺知以感受到她的情绪变化，立马补充：“你以为许女士看见你瘸腿的样子会放你走？”

程只只哭丧着脸窝在他怀里没了动静。

路过偏院，刚打麻将的几个人正中场休息，见贺知以环顾四周，梁从遂解释：“南燕去洗手间了，”又往他怀里探了几眼，“怎么回事啊？！小只只怎么又被你给整哭了？”

贺知以横了他两眼，对湛河说：“爬树把脚崴了，你来一下房间。”说完，抱着她上了楼。

“哦，好！”湛河起身要跟上去，被尤然拦下：“你去什么去？！坐下！”

“你没听大佬的命令吗？只只的脚伤到了，让我去看看。”湛河绕开她。尤然手快把他抓回身边，在他腰上拧了一把：“有你什么事？！伤个脚又死不了人，走，你请客吃夜宵去。”

湛河痛得脸都变了色，翟佞在旁起哄：“对啊湛河！赢了就想溜是吧？那不行。”

“就是，那不行，”粱从捞起椅背上的外套，勾起湛河的肩膀就走，“出发！吃蟹！”

尤然被湛河拽着，噙着得逞的笑，暗戳戳地脑补：夜色四合，孤男寡女，旧地重温。

光想想就很有画面感呢！

第七章

他肯定扛不住她的可爱

等了好一会儿，没见湛河上来，贺知以掏出手机准备把人叫回来。

“别打扰湛医生啦！”程只只坐在床头，碰了碰肿着的脚踝，“我自己涂点红花油就行了。”

贺知以差人送来个急救箱，在床边坐下，把她的脚搁在自己腿上。

程只只抖了两下，往后缩了缩，被贺知以捏住脚背：“不要动。”

凉凉的液体涂在脚踝上，伴着刺鼻的药味，一双温热的手覆在上面，轻柔缓慢地揉。他的力道刚好，患处逐渐热起来，好像没那么疼了。程只只放松下来，歪在靠枕上，睡了过去。

今晚有月亮，皎洁的白月光探进来，在深褐色的木地板上落下光斑。

过了会儿，起风了，传来树叶绵柔又轻灵的摩挲声，是个适合睡觉的好天气。

贺知以盯着程只只看了好久，忽然皱眉，伸手拨动她的发丝，从里面摘下几片红梅的花瓣。

凌晨四点，程只只被急促的铃声吵醒，她骂骂咧咧地接起：“尤然你大半夜脑子有毛病？”

那边上蹿下跳激动得无以复加：“啊啊啊！只只，湛河喝大了！”

程只只迷迷糊糊的，还来不及思考其他，脱口而出：“嗯，把你睡了？那你赚肥了啊！”

“你！”尤然叽里呱啦骂了好多脏话，才步入正题，“湛河招了，贺知以和赵南燕是假的！”

程只只的眼睛猛地睁开：“你把话说清楚。”

“今晚湛河请大家吃夜宵，没想到他居然这么不经喝，三五下就被放倒了，结果这人耍酒疯，不肯跟翟佞他们走，非要跟我走。我只好认领回家，就刚才，我问他，贺知以和赵南燕到底怎么回事，他说这两人本来就是假的，订不成婚也不奇怪，等等啊！”尤然灌了杯水。

“嘴巴都给我说干了。”她灌完水继续，“然后我追问他，什么叫假订婚，他说就是你和贺知以分手那年，煊贺税务出了特别大的纰漏，后来是赵南燕的爷爷出面摆平的，于是吧两家人就撮合两人，一来二去，两人出双入对就默认这关系，其实啊，重点来了啊！贺知以和赵南燕私下签过纸约，借此婚姻，双方获利，不得越界。你说说，贺知以疯了吗？”

程只只的声音鼻音很重：“他没疯。”

“行了，该说的，该做的，我都尽力了，接下来看你自己的了，”尤然忽然惊叫出声，“欸欸欸！姓湛的你要是敢吐我床上我今晚就让你断子绝孙！”电话“嘟”的一声被掐断了。

程只只后半夜睡不着，睁眼盯着天花板，别看她成天胸无大志，心里其实跟明镜似的。

贺知以不松口原谅她的原因无非两种：一是还在和她怄气，二是真的就是不喜欢她了。

虽然贺知以老是强调第二种原因，但她不信，今晚听了尤然这番话后，她就更不信了。

她翻了个身，美滋滋地想：他肯定快扛不住她的可爱就要消气啦！

翌日七点半，贺知以洗漱完毕，下楼吃早餐准备去公司。

程只只挥着锅铲冲他甜美地笑：“嗨，早上好，煎蛋还得等一小会儿。”

她那两个快掉到下巴的黑眼圈令他皱了皱眉头：“早，昨晚睡得不好？”

“好，很好，非常好，”程只只乐呵呵的，“你先坐着啊，煎蛋马上来！”

用过早餐，两人出门去公司，程只只今儿特别善解人意：“坐你的车到公司影响不好。”

太阳打西边出来了？贺知以特意翻了她两眼：“行了，上车，公司路口前面放你下来。”

路上，程只只边咬手指甲边看手机，贺知以一只手掌着方向盘，另一只手伸过来“啪”地打开程只只的手：“这么大个人了还啃指甲？几岁的小孩子都比你爱干净。”

“我在想事情嘛，”程只只嘟囔，“专利项目的核算方法我到现在都还没有定下来呢。”

“你还挺骄傲？”贺知以瞟了眼副驾驶，继续心无旁骛地开车。

程只只两只眼睛骨碌碌地转：“你难道就没有什么建议？”

贺知以徐徐道：“霍君交给你的作业，你现在让我替你写？”

程只只龇着牙把“喊”字拖得长长的：“我就随便问问，你不爱说就算了。”

“到了，”贺知以朝她脚踝多看了两下，“你的脚到底行不行？不行我让晋北下来接你。”

程只只下了车，给他表演了个瘸腿原地转圈圈：“你看，能走，没事儿。”

贺知以轻抛了个东西给她：“药，休息时间搽，记得用掌心揉热。”

程只只手忙脚乱地接住，再抬起头时，贺知以已经驱车驶进地下车库。

这也算是被关心了吧？她开心地把药放包里，深一脚浅一脚地进了公司。

这之后近半个月，程只只赶项目加班严重，通常是尤然睡下了她才到家，这时候为了不吵醒尤然，她就只能在沙发上将就一晚。第二天天一亮，尤然还没醒的时候，她又草草洗漱去了公司。尤然二十四小时没见过她人，把贺知以骂了一遍又一遍，加起班来还不让人睡觉了？

这天周五，尤然特意熬夜蹲程只只，门锁被拧动，她拖着疲惫的身体进来：“还没睡？”

“你干脆辞职来我家公司得了，包吃包住还发衣服，瞧瞧贺知以把你折磨成什么样了。”

程只只枕着尤然的腿，看起来疲惫极了：“我走的时候他都还没下班呢！”

“哦？他是煊贺的大boss，他该！你是什么？你就一实习生，犯不着拼成这样，姐妹！”

她侧了侧身，笑道：“我想吃醪糟汤圆。”

尤然扯过抱枕垫在她的头下，骂骂咧咧地起身走向厨房：“加个溏心蛋？”

“两个。”程只只坐了起来，打开笔记本研究她近日基本无进展的评估报告。

组里其他成员的进度大多进入尾声，她却还卡在确定核算方法的阶段。听过桑姆对这项物理专利的专业解析后，程只只不支持沿用传统的三种核算方法，她在结合国外案例试图创新新的核算方法，但在做计算模型时，一道公式她怎么也想不通，不得不加班加点通读资料。

“啊！啊！啊！”尖叫三连声。

差点吓掉尤然手里的汤匙：“大晚上的你要死啊！”

“我想出来了！我要去公司加班了！”程只只抱着笔记本冲进厨房亲了尤然一口，“爱你！”

“……”汤匙被尤然扔进洗碗槽里，越想越气不过，但又不敢打电话臭骂贺知以，任行就成了背黑锅的，她拨通任行的电话破口大骂，“了不起哦甲方爸爸，只只为了赶你那破项目，三更半夜还跑去公司加班。就这几个月人都给她整瘦了十斤，你睡得着？良心过得去？”

任行那边静得落针可闻：“没睡，在出实验报告。”

缓了两秒，他抄起椅背上的外套：“不行，我去看看她。”

“就按照你说的办，这月之内综合全员评估报告——”声音顿住。

一道人影像飞鼠似的从贺知以和霍君身边蹿了过去。

两人面面相觑，贺知以最先反应过来：“你先回去。”

霍君不怀好意地笑道：“今年的优秀实习生奖就颁给只只了。”

现在是零点时分，整栋楼就剩刚冲进来的程只只和正要离开的贺知以。

她只开了盏桌上的台灯，周遭如墨般漆黑，她快速翻动笔记，发出唰唰的翻页的声音。

就连贺知以走到她旁边她也跟看不见似的，他敲敲桌边侧板：“你怎么又跑回公司来了？”

程只只沉迷于工作，头都没抬，敷衍道：“我想到两个新的核算方法。”

贺知以的手慢握成拳，忽然有种被冷落的错觉，他清了清嗓子：“太晚了，你先下班。”

“哎呀，你别说话，打断我思路，我知道了，算出来我就下班。你赶快走吧，明天见。”

程只只忙起来向来如此，只要被搅乱特别容易发火，就差把生人勿近这四个字挂头上了。

贺知以被晾在那里好半晌，走也不是，不走也不是。

最后，只得找个台阶：“我在办公室等你，算好了过来找我，送你回家。”

程只只这次连“嗯”都懒得哼。

那颗埋在格子间的头，一埋就是好几小时，再次直起背时刚过凌晨三点，她伸了个大大的懒腰，引得颈椎、腰椎的骨头咔咔响。看着屏幕里的文档满当当的文字和数字，程只只快被自己感动死了，上次这样悬梁刺股还是高考复习进入最后冲刺的时候。

当时成绩不稳定，离申城大学的录取分数线有些距离，那段时日，只要她在家，贺知以就不会去公司。她遇上毫无头绪的题就去书房问他，他讲起题来条理清晰，只言片语就能打通她的任督二脉，后来她干脆把作业拿到书房来写，和他共用办公桌，他工作，她做题。

她那时候似乎感知不到时间在呼呼地过，反正抬头总会看见贺知以，反正遇上难题叫贺知以他就会答应。以至于分开后，她改不过来，遇上难题就把书往前一推：“你帮我看看这个怎么解。”坐在对面的室友看了看题：“我也不会。”身体像被人捅了个洞似的往里灌风。

失去贺知以的钝痛来得陡然，她登时就忍不住哭了，像被世界抛弃了。

程只只点开微信，好多条任行发来的消息。出项目部时她留意看了下贺知以的办公室，之前注意力过于集中，想不起贺知以对她说了什么，见里面黑灯瞎火的，便进电梯去了地下车库。

程只只绕了两圈才找到任行的车，拉开车门坐了进去："大半夜你不睡觉来煊贺干吗？"

"那你大半夜不睡觉来煊贺干吗？"任行原话反问。

"加班啊！"程只只打了个哈欠困得要命。

"贺知以当你是头牛？"任行那双眼睛从她上了车就没从她身上移开，"去吃点什么？"

程只只眼皮都快撑不开了，陷在座椅里虚弱地摆手："不了，让我睡会儿，快困休克了。"

"欸，等会儿，"任行取出张卡片，"周末有个宴会，你到时候陪我参加，不准推啊！"

放了他太多次鸽子，搞得程只只过意不去，她看也没看就塞进包里："去去去，我要睡了。"

办公室里，假寐的贺知以按开桌上的台灯，看了看表，凌晨四点，他起身走向项目部。本该亮着灯的那块小角落此时熄了灯，座位上的人不见踪影，贺知以的唇线紧抿，目光沉了几分，他拨通尤然的电话，那边在睡梦中被吵醒，口气十分不悦："在你煊贺加班，不在家。"

贺知以望着空空的办公室，掐断了电话，又拨通保安室："调一下地下车库的监控。"

值班保安收到消息，整间办公室都忙碌了起来，不多时，实时监控就连到了他的手机上。

视频里，程只只盖着件男士外套，睡得酣畅淋漓，驾驶座上是任行，歪头靠着椅背，静静地守着她、看着她。同为男人，贺知以轻而易举地就看出了任行眼底浓烈的爱意，这样的爱到底有多炽热多耀眼？贺知以忽地想起之前赶夜机，机身穿透黑云那刻，他看到了整条银河，每颗星星都在用生命发光，像极了此时任行眼底的光，贺知以的脸色更沉了。

任行看到前方闪着绿光转动的摄像头，抬起眼挑衅地直视，仿佛能看穿摄像头。

这边，手机屏发出的白光打在贺知以脸上，令他整个人都泛着同样的冷光。

一时间，两人不在同一空间，眼里迸射出的电石火花却无比激烈。

第二天，程只只在洗手间里简单洗漱后，又是第一个进的办公室。

约莫半小时后，同事陆陆续续到，霍君从她工位边经过又倒了回来：“你昨晚睡这儿了？”

程只只咬着面包，扑在电脑前赶报告，答非所问：“总监，你听说过震级法和产业法吗？”

霍君眉头微皱：“听过，但这两种方法，都不成熟。”

程只只得意地挤眉弄眼，嘴里含着面包说话有些含糊不清：“等着，等我给你个surprise。”

“霍君，”贺知以路过项目部，想起来有事找霍君，在门口冲他勾勾手指，“你来我办公室。”转眼看见还在啃面包的程只只，沉声道，“程只只，禁止在办公室用餐，你不知道吗？”

她愣了下，一口把剩下的面包塞进嘴里，也不和他犟嘴继续进行她的报告。

反倒是贺知以不太反应得过来，一直在他面前刷存在感的某只好像突然对他失去了兴趣，而他还来不及接受判若两人的对待。贺知以的脸色更难看了，霍君来到他身边见他死盯着某处许久不动，便顺着他的目光看过去却也没发现什么，疑惑道：“不是去你办公室吗？”

贺知以的目光终于从那处移开，冷冷地睇着霍君：“怎么，你不识路，还要我领你去？”

霍君指指自己又指指他，“我……我……我”了个半天也没“我”出个所以然。

临近中午，“梆梆”，程只只的桌子被敲了敲，霍君带话：“贺总让你去他的办公室。”

“哦，好。”程只只拿起自己的平板往外走。

贺知以见人进来，放下手里的工作，却没想到对面那人比他还忙，一直低头猛敲平板。

他刻意清了清嗓，她并没有要抬头的意思。终于，这下轮到他沉不住气了：“程只只！”

“昂？”她抬头，眼神呆滞，完全不在状况。

贺知以的眉毛抽了抽，如同一拳打在了棉花上，他呼了口气，试图平静，好半晌没说话。

程只只指指门外：“你要没事情我先出去了，我手头上还有事情没做完，不然又得加班。”

“……”贺知以的心头被猫爪挠了一把，“昨晚我叫你加完班来办公室找我，你去哪儿了？”

她歪着头想了会儿：“你有叫我吗？我不记得了。后头任行来了，我在他车里睡了一觉。”

她如此坦荡，贺知以竟找不到较劲的理由，他保持沉默，抽了张卡推到她面前。

“这里有个宴会，你和我一起去，都是申城上面的人物，认识一下对你以后开展工作有帮助。”

程只只左右打量那张卡片，和昨晚任行给她的那张一模一样，她面露难色：“可是我已经答应了任行，要不……”她替他出主意，“让赵小姐陪你去？”程只只不是在把贺知以往赵南燕身边推，只是在知道两人订婚的真相后，便把他们的关系默认成了工作伙伴。

可这话贺知以听了却又是另一种意味，他抽回卡片拉开抽屉丢进去，再“啪”地关上。

“你现在可以出去了。”

“哦。”

程只只忙着回去赶进度，几乎是小跑着回了项目部。

晋北推门进来，坐在贺知以侧面的工位工作，却总感觉有股冷飕飕的阴风往骨子里钻，他看了看整张脸快结冰的贺知以，很想叫人事把办公室的中央空调的温度调高两度。

宴会在周末，程只只向霍君请了假，任行见她一身工装："你好歹换身衣服吧，小仙女。"

程只只倒是上上下下把任行打量了个遍，他穿了身非常正式的三件式的西装，头发用发蜡定得妥妥帖帖，一米八五的个头，手抄兜里懒散地倚着车门，怎么看都是道养眼的风景线。

任行痞里痞气的，冲她吹了记口哨："是不是被哥迷住了？"

程只只一个包扔他胸口上："穿得人模狗样，说话还一个损色。"

她的包实在是重，任行捂住胸口呼痛："你包里装了坨铁啊？！"

"昂，差不多是吧，"程只只自顾自拉开车门，"里面是电脑。"

任行绕到驾驶座，打火松手刹，一气呵成，嘴上噼噼啪啪："不是吧，我这么帅的帅哥与你共度良宵，你居然一门心思想着工作，你能对得起我长这么帅吗？"说着，他从后座递给她一个大纸袋，上面印着某奢侈品牌的大Logo，"走吧，哥给你换衣服去，美不死你。"

"什么叫你给我换衣服？！"程只只听出了话外音，一巴掌摁任行头上。

任行护住头："欸欸欸，动手归动手，别破坏发型啊！"

这是场大型慈善拍卖晚会，主办方是政府，承办方是任家，目的是为贫困山区修建学校。

任行的家世现在程只只是清楚的，但她没想到这场宴会如此隆重，当车在红毯处停下时，她隐隐不安，暗自打起了退堂鼓。身旁的任行下了车，从车头款款走至车门旁为她拉开车门。

任行稍弯腰，向她伸出手，绅士味十足。程只只犹豫，半天不动。

任家公子今晚的女伴可是众媒体的焦点，见车里的人迟迟不出，扛着相机的记者们朝前捅，被安保拦住，只好狂按快门力图拍到车里的人，霎时，闪光灯似要把黑夜闪成白天。

任行得体地笑，却咬牙说："你不会想在这时候又放我鸽子吧？！"

程只只深呼吸，把手交到他手心里，借他的力踩着十八厘米的高跟从车里出来。

任行的另一只手顺势揽上她的腰，引着她看向各个方位的镜头，程只只皮笑肉不笑，从牙缝里挤出话："你要早告诉我是这种场面，你跪下哭着求我我也不会来。"

任行贴着问："怕贺知以看见吃醋？"

程只只咬牙切齿："知道还问。"

两人相依顺着红毯朝酒店里走，时不时和几个面熟的人擦肩而过，他们一一和任行打过招呼。程只只面不改色却在心里唏嘘：这人我在新闻上见过！那不是某热播剧的男主角？！

"啧，你看，"湛河努努嘴，"小只只来了。"

贺知以不以为然，摇着红酒杯转身，识别到那道红影，咽喉居然燥热了起来。

她穿的一身正红色长裙，环脖的样式，露出骨感的肩头，腰被包裹得越发纤细，鱼尾裙下摆着地，却从中间开衩，一双腿白皙又纤长。而任行袖口的红和领结的红想必下了点小心思，长了眼睛的人一看就知道这两人穿的是情侣款。贺知以目光晦暗，摩挲着酒杯，指尖微泛白。

赵南燕上了洗手间出来，见远处一对璧人，心下解读完毕，扭腰上前搭着贺知以的臂弯，凑近他的耳边，看似亲昵低语，其实是在说些有的没的："欸，你小女朋友被人拐走了哦！"

让人不明的笑意一直就没从贺知以脸上下去过："听说你缠上了个留学生？"

这人怎么什么都知道？！赵南燕的眉拧了拧，却被贺知以推着走上前。

"任部长，晚上好！"

这音色令程只只头皮发麻。说实话，作为煊贺员工，手上承接任行的项目，她不该出席这种场合。但她的确事先不知情，临阵脱逃又会让任行难堪，就只能硬着头皮上了。

任行握上贺知以的手："贺总，晚上好！"话毕便放开手，"贺总和赵小姐真是郎才女貌。"

"过奖，"贺知以答的是任行，眼睛看的却是程只只，模样淡然地打趣道，"任部长居然邀请我煊贺的员工来撑场面，不知是煊贺高攀了，还是任部长身边没个撑得住场的女伴？”

“是我高攀了。”任行微扬下巴，程只只的腰被他大力一揽，半边身子几乎贴在他身上。

要换作平常，程只只的巴掌早摁上任行的脸了，可顾及今晚这场合，她得给任行留面子。

她对贺知以狗腿地笑着，嗓子眼里发出特别小声的腹语：“任、行，你，找，死，呢？！”

贺知以将两人的小动作尽收眼底，嘴角自始至终勾着笑，那抹笑却浮于表面，不达眼底。

看得程只只心里一颤一惊的，完都完球了，回头指不定怎么收拾她。

“贺总，久仰，久仰。”两人的拉锯战被生人打断。

贺知以和那人碰了碰杯，抿了一小口酒，和那人攀谈起来。

“那就不打扰了。”任行笑得春风得意，揽着程只只的腰去了别的地儿。

将近散宴，程只只自己叫了个车，板着个脸从没人的偏门出来，高跟鞋被她提在手里，光脚走得飞快。任行从后追上来拉住她的手腕：“生什么气呢？”

“你还问我？”程只只炸了，“这么大型的活动以我现在的身份，合适吗？”她把鞋往地上一撂，“衣服改天还你。”

任行不肯撒手，为了让她消气勉强道个歉：“对不起嘛！”

“嘛？你听听，这是道歉该有的语气？”程只只抽出手，二话不说，扭头就走。

任行追上去：“我送你回家。”程只只被某道力量扯了过去，护在身后：“不劳烦了，我送她回家。”

是贺知以。

程只只盯着自己的脚，她这会儿心情郁闷得很，索性沉声道：“都别送，我可以自己回。”

早几天，程只只爸妈给她打了电话，两人来了申城，让她抽时间回去一趟。

她爸妈去年在郊区买了栋小别墅，环境好，适合居住，他们从老家来市里，程只只就会回去住几天。

打开门，她妈正在给她爸下鸡蛋面条吃，安秀见她这身礼服："公司活动哪？吃了没啊？"

"嗯，没呢，尽赔笑了。"钥匙被搁鞋柜上，她朝餐厅走。

到底是自己身上掉下来的肉，程只只的疲惫掩饰得再好也逃不过当妈的眼睛，安秀也不把往常那套说教摆出来了，直接捞过她爸面前那碗面条："先吃着，妈再去给你盛碗鸡汤。"

"欸——"程臻业眼欠地看着面条易了主。

客厅的座机响了，程臻业过去接："只只，是你小表叔，过来接电话。"

程只只戳着碗里的面："我不接。"

程臻业正欲叨念她不懂事，被端着鸡汤出来的安秀截了话："女儿累了，不接就不要勉强她。大晚上的，饭都没好好吃上一口。我才几天没见她，脸盘子都瘦尖了。"这话也不知在说给谁听，"上班要是太累，咱就去考个研，继续读书，爸妈又不是养不起你。"

那头的贺知以显然是听见了，嗓子眼发痒，有些难耐，但也不知该说些什么好。

"妇人之仁！"程臻业小声驳道，拿起电话向那头解释，"让你牵挂了啊知以，只只她饿着了，这会儿在吃饭呢！等她吃完我让她给你回个电话。"

"不用了程叔，她到家了就好，让她早点休息。"按照辈分，贺知以和程臻业应该兄弟相称，但实际年龄摆在这儿，贺知以认为唤作叔更显敬重。其实他就在楼底下，跟着程只只的车过来的，最近申城出了好几起年轻姑娘坐夜车出事的新闻，他放不下心。

程臻业搁了电话，程只只心头不满："挂了？"

"对啊，"程臻业指指座机，"挂了。"

程只只使劲戳煎蛋，接着夹起来两三口给吃了。

"你慢点吃，不够妈再给你做。"安秀递了碗鸡汤给她。

她接过来呼噜噜喝了："我饱了，睡觉去了，明早还得上班。"

“欸！”安秀叫住她，“我刚说的考研，你好好考虑，之前我逼你实习，只想让你吃吃苦头，这下知道生活不易了，就定下心来再深造两年，你要知道，书中自有黄金屋。”

程只只听也没听进去：“我知道了。”拂拂手便回了房间。

家在郊区，离市区远，程只只起了个大早，昨晚手机关机充了整晚的电，刚开机，就被消息轰炸了。其中最热闹的数煊贺的微信群组，程只只点进去，差点没被上千条消息卡死机。

公交车上有些晃，她定了定神，才看清那博人眼球的八卦链接，还不止一条——

“爆！任氏集团大公子与煊贺实习生夜会地下车库！”

附上程只只在任行车里睡觉的照片。

“众人齐吃瓜：研究所任部长与煊贺女实习生情侣关系铁锤，竞标案花落谁家？！”

附上程只只和任行在煊贺碰面的照片。

“大揭秘：昨晚慈善宴，任大公子首次携女伴出席公共场合，这位佳人居然是她……”

附上程只只挽着任行走红地毯的照片。

……

程只只的手指发汗，指尖滑在屏幕上出现汗渍，竞标在即，现在爆出她和任行的绯闻，她说不慌是假的。

她还没来得及细看群聊的内容，群组就被晋北给解散了，他可能是才起床看到消息。贺知以的电话转眼就打了过来，程只只被突然跳出来的来电人吓了一跳，接起却说不出话。

“你在哪儿？”伴着窸窣穿衣的声音。

“车上，”程只只估量不到这事会给煊贺造成多严重的影响，但她非常清楚的是自己捅了个大娄子，“对不起啊贺知以。”声音软软的、细细的，还带点无比自责的哼腔。

程只只盯着地上，突然间把自己贬进了尘埃里，唉，说白了，自己就是成事不足败事有余。

程只只受挫的表情在贺知以脑里一闪而过，他的心猛地一沉，黑眸极其幽深："不打紧。"

他驱车驶离车库，出匝道进主路，"轰"的一声响，宾利加速蹿了出去。

"下车，定位给我，我来接你。"

贺知以接到程只只，回美科郡的车上，她抱着电脑包不吭声。

如果只是拍到她和任行出席宴会那这压根就不算事，甲方邀请乙方共同赴宴，合乎情理。可盖着任行衣服睡他车里的照片，再怎么解释好像也是在欲盖弥彰。而研究所和煊贺的关系本就特殊，眼看下个月就要招标，这节骨眼上出这岔子，各路妖魔鬼怪心中肯定都有了谱。

要是最后煊贺没夺标这事也就过了，可要是夺了标，怕又得掀起惊涛骇浪。

反正思去想来，都是对煊贺不利的，程只只脑瓜子里泛疼。

车驶到市中心，车速慢了下来，贺知以有一下没一下地点着方向盘："煊贺那边你先不要去了，这两天住在这边，工作在家里继续，时候到了我会让你去公司。放心，只需要等两天。"

到了地方，程只只抱着电脑包下车，埋着头走，车库空旷，沉重的脚步声格外的响亮。

贺知以站在车边看着她的背影，良久，她快要走出他的视线时，忽地喊道："程只只。"

她蓦地抬起头，抱着包转身："啊？"

她的眼神空洞，愣愣地看着他，贺知以勉强扯扯嘴角，算是笑了："你别怕，有我在。"

程只只的眼睛缓缓垂下，盯着他的脚尖，唇动了动，却什么都说不出来。

人进了电梯，贺知以才滑开被他设置成静音的手机，上面几十个未接电话，他挑了晋北的号码拨了回去："法务和公关那边为什么没把消息压下去？我请的这帮人是来煊贺吃闲饭的？”

晋北那头非常为难：“先生，这次的舆论背后有人顶着，处理起来十分棘手。”

宾利从车库驶到地面，油门被踩到底，驾驶座上的人冷哼：“有人顶着？”

油门不松，他不停地看后视镜，不停地超车：“给我查。”

听得晋北耳朵里发嗡，心头重得不行，赶忙去法务部带话。他家先生向来沉得住气，就算在煊贺最困难的那年，他也没像今天这样狠戾，这放在心尖尖上疼的人啊，可真是动不得。

贺知以坐在会议室长桌的主位，手肘支在扶手上，双手交握目光灼灼地审视下面的人。

依次是法务部和公关部的经理、主管、组长，氛围凝重，大家原地等话，不敢掉以轻心。

“八小时过去了，话题的热度还在沸腾，所以，你们是自己辞职，还是？”

会议室的人齐齐倒吸一口凉气，贺知以话不多说，给他们留下空间任凭想象。

“贺总，”说话的是公关经理，语气恳切，“请再给我半天时间，我们一定把热度压下去！”

贺知以悍戾的目光扫过每个人：“行，我就再给你们半天，办不成通通滚蛋。”

他们的老板鲜少动怒，众人你看看我我看看你，纷纷卷起桌上的资料惶恐地出了办公室。

贺知以昨晚虽吃了药，但睡得很浅，总在深夜惊醒。大清早的又因晋北一个电话紧张到现在，这会儿头里面电钻钻似的疼。他将车钥匙扔桌上，有一下没一下地拿手敲着头：“送我回去。”

程只只在书房办公，听见门口有动静，探头望了两眼，正巧撞上贺知以瞧过来的目光。

这目光相撞中，有银花在闪烁。两个人太久没有像这样心平气和地同时出现在这房子里。程只只离开后，贺知以想过把房子卖了或者闲置，自己随便搬去哪里也好过这里。他试了，不行。不知是认地方还是念人，他整夜整夜地失眠多梦，程只只唇齿碰撞发出分手的音节贯穿他整个梦境。说不爱了其实是假的，但吃一堑长一智，他是疼怕了才理性到现在。

有那么一瞬，两个人都以为时间按了倒退键，回到了他们琴瑟调和的那两年。

“你为什么在书房？”贺知以疏离的一句话让幻境破碎。

“我房间，”她咬咬唇改口，“那个房间书桌边的排插坏了，电脑充不了电。”

贺知以扯开领结，在沙发上坐了下来，屋内归于安静，谁都没开口再讲话。

今天的天色从早上起就没亮开过，一直小雨绵绵。春夏交替，年年如此，很是适合睡觉。

沙发上搭着件程只只的外套，贺知以仰头倒在沙发背上均匀呼吸，她的味道从衣服上散了些出来，浅浅淡淡地钻进他的鼻腔。他睁开眼，无意识地挪了挪位置，离衣服近了些。

然后轻而易举地进入了深度睡眠。

一睡近三小时，醒时，贺知以半天没缓过神来，盯着面前的衣服出了好一会儿的神。直到厨房传来热油嗞响的声音，他才被拉回现实，起身朝厨房走去。程只只刚把蛋液倒进锅里，厨台上的电饭煲还在冒蒸汽，她扎着个丸子头，颈项上散了几丝：“醒了？马上就可以吃了。”

贺知以双手抄裤兜里靠在门框上，喉结滚了几滚，他这会儿特想问：程只只你这次的新鲜劲能维持多久？可踌躇好半天，到底什么也没问出口，留点余地掩着藏着总好过因爱生恨。

手机铃大作，程只只翻炒的动作停下，头往他这边侧看过来。

贺知以躲开她的目光，回身去了客厅：“说。”

那边是煊贺的公关经理：“贺总，查到了，是欢畅娱乐的王经理。欢畅是国内数一数二的演艺公司，和我们八竿子打不着的关系，但是他究竟为什么要针对煊贺，我们还在查。”

“嗯。”贺知以应了声，站在露台上，指尖夹着烟，睥睨申城的万家灯火。

他想起了什么，拨通了翟佞的电话：“你最近是不是投资了个什么电影？”

翟佞看了看手机屏，确定是贺知以："怎么，金融大鳄准备涉足娱乐圈？"

"说正经事，"他的眼神深如海底，"那什么欢的王经理的底细你有了解吗？"

翟佞上心了："欢畅的王金明？只只和那小子的料经他的手爆出来的？"

翟佞想起了什么："也说得过去，王金明早年在欢畅只是个狗仔，常年跟踪明星拍些捕风捉影的桃色照片，但是广大网友就是吃他这套，这人在网络上呼声很高。最近有消息在传，欢畅股东推举王金明做一把手，只只这事热度越高，就越能体现他的业务能力，这人挺有手段的。"

听到这里，贺知以脸上已经没有什么表情可言了，他弹掉烟头上烧尽的白灰。

翟佞还在说些有的没的，被贺知以冷不丁的话打断："那我这次就帮他重新做回狗仔。"

"……"翟佞噤若寒蝉，不禁在心里感叹，陷入爱情的男人，果然惹不得。

王金明这两天愁得秃头，他名下有几家声色场所，被人举报偷税漏税，数额不大，所以这事儿吧，他本没放在心上。结果昨天，税务所来人了，强制关店，例行查账，对相关财务人员实施拘传。他静下来细想，这事儿不简单，定是招惹到了谁，他一下子就联想到了任行。

王金明正犹豫要不要主动交涉，任行那边就先来了电话，约他在银楼一聚。

包间里，任行叫来了圈内几个排得上名号的朋友作陪，王金明感受到了他的施压，但王金明也不是初入这个圈子，他既然有胆量爆得出那些照片，那他就做好了善后的打算，只是就目前形势，任行不提及，他也就配合装傻。

"王经理肯来，定有心解决眼下的事，那些照片，该撤的都撤了，我家老爷子最近在国外忙，还无暇顾及这些鸡毛蒜皮的小事。但热度要是持续下去，"任行两根指头拎着酒杯，手腕慢慢悠悠地摇，嘴角、眉眼也都还是带着笑的，"那欢畅可就保不住咯！"

王金明噎住，他没想到任行会搬出他爸来，只得擦了擦热汗，一个劲地赔笑。

"任部长你先听我解释两句，据我调查，你对姓程的女孩儿也不是没有那方面的想法，这次的曝光对你完全有益无害，你这时候只需要趁此机会玩把浪漫，再出条公告公开承认这段关系，任凭她何方圣女都招架不住。”

任行微醺的眼神转瞬成了利刃刺向王金明：“我不需要这种下三烂的方式。”

包间的门从外打开，撞在墙上，“哐”的巨响，贺知以表情尚可，目光落在王金明身上。

任行定睛看清来人，支走了饭桌上的其他朋友，没多会儿便只剩下他们三人。

贺知以双手抄兜里，坐下，两腿支地，眉毛上挑，摇着头赞叹道：“王经理不愧是吃娱乐圈这碗饭的人，办起业务来完全顾不上命，混你们那个圈子的狗仔都这样？”

王金明脸上的肥肉僵住：“哪里哪里，我吃的是社会底层的饭，跟贺总和任部长比不得。”

“是吗？”贺知以随意拾起桌面上的烟盒，抽了根烟含在唇间，眉头紧锁。

烟头火星明灭，贺知以吐了口烟：“我就打开天窗说亮话。关于欢畅爆出的那些照片，我要你出公告澄清，照片是后期合成，花边内容完全不属实，并就此事向公众道歉。”贺知以的话里全是锋芒。

任行眼色一凛，贺知以没想给王金明留活路，王金明绝不可能答应。

果不其然，被贺知以这番羞辱，王金明全然没了好脾气：“呵，贺总倒是异想天开了。”

“是吗？”贺知以弹了弹烟灰，他有底气说出这话，就肯定抓住了把柄，“我听上头说，王经理名下几家店税收方面出了点小问题，这事儿可大可小，往深里揪那就是犯了法，浅的来说也就是合理避税，”事不关己，他当然笑得开怀，跟聊闲天似的，“这要是真进去了，凡是跟王家沾亲带故的，连带调查谁都别想逃。”

王金明瞳孔紧缩，最近频频被税务调查，他本以为是任行，没想到招惹到的却是贺知以。

任行饮了杯酒，浑身上下哪哪都不是滋味。

王金明神色有了缓和，多了层奉承：“贺总，这消息也不是不可以撤掉，就是棘手了些。”

“撤？”贺知以摘下唇间的烟，掐灭，“撤要是真能弥补这件事对煊贺的声誉损失，那我直接让公关压下来，不是更容易？何必大动干戈找上正主儿，你说是不是这理儿？”

王金明失语。

贺知以看了看表，多了些许不耐烦：“新闻都是有时效性的，王经理你多耽搁一分钟，就让煊贺多产生一份损失。我最后再给一点时间，希望你别让煊贺亲自正清，你会后悔的。”

王金明调查了任行，调查了程只只，唯独漏掉了贺知以，他猜到其中的利害关系绝不只是因为煊贺，肯定还有更多千丝万缕的他因，但晚了。王金明抹了把脸：“贺总，我答应你。”

贺知以看了王金明一眼淡淡地说道：“这才是聪明人的选择。”

当了配角的任行表情有些古怪：“二位慢慢寒暄，我就先走了。”

贺知以笑，眼里像有桃花，好似不经意：“任部长，有些事情，办不到的话就不要勉强。”

第八章

避不开了，就是她

出了饭店，任行气不过，扯下领带给程只只打了个电话：“你出来。”

程只只在给评估报告做最后的润色：“我不太方便。”

“不太方便也要出来，高中学校门口等你！”

程只只丈二和尚摸不着头脑，看了看仅十秒就被掐断的通话界面，心想任行今晚吃炸药了？

她套了件大T恤，好在任行打电话来前洗了头，他催得急，头发半干她就出了门。美科郡离省二中近，程只只看见任行，小跑到他面前。初夏，暖和的夜风里多了几分躁动因子。

“有事说事，我忙得很。”

“忙着给贺知以赚钱？”

程只只翻白眼，马上掉头要往回走，被任行拽住：“好好好，我错了，你要不要先吃点东西？”

程只只嗅到他身上的酒味：“背着我偷偷喝酒？”

任行没忍住笑了：“狗鼻子啊？”

“……”程只只又白了他好几眼。

省二中有条小吃街，奶茶、麻辣烫、煎饼馃子……应有尽有。这个时间点学生快下晚自习了，各个店面都在抓紧时间备食，等待稍后放学铃打响，两人站在街口，那叫一个香啊！程只只不和任行打嘴皮子仗，也不理睬他，自顾自地往街里走，任行闷声跟在后面。

她在一辆卖炸串串的推车前站定，接过老板递给她的盘子，往里挑吃的。

“多拌辣椒啊老板娘！”她选好吃的递给老板，斜了任行一眼，“干嘛呢，还不快付钱？！”

任行手忙脚乱地掏出手机扫付款码：“够吗？要不再多来点？”

程只只无语瞪他：“你喂猪吗？”

任行“嗯”地应了，程只只差点跳起来打爆他的头。

这时，省二中的放学铃敲响，学生蜂拥而出，两人被挤得越靠越紧。任行换到程只只身后替她挡着推搡的学生们，他高，低头就能看见她的头顶。高中时候，任行无数次像这样站在她身后护着她。记得有次冬天，在开水房，前面的人接了开水端着杯子往外走，经过程只只的时候，旁边有几个男生在疯闹，不小心撞了那人，装满开水的杯子直直地朝她砸来。

任行条件反射用后背替她挡了，好在是冬天，穿得厚，杯子砸在羽绒服上，“砰”的一声闷响。程只只在任行怀里瞪大了双眼，泛着水光的眸子一眨一眨的，而后，满脸紧张带着一丝慌乱地问他：“没事吧，烫着了吗？”

大概是在那个瞬间，程只只这三个字对任行来说就不一样了。

程只只双手接过老板递来的塑料盒，吹了吹热气大口吃了起来：“唔，好吃，你来口？”

任行看着她吃就很知足了，摇摇头：“你吃吧，我来找你是想说件事情。”

“嗯哼，”程只只敷衍，“说呗。”

“照片的事情对不住了，但我——”

就在这时，一道厉声打断了他：“程只只。”

她循声望去，脸上的表情瞬间鲜活了起来。程只只小跑过去，边跑边回头冲任行摆手：“没关系，照片的事，贺知以答应我会帮我摆平的，你别放在心上！”

两个男人遥遥对视，视线如尖枪利刃，不语，却陡然生出剑拔弩张的气氛。

但此时的场景，显然是贺知以占了上风，他冷冷地撇开眼，领着程只只就往街外走去。

程只只只顾吃，忽然想起他，回头：“我先回去了任行，你路上小心哦！”

手里的塑料盒被贺知以抽走，扔进街口的垃圾箱里：“不准吃垃圾食品。”

他动作太快程只只没反应过来，愣了两秒望着空空的手，对他拳脚相加：“你！赔！我！”

程只只被贺知以逮着衣领上了车，两人绝尘而去。任行站在热闹非凡的街中央，孤独得像被倾盆大雨从头淋到脚。在从商行事方面任行确实落后贺知以几分，这在今晚凸显得淋漓尽致，他自己也非常清楚。但关于喜欢程只只，任行打心底里瞧不起贺知以的犹豫不决，这样的贺知以是在辜负程只只。任行望向两人离去的方向，在心里自语：我不会后悔所有的选择。

不管是以前，还是现在，他都能毫无保留、不遗余力地照顾她的情绪。

但贺知以做不到。

四扇车窗大敞着，车速飞快，风呼呼地往车里灌。

程只只凉着了，打了个哈欠，也没说什么。

贺知以皱眉，语气生厌：“一股油炸食品的腻味。”

正常情况下的贺知以不会说出这种话，程只只低了低头想要看清他的表情：“你醉啦？”

“没醉，”贺知以脱了外套扔给她，“穿上。”

“我爸喝醉了也说自己没醉，”程只只嘀咕，外套带有他的体温，她老实穿上，车窗没关也不冷了，“你是不是为了照片的事和别人喝酒去了？”

“嗯，都解决了，明天回公司上班。”贺知以合着眼，仰头靠在椅背上养神。

贺知以头不舒服，心也不舒服。对付完王金明回家的路本不路过省二中，可能喝了酒，情绪比较亢奋，他突然想起来她很喜欢吃的红豆饼。卖饼的只有学生上学的时候才出摊，而且去晚了就收摊了，他看了看时间，正好掐点下晚自习。到的时候，却远远看见程只只和任行说说笑笑。

两人都穿得随性，像对学生模样的小情侣，要多扎眼有多扎眼。

反观自己西装革履显得格格不入，像个管事的大人。

突然，程只只两只小手按在他的太阳穴上，力道温柔地慢揉着，一会儿画圈圈，一会儿轻压。她身上的奶香味似有安神的功效，一下子就抚静了他的心律不齐，他着了魔似的呼吸。但好像还远远不够，他一把将程只只揽入怀中。程只只动也不敢动：“你真醉了吗，贺知以？”

他这次的回答却和上次相反：“嗯，你乖乖的，让我抱会儿。”

他的声音特别轻柔，像皎月洒下的白月光，是在安抚有些惊慌失措的她。

程只只彻底不出声了，失落全写在了脸上。现在她只有在他喝醉时，才能拥有他的怀抱。

驾驶座上的晋北忍不住叹息，他家先生醉了吗？肯定没有啊，半小时前下车打扰小小姐和任部长的时候还势如破竹呢，怎么可能转眼就醉了？！现在这模样还不就是在装可怜博关注。

王金明说到做到，第二天就出了澄清公告，流言蜚语不攻自破。

程只只第二天下了班自觉地回了尤然那里。

贺知以当天有事外出，夜里回到家，看到漆黑空荡的屋，心都凉了半截。

小没良心的东西，得了甜头立马就没影了。

见门开，尤然特夸张地“哟”了一声：“这两天睡贺知以那儿是不是做的梦都要美些？”

程只只踢掉鞋：“你别成天把嘴巴挂我身上，顾好你自己和湛医生吧！”

尤然没声儿了，过了会儿，她又问：“今天这么闲，不赶项目了？”

“基本上赶出来了，”程只只伸了个懒腰，“就等月底做总结。”

尤然拿着手机翻看日历：“那也快了，这周末湛河约了个城郊的地儿散心，你去不去？”

程只只笑嘻嘻的：“谁？”

尤然被她笑得面红耳赤，借口去了厕所洗澡：“我随口问问，不去拉倒，我乐得清闲。”

“去去去，你的第一次约会我怎么能不去当电灯泡呢？”程只只当真好久没出去转转了。

尤然把脏衣服扔向她："我懒得和你扯！"

周六这天，万里晴空，清风飒飒，两人轻装上阵，远远看见湛河开着辆吉普驶来，车身高，程只只手脚并用才好不容易爬上去。反观尤然，湛河解了安全带，倾身向她伸出双手，轻轻松松就将她提溜上了副驾驶。程只只坏笑道："哟，看不出湛医生那晚醉酒醉得还挺有效果。"

湛河笑得玉面桃花，那晚的前半段他记不得了，但有个片段他倒记得实在，就是他强吻了尤然，那冲动又刺激的感觉，他至今心痒。酒这东西，果然壮人胆，现如今，他和尤然比朋友暧昧，比情侣稍微次那么点儿，不过他已然知足。

"贺知以来吗？"尤然问湛河。

湛河看了眼后视镜里的程只只："来不了，陪未婚妻回老宅了。"

程只只倒是机灵，听出了湛河话里的不知情，掏出手机给尤然发微信。

只：湛医生忘了自己那晚酒后失言了？

然：是昂，我之后也没告诉他，免得他去给贺知以通风报信。

只：这样不太好吧……

然：有什么不好？他自己口风不紧，我又没对他严刑拷打。

程只只锁了手机，望向窗外。车上高速又下高速，穿过山区，经过麦田，将近五小时的车程，到地方时临近中午。程只只算是长见识了，私人的度假山庄，占据整片山头，似座藏匿深山的城堡，正值格桑花的花季，放眼望去，美不胜收，这地儿真不是一般人能寻得到的。

几辆同系列吉普陆续停下，粱丛和翟佞戴着墨镜分别从驾驶座下来，还有几张程只只不认识的生脸，也不知是哪个世家的公子哥，但无一例外的是，个个身边都站着水灵灵的姑娘。

看着人家出双入对、双宿双栖、比翼双飞，就她，孤家寡人一个，这滋味，令人心梗。

这些人也都是圈子里处事圆滑的人，其中就有个活跃气氛的：“妹妹好眼熟。”

翟佞啐他：“妹你个头啊，滚开点，这是贺知以的表侄女，小只只。”

“欸嘿——”他反道，“我还真没胡说八道。”

这人果真就来了印象，三年前的春节吧，那时候圈子里的人都听闻贺知以是有主的，但他宝贝得很，在场的人连影儿都没见过。除夕那天晚上，众人玩开了，就让贺知以把人带出来看看。那天贺知以心情尚可，又是大过年的，不好扫了他们的兴，就差人去接了程只只。

一道正红色丽影探颗小脑袋进来的时候，包间里的人就差把眼珠子抠出来以表震惊了。

他……他……他他贺知以不会拐骗了个未成年吧？！

她在老家过年，家里老人给小辈做了新衣服，同一款式的冬季旗袍，中国红，领口、袖口、裙边缀了圈白绒毛，头发还被她妈用红线绑成两个丸子，肤白眼大，活像一款中国娃娃。

大家伙都处在震惊中缓冲不过来，也没人给她挪个位子，贺知以就那么让她坐在了腿上。

她来得急，神色不算开心，一直戳着手机屏像是在抢微信红包。贺知以把她箍在怀里低语，她照样不理，还不耐烦地把人的脸推开。直到贺知以从裤兜里摸出个压岁包，她的脸色才有所好转，搂着他的脖子一边亲了一口，哎哟——啧——被亲的人差点没乐出鱼尾纹。

但程只只确实对眼前这人毫无印象。

粱丛乐了，推了把那人：“得了你，少来这套。”

一行人按事先预约的房间号回房稍作休息。湛河本订的两套房，一个是套间，里面有两室，一个是单间，只有一室。他本想着和尤然住套间，这不刚才尤然慷慨侠义让他一个人住了，推着个小行李箱和程只只进了单间，湛河那叫一个郁闷，抽了好几支烟都吐不完窝着的火气。

程只只和尤然换了身小裙子，日本校服的样式，格子裙堪堪过大腿。

和尤然挽着手臂从房间里出来，青春气息实力演绎了什么叫少女的裙摆。

湛河踩灭烟头，拽过尤然就跑了：“我带你去个地方。”

尤然被拖着，冲她喊：“只只我待会儿来找你。”

程只只看着这两个人最近的互动也是见怪不怪了，于是蹦蹦跳跳地下楼，却在楼下大厅把任行碰着了。

他也约了帮人，正和人打趣呢，回头见到她，撇下人就朝她奔了过来。

程只只被扑过来的影子吓得“呀”了声，抬头见是任行：“巧了，你也来玩？”

任行点头：“你想去哪儿？我陪你，这我家的，地儿我熟。”

他身后那帮人“哦哟”地起哄，她拂拂手：“不用，你陪你朋友们，我自个儿去看看花。”

任行追着她的步子，而后大声解释：“他们才不用我陪，后山有一片花田，我带你去！”

“对对对，小姐姐，”不嫌事大的用手做成喇叭状，“我们不用行哥陪，我们自力更生。”

这帮人动静搞得挺大的，翟佞就站在楼上，看似在玩手机，实则是将刚才发生的插曲拍成了视频，也不知是有意还是手滑，这视频被他发给了贺知以，顺带添油加醋两句。

翟：四个字，金童玉女。

贺知以刚从赵家出来，点开视频，传来程只只银铃般的笑声，小裙子一穿，马尾一扎，怎么看也就十七八岁的年纪，最后结束在任行跟脚跑出去的画面。贺知以生出无名火，欲回翟佞，却不知回什么。车速突然快了好多，赵南燕不由得打直背：“贺知以你想死别拉上我啊！”

他却问：“你车库里有吉普吗？”

赵南燕拽着上方的拉手：“有，你干吗？”

“我赶时间去个地儿，来不及回去换车，借你的开开。”

赵南燕从包里翻出车钥匙给他："我新提的，爱惜点开。还有，退婚的事你打算什么时候跟我爷爷说清楚？横竖一刀，你干脆点，别耽误我处对象。"

"了解，到时候我会把责任都揽身上，绝不殃及你，该赔偿给赵家的损失只会多不会少。"

"那还差不多，"车靠边停，赵南燕推门下车，"车在库里，你自己去开，我上去了。"

贺知以看着赵南燕扬长而去，说句心里话，如果程只只不再出现，她的确是婚姻上的最佳拍档，自私、贪图物质这两条人性上的缺憾被她利用得堂而皇之。生在大家族，她命不由己，人生从降生那刻就已被安排，她早已放弃反抗。她曾对贺知以说过："我嫁谁不是嫁？你挺好，有颜有钱，还不向我勒索感情，我真要遇见硬让我真心相待的，那我岂不是赔了夫人又折兵？"

贺知以开着赵南燕的悍马从车库里杀出来，目标精准，打弯上了高速往山区开。

那地儿他去过，任家名下的产业，为什么要开吉普？那些个混子的玩法他摸得清楚得很，度假山庄山顶是处赛车场，三回九转的山路，刺激倒是刺激，但也有危险性，没听说过丧命，翻车却是常事。公司才起步时，压力大，找不到地方发泄，会约着人上来赛两圈，的确能释放压力。但后来人生里出现了程只只，好像生活里多了好多开心，这地儿他也就没再来过。

那两年，他酒喝得少了，烟也几乎不抽了，连工作都尽量在白天结束。

源于某次，他感冒，咳嗽，点了支烟，被她瞧见了，抖着指尖骂："你抽，往死里抽，抽死了成了神仙，我就继承你的遗产去找小白脸去，反正我年轻，男人一抓一大把，我才不守寡在你一棵歪脖子树上吊死！"她是真生气了，眼睛红着，喘着气儿，胸口大幅度地起伏。

他把她扯到身边，掐了烟，把烟盒、火机往垃圾桶塞："不抽了不抽了，再也不抽了。"

等怀里的人稍稍消了气，于是轮到他问罪了："你还敢去找小白脸了？胆子肥了，嗯？"

两只细胳膊耍赖地缠上他的颈项："所以你要照顾好自己，长命百岁，才能和我至死方休。"

那一刻，他是真的觉得命很重要，一口咬上她的下巴，而后松开："做鬼也不放过你。"

一晃眼，这也是好几年前的事了，想想，似觉昨日才经历一般。

"来了来了。"翟佞捅捅粱丛。

悍马刹在两人面前，贺知以甩上车门："湛河呢？"

"和爱的人做爱做的事情去了。"粱丛坏笑着，点到即止，懂的人自然懂。

才不是粱丛说的那样，湛河只不过拽着尤然去了梯田，那边是申城茶树的种植基地，他知道尤然爸爸爱喝茶，就想和她亲手采来做成茶叶拿回去给她爸喝，让她爸知道有他这号人。

一排排颜色鲜艳的吉普停在坝子里，贺知以环顾四周，没找到想找的人。

"其他人呢？"

"我就纳了闷儿了，贺知以你什么时候变得龟孙了？想问就直接问呗，程只只哪儿去了？"

贺知以提脚踹了过去，粱丛蹦跳着闪躲，嘴上大喊："只只！只只！"

"欸！"程只只竟真应了，声音从后方传来，"粱哥什么事？我在这里！"

花田离这边不远，程只只听见有人叫自己，就从山坡处跑了上来，见到贺知以，有点意外又有许多开心，从花田里飞奔下来。不光是贺知以，其余两人也看呆了，程只只太有朝气了，马尾随意扬着，圆领衬衣系着的蝴蝶结跑歪了，裙边一起一伏，惊动了一路开着的格桑花。

她跑到贺知以面前就停下了，不敢造次扑进他怀里："你怎么来啦？"歪头笑吟吟的。

贺知以喉咙有点干，舔了舔嘴皮，慢慢悠悠："没个女孩子家的正形。"

程只只原本昂着的头一点一点地垂了下来。

梁丛和翟佞在心里把贺知以骂了个狗血淋头："只只掉头跑回去，找你的任行同学去！"

说曹操曹操到，任行也从花田下来，走到了程只只身后，低头温柔交代："照片待会儿回房间发你微信上。"抬头，对上贺知以冷飕飕的视线，"贺总竟然也有闲心到这些个山坳里来？"

"嗯，山顶上的赛道很久没有跑过了，听说改进了增加了难度，想来试试到底有多简单。"

任行一时语塞，跑道是他重新设计的，贺知以这样说，不就是在打他的脸吗？

"正好，我也约了朋友过来跑，我们刚好组成两队，今晚吃过饭就可以上去。"

贺知以气焰拿捏得当："不会让任部长输得太难看。"

任行轻哂，提步进了山庄。梁丛和翟佞交换了个默契十足的眼神，今晚有热闹场面看了。

程只只不懂，追着贺知以问："山顶的赛车场？为什么要晚上比赛？听起来好危险的！"

"别担心妹妹，"梁丛插嘴，"他玩得多得去了，别说晚上了，闭眼睛也能跑完全程。"

贺知以撵走他俩："妹什么妹？！你们给我滚远点。"

"……"程只只立马就消声了。

贺知以察觉到身边那人蔫了，停下脚步，认真解释："你别听梁丛乱说，这条赛道很安全的。"

"反正命是你的，随便你，我又有什么资格说你呢？"撂下一句气话，她拔腿跑开了。

晚上上山顶，程只只不愿意坐贺知以的副驾驶，硬要挤上湛河的后座，贺知以脚踩油门瞬间飙得不见踪影。车里，山路崎岖不平，程只只被晃成了抖筛，头晕乎乎地听湛河讲以前。

“煊贺才刚刚创立的那几年，他是真辛苦，也找不到个解压的好法子，就对赛车上了瘾。”

“一上跑道，跟不要命似的，油门都要给他踩瘪咯！他只要有时间就会来这儿赛上几把，我们也劝过，他不听，你说他玩点什么不好，非要玩命。有次就翻了车，挺严重的，大腿上了钢针。”

“也就跟你在一起的那年才收手，真正的不玩了，今儿又不晓得哪里发抽了。”

尤然听完，对湛河说道：“你今晚不会也想赛两圈吧？！”

“不不不，”湛河求生欲强，“我现在有小尾巴了，”暗指尤然，“这不比得以前了。”

尤然被占了便宜，没好气道：“少贫！我答应你什么了？”

湛河一手搭在方向盘上，一手握着挡杆，咬咬牙，她嘴紧，还真没答应什么。

程只只望着窗外，其实外面一片漆黑，也不知在望什么：“我好像不了解他。”

尤然感受到她的低落，转过头来：“只只，别这样，你是阳光，这就足够了。”

两人恋爱，终点是结婚，而婚姻，不就是同甘共苦、祸福与共、生老病死吗？但好像贺知以总在替她遮风挡雨、披荆斩棘，她在那段失败的恋爱中，充当的似乎就只是享乐的角色。

到了山顶，夜风呼啸，黑色树影子摇曳，照明灯还算明亮，但急转弯处不乏视线盲点。

大家伙带的女朋友或女伴都披上了男士外套，唯独程只只，光着腿在冷风中瑟瑟发抖。

翟佞和粱丛挽着俏佳人过来，看到风中的程只只突然心疼，翟佞道：“真恨我今天只穿了一件外套。”

程只只被逗乐：“翟哥我没事，也不太冷，受得住。”

贺知以的悍马就停在旁边，挺拔的身形从车上下来，拎着条小毛毯，走过来，给程只只拴腰上：“膝盖都冻紫了，”接着脱下外套，好好裹住她，“感冒了是不是又要我批假？”

“那也要你肯批啊！”她回暖，但还是没多开心，心头隐隐不安，总觉得会出什么事。

不远处的任行也同样拿着毯子和外套，准备过来却止了脚步，这时，裁判吹响了口哨。

“五局三胜制。第一局，将在五分钟后开始，请选手做准备。”

贺知以和任行排在第三轮，这是新赛道第一次开赛，前两轮都跑得比较稳，速度不快，倒也安全抵达终点。赛道有航拍，还有很多个机位，实时转播在终点的大银幕上。贺知以换好了赛服，微昂头，心无旁骛地观赛。任行走了过来：“让你五秒，毕竟这道是我设计的。”

贺知以一笑，在职场上，他礼让任行三分，是行行有规矩，得罪生意伙伴，触了自己的霉头不说，还落下不好的名声。但这时候，也不用顾及那三分薄面了：“七八年前，我玩车玩得最狂的时候，你几岁？别说大话，顾好你自己就成。”

任行的脸色在照明灯下青一块黑一块，待车回，跳上自己的车，驾车一个甩尾停在起点处。

程只只心跳不正常，见贺知以上了悍马，她小跑过来，车太高，她只能露张脸在窗外。

她抠着手指，动来动去的：“你干吗非得和任行比？”

他剑眉飞翘，眉头舒展：“就玩玩。”

“至于拿命玩吗？”她嘟囔，抬眼，似有星星在里面闪烁，“不玩行不行？”

声音软软的，带着哼音，是她撒娇时惯用的那招，贺知以蛮受用，硬汉的心瞬间就塌了下去，但他摇了摇头，双目敛着笑意，拧动车钥匙，打着发动机：“赢了给你买夜宵。”

悍马从程只只面前开出去，她看着红色的尾灯，心里着实不踏实。

赛道一共十二个急转，碎石子路，凹凸不平，道两旁的灌木丛比人高，非常影响视线。

两辆吉普并停，裁判手里的旗往下一打，“轰”的鸣响，车跟离弦的箭似的蹿了出去。

程只只紧盯荧屏，手心攥出热汗。大屏幕上，两辆车势均力敌，谁也不甘落后，过最险的弯道时，一侧悬崖，另一侧山体，任行微收油门紧贴山内侧，而贺知以则相反，猛踩一记，急打方向，来了个漂亮的漂移，面色冷厉得不像话，这之后，贺知以占了一个车头的上风。

翟佞拍手叫好：“咱兄弟这不是在追阎王爷吗？！”

湛河服气：“哪能啊！这速度，是阎王爷在追他！”

“去去去，别胡说，”粱丛给他俩使眼色，“瞧你们把只只吓得唇色都没了。”

翟佞看了眼面如土色的程只只，立马换台词：“我俩爱用夸张手法，只只你可别当真。”

当不当真程只只有眼睛能看得到，贺知以赛车又险又狠，偶尔镜头拉近，眼睛都红了。眼看最后一个弯道，不知哪辆车急转时车轮碾过碎石子，其中几颗飞射出来打坏了摄像头。

大屏幕上，转播的一个镜头突然黑了，引起众人叫嚣，只听见“砰”地巨响。

程只只夺了翟佞的车钥匙开车冲了出去。她考过驾照，但她嫌开车费神，之后就扔在抽屉里再没派上用场，但看别人开车看多了，也能依葫芦画瓢。可山路险峻，极有可能有去无回。

程只只当时就一个念头：我要去找贺知以。

尤然看到飞奔出去的程只只急的如热锅上的蚂蚁，让湛河赶快开车跟上去：“只只她没怎么开过车，会闹出事儿的！”

翟佞猛地一下子清醒了，赶忙上了粱丛的车，车钥匙是从他手上抢走的，这真要出了事……

贺知以不得扒掉他的皮！

最后时刻，贺知以和任行都不服输，两辆车抢里边的车道，撞到一块儿去了。照相撞的情况来看，任行的车在外侧，贺知以的车在里侧，外侧的车想换道，里侧的车却加速，这样一撞，里侧的车就被撞上了山壁，整个车头陷了进去，车身横在赛道中央，乍一看，挺惨烈的。

程只只一记急刹，车刚停稳，就开车门，脚沾地摔了一跤，双膝盖给磕破了。

贺知以见她摔下去，浑身一颤，似欲开车门，却止住了。

他想知道，她究竟更在意谁。

任行那边安全气囊弹了出来，车损非常严重，定是需要急救的第一对象。

程只只却哭着喊着跑向了贺知以，他打开车门，结结实实被她扑了个满怀。

“贺知以，你吓死我了！”

她哭得那叫一个惨烈，身子一抽一抽的，嘴里呜呜咽咽也不知在哭诉什么。贺知以就像只被打满气的氢气球，一下子就充盈了，还有点飘飘欲仙，他顺着她的头发，哄她——

“好了好了，不哭不哭，我再也不玩了，嗯？”

哭哪能说停就停？程只只猛在他臂膀上揪了一把，疼得贺知以吊着口气。

程只只生气了，不是哄两句就能消气的，她瞪着眼：“贺知以，我真的很不喜欢你这样。”

怀里一空，人走了，去了任行那边。贺知以踹了一脚车门，镜架折射白光，面无表情。

那他到底是输是赢？！

任行从安全气囊和座椅间挣出来，被程只只搀扶着，深一脚浅一脚地走向救援车。在场的人可能都没注意到，他忽然回头冲贺知以比了个胜利的手势，贺知以的气场一下子就没了。

后面的人赶到时，正瞧见救援车扬长而去，贺知以阴着张脸坐在悍马里抽烟。

回去的路上，翟佞开车，偷瞄了两眼后座：“回哪儿？城里还是山庄？”

贺知以说了个翟佞从没听过的地址，他输进导航，显示的是申城的郊区，也不多问，跟着导航就去了。下了高速，路过药店，贺知以叫停，下车进去了会儿，回来时手上提着药袋。

翟佞打量他："受伤了？"

"没有。"他不赘述。

到了目的地，贺知以下了车就支翟佞回，翟佞嘴贱："你不会藏了女人吧？"

在贺知以发飙前翟佞倒车溜了，在巷口和一辆出租车会车，他无意中朝窗外瞥了两眼，竟发现车上坐着程只只！翟佞思索了几分钟，不由得在心里夸赞，贺知以这招欲擒故纵玩得可以。

出租车停在小区门口，她掏出手机扫司机师傅的付款码，几张红票子从车窗递了进来。

"不用找了师傅，辛苦了。"是贺知以的声音。

后座的车门被拉开，他的手伸了过来。程只只撇了撇嘴，不太情愿但还是搭了上去。她的膝盖破了皮，稍微曲一下就特别疼，只能撑着他的小臂僵着两条腿走路。

这会儿凌晨，是小区最安静的时候，她异常的沉默让贺知以好不习惯。

经过小区廊桥时，他把药递给她："都去医院了没处理下自己的伤口？"

"小伤。"程只只接了他的药，转身准备上台阶。为了不让伤口裂开，她上台阶的姿势十分怪异。

贺知以干脆一个打横抱，将她腾空抱起，程只只还没缓过来，就已经快到了家门口了。

她别开眼，气鼓鼓的，小声碎念："贺知以，你虚岁都三十了，还跟个高中生一样，那赛道那么险，你非要去，你知道我有多担心你吗？别以为你这样我就不生气了，我气着呢！"

贺知以笑了，如山涧清泉，三月桃花："我知道。"

"知道你还去！"程只只更气了，胡乱地在包里翻钥匙。

"程只只，"他突然很正经地叫她，"对不起，让你担心了，以后不会了。"

"……"程只只像被人点了定穴，一时半会儿不知该说什么，面前的贺知以也太反常了！

她伸手摸摸他的额头，自言自语：“没发烧啊……”又凑近闻了闻，“也没喝酒啊……”

“行了，进去吧，我走了。”贺知以让开了身，迈着慢步往回走。

等他快走到转角时，程只只好像突然捋清楚了什么，向前跑了几步，喊他：“贺知以！”

邻居家院子里的感应灯霎时亮了起来，黄澄澄的，尽数洒在他身上，他定住，回头望向程只只。

“你是不是打算原谅我了？”她问。

又问：“你是不是重新喜欢上我了？”

“快了。”两个字，不明不白，但就像往程只只心窝里丢了棵发芽的苗。

回去的车上，车厢忽明忽暗，贺知以冷峭的眉头沾染了些许笑意，好像有什么东西他终于失而复得了。她一直是他迈不过的坎，解不开的结，她把人间烟火带给他，又残忍地抽走，他难以理解、难以原谅。但她又回来了，带着更诱人的砝码，他生恐控制不住自己重蹈覆辙，可这，就已然再次动了心，或者说，这心根本没有停下来过。今晚，两车相撞，她第一时间奔向自己，贺知以心想：避不开了，就是她了。

第二天周日，天微亮，程只只正做着美梦呢，房门突然从外被撞开。

她以为遭了贼，一个激灵从被窝里弹起来，看清是爸妈，直接哭了：“你们干吗啊……还让不让人好好睡觉了……”

程臻业指着她：“说，昨晚那男人是谁？！”

程只只在被窝里歪歪扭扭：“妈！你管管你老公，你听听啊，都冲你女儿胡言乱语了！”

安秀给了她屁股一巴掌：“什么胡言乱语？！你爸说的都是事实！昨晚邻居可都看到了啊！一个男人抱你回来，你还问人家喜不喜欢你，害不害臊啊你！”

程只只静止了两秒，露了双眼睛出来：“那不是别人，是贺知以。”

“编，你继续编！”安秀戳着她身上的棉被，“信不信我马上打电话给你小表叔求证？”

“打呗，”程只只索性坐了起来，“昨天公司团建活动，我做游戏的时候磨破了膝盖，你看，喏，”她掀开棉被露出已结黑痂的膝盖，“我受伤了，小表叔送我回来有什么稀奇的？”

见她坦荡，安秀将信将疑，指着她的鼻子数落：“你别整天尽黏着你小表叔，人家是有准媳妇儿的，结婚那是板上钉钉的事！要多留空间给人家小两口。真不懂事，人家都到家门口了也不请人家进来坐坐，你啊你！”安秀说着，收拾了脏衣服，念念叨叨地关上了门。

“嘁，”程只只缩进了被窝里，说道，“还不都是假的。”

周一，也是月底，煊贺本季度来尤为重要的一周，国研将专利案的竞标安排在下月，参与此次竞标的还有市面上两家大型的评估机构，华盛和龙文。煊贺项目部A组针对此次的竞标进行了分小组作业，最后取精去糟，综合一份最优质的评估报告，作为此次竞标的竞标案。

程只只进公司时间短，成为总监助理已是破格任用，就更没资格参与小组作业。

但霍君给她布置了任务，所以她就自成一组，认认真真完成了一份评估报告。

会议上，各小组组长开始讲解本组的成果，程只只听了会儿，慢慢神游，打了无数个哈欠，眼泪星子都出来了。也不是说她不尊重人，但他们用的核算方法和研究结论实在是老旧。

她百无聊赖的样子被坐在贺知以右斜方的孟组长见了，不免生怒。孟组长年过四十，是陪贺知以打江山的老功臣，听闻她是走亲傍戚进的公司，前段时间又和国研的任行传出花边新闻，他对她非常不齿，而在这样重要的会议上，她竟听得打瞌睡，他再也容不了这等关系户！

“程只只，你要嫌困，你可以站起来听。”

孟组长这话一出，所有人的目光整齐划一地投到她身上，埋头看文件的贺知以也抬起了眼。

吓得程只只的瞌睡全跑了，她像是课上被老师点了名，傻愣愣地站了起来：“我没睡。”

原本沉闷的会议室被她这话引得哄堂大笑，贺知以抿了抿唇，像是在压制住想要弯上去的嘴角。孟组长抬头纹都给她气出来了，活像讲台上跳脚的班主任：“是不是还差张床？！”

程只只抠了抠鼻梁，顺着他阴阳怪气的话往下说：“那倒也不用了，拿个枕头来就行。”

“你！”孟组长的脸彻底青了。

大家伙交头接耳，嬉笑声逐渐大起来。

“好了，”贺知以“啪”一下把文件扔回桌面上，跟晋北吩咐，“让前台送些茶点进来。”

孟组长意犹未尽地止声，程只只手里的笔在她指尖流畅地翻转。贺知以刚才的寥寥数语，在场的人可都听得出来，话锋是向着程只只的。休息的半刻钟里，程只只趴在桌上没了动作。

刚才那一瞬间……小腹一阵热流往下伴着下坠的痛……“大姨妈”好像来了……

自从上次动了手术之后，她的生理期就时准时迟，加上最近工作压力大，她恍惚记得上个月没来，但也没过多在意，只是现在痛起来，一下子就知道健康的重要性了。

贺知以注意到了她，下意识地皱眉。过了休息时间，见她还趴着，孟组长又有话说了。

“茶点也都吃过了，还没醒？贺总，虽说是您的表侄女，但我还是头回见这样的实习生。”

程只只动了动脑袋，换了个角度，头枕着胳膊，露出苍白失色的侧脸：“贺知以，我疼。”

她说这话时疼得失去了力气，软绵绵的，可怜又委屈，还不敢说大声了，生怕外人起哄。

简单五个字，竟像咒语似的定住了贺知以，他心上一根弦，“嘣”的一声，断得彻底。

在场的人算是开了眼界，他们沉稳如山的贺总，腾地从座位上站了起来，三步并作两步地朝下面某个方向走去。然而那个方向吧……是程只只……

大家默默吃瓜，没谁敢发声。

贺知以在她位子前蹲下来，轻声细气地同她讲：“小腹疼？先回家，还是先去医院看看？”

天啊！他们的贺总也有这样柔情似水的一面啊！众人倒吸一口凉气，交换心知肚明的眼神。

“回家……”程只只疼得两眼发昏，额头冒虚汗，“我想躺会儿……”

“好，”贺知以脱了西装外套裹住她下半身，抱起她往会议室外走。想起什么，又回头。

“孟组长，你们组的报告我看了，实在不知做何点评，你可以带上你们组的成员，退出A组了。我听到风声，孟组长现在的精力都在你手上那几只股票上，没关系，煊贺项目组组长这个职位，你瞧不上，大有人想坐。”话毕，他抱着怀里的人穿过整个项目部，进了电梯。

待人没了影，会议室炸了，大家顾不得看孟组长快要气绝的表情，好多张嘴同时动了起来。

“我刚刚看见什么了？！贺总把程只只抱走了是吧？！是吧？！”

“怎么着怎么着，应了我之前说的了吧，程只只和贺总才不是单纯的亲戚关系那么简单。”

“程只只说过她和贺总不是血缘上的表叔侄，咱贺总是不是陪着小姑娘长大……”

“然后……娶回家？”

话题越来越剑走偏锋，一时都忘了会议室还有位霍总监坐镇呢！只见霍君哗地站起，将孟组长那组的评估报告远远地扔在长桌中央："孟组长，你这份报告，水平还不如一个应届大学生，煊贺花高薪养你的这几年，倒还把你养废了？好了，先散会，刚才的事不准再议论。"

湛河今儿好不容易得空，约了尤然吃火锅，却被贺知以一个夺命电话，放了尤然的鸽子。

"贺知以我跟你说，"湛河在玄关骂骂咧咧脱鞋，"我后半生的幸福就要毁在你手上了！"

贺知以还算平静，垂下眼皮不经意地睨过他的身下："你下半身的幸福可以找我报账。"

湛河脸都气绿了："答应我，做个人好吗？"

"赶紧的，屋里，去看看，疼得揪心。"

"哟，"湛河尖酸，"揪谁的心？您还有心啊？"

湛河进了屋，打开随身带过来的医疗箱，给程只只量体温。

程只只是真疼，都疼哭了，眼尾淌着泪水，脸也疼白了，像只煮熟的虾似的蜷在被窝里。

湛河收回温度计："还有点低烧。你先出去，我问几个问题。"这话是对着贺知以说的。

贺知以以为自己听错了："我为什么要出去？有什么我不可以知道的？"

湛河用看另类的眼神看了他两眼："我要问只只近期有无性生活，经量多或少，生理期前几天是否胸闷气短等，这你也想知道？"

问题私密性太强，程只只脸皮再厚也有些不大好意思："那什么……贺知以……你出去吧！"

贺知以倒是见过世面的人，脸不红心不跳的，一点不好意思都没表现出来："她近期没有那方面的生活。"

程只只："……"就你一天有嘴会叭叭叭？

湛河烦透他了，随口呛他："跟你没有跟别人还不能有？行了，出去，别耽误我治病。"

这可不能污蔑她，程只只小声道："湛医生，真没有。"

互相坦诚时刻？真情流露时刻？？湛河抱臂睨着两人，凉凉道："要不然，我先出去？"

"我先出去给你熬点南瓜粥。"贺知以走了出去并带上了房门，嘴角弯出了浅浅的弧度。

与此同时，任行这边。上周在自家山庄出车祸惊动了家里人，被勒令在医院从头到脚来了个检查，今天才被放出院。出事那晚，程只只陪他去了医院，他知道自己没大碍，又是大晚上的，看着她孤零零地坐在过道铁椅上，心里虽生出暖意但担心她，就安抚她让她先回家。

结果这小妮子就再也没出现过，就连个问候的电话也没有，微信聊天也三言两语应付他！

他后悔了！就该装病喊疼，博取同情心，让她彻夜为自己提心吊胆。

任行恼怒地抓了把头发，打程只只电话，却被提醒关机。

车门"砰"地被他甩上，他抽着烟解愁，车里云雾缭绕跟仙境似的。

任行按下车窗，想起了那晚，程只只第一时间奔向了贺知以，他那刻心啊像丢了似的空落落的。但之后剧情反转，她扔下贺知以跟他去了医院，让他扳回一城，和贺知以打成平手。

但他别的没有，数倒是有，他比程只只自己还清楚，除了贺知以，谁都入不了她的眼。

程只只大三那年，任行的腿伤复发，医生也没说截肢，让他做康复训练，可那条腿，日夜都痛，和钢钉扎进腿里的阵痛还不一样，像有人用钢锯在骨头上摩擦那般，痛得磨人，痛得挠心。任行再洒脱的个性也被折磨得抑郁了，他想过截肢算了，长痛不如短痛。

可家里人不允许，还给他请来了世界顶级的康复理疗师，但依旧麻痹不了疼痛的神经。

他依赖上了镇痛剂，剂量一次比一次重，他几乎成了瘾君子，整个人都颓了。

那段时日，是他活到现在最不像人的日子。就算这样，他也没去惊扰程只只，怎么说，一是不愿她见到自己这副鬼样子，二是不愿她活在愧疚与偿还的想法里。结果她还是知道了，从以前高中同学那里，见到他的第一眼，她眼睛就红了，强忍着没落泪，他忽地想站起来抱住她。

被她重视的感觉真好，任行终究是败了，他开始利用自己的病，成为她的重心。

他明知她心中有愧，却还是求着她留下来陪着他，她真的是他仅有的良药。

好像只有看见她，他才有活下去的欲望，能救他的，只有她了。

情理之中，程只只答应了他，留了下来。

可让任行意外的是，他从尤然那里得知，程只只和贺知以分手了，原因不详。任行动用关系去打听，只说是煊贺税务上出了纰漏，其他的却无任何风声。贺知以把程只只护得很好，除了个别好友，圈子里谁都不知道他怀里藏了个程只只。任行天真地以为，自己的机会来了。

可这距离看着是近了，实际上离得更远了。

好长时间，程只只都走不出来。任行半卧在床上，看着她机械地削苹果，果皮一圈一圈地和果肉分离，接着，果肉又一圈一圈地和果核分离，最后递给他时，拳头大的苹果只剩核。

纵然再有多喜欢、再有多爱，他都说不出口了。

直到某天傍晚，那时候是夏天，任行养病的地方在郊区，这季节天空会出现血色般艳丽的火烧云。他摇动轮椅到阳台上，看着程只只站在湖边，像在发呆，可过了会儿，她竟朝湖里走去。他当时怕极了，失心疯般喊她，水到她腰际，她才回神，仰起头看向他，那眼神纯良无辜，任行读懂了，其实她自己也不知道为什么要朝湖里走，可回神时，就已经到了湖里。

“你哭出来吧！”任行对她说。

她张张嘴：“我哭不出来。”

那时候任行觉得比起彻底失去程只只，倒还不如远观她和别人幸福，起码那样的程只只是有生命的、鲜活的。

所以腿伤在她的陪伴下有所好转的时候，任行对自己说他必须放程只只走了，就算把她锁在身边，也不是个办法。她爱贺知以，那样深沉且浓烈，他不能箍住她的双腿又折断她的翅膀。他让她回到贺知以的身边，那时候他们分手已有半年，她说“能回去我早就回去了。”

他当时想，只要她说“不，我不想回去”，他二话不说，立刻带她走得远远的。任行苦笑。

后来他先走了，回了研究所。程只只继续在临城大学做交换生，直至大学毕业。

他出了次国家级的保密任务，需要对外公布死讯，再回来时就是现如今这种状态。贺知以将程只只拒之门外，还跟赵氏的赵南燕有了订婚的苗头，放任程只只风里来雨里去。那可是他求都求不来的白月光，贺知以是哪根筋长歪了吊着人家的胃口不给个准话？

分了神，浓烟呛进气管里，任行剧烈地咳嗽起来，他一拳打在方向盘上，眼神狠戾厌恶。

过了好一会儿，车里的烟雾散尽，他才喃喃道：“只只呀，你什么时候，才会回一回头，看一看我？”

第九章

我想你是重新喜欢上我了

湛河从房里出来，带上了门，拦下想要进去的贺知以：“欸欸欸，干吗呢？人刚睡着。”

他这才作罢：“情况怎么样？”

“老毛病呗，比前几年严重了点儿，一时半会儿也治不好，只能靠养着，待会儿开几帖中药，喝上几个疗程会有好转，但断不了根。”湛河就事论事，听得贺知以眉宇越来越凝重。

正事说完，湛河说起了别的：“兄弟，你现在到底是个什么态度？我发现你最近的立场好像开始摇摆不定了。尤然托我给你带个话，她说，你要真不喜欢程只只，就手起刀落，干脆点，麻利点，别浪费人家女孩儿大好青春。要我说，你若真忘不了，就别跟自己犟着了。”

贺知以开了瓶酒，倒了两杯，许久不语。近来快入夏，六点多的天色，已有了夏日的颜色，天空靛蓝，游着橘色的彩霞。初夏胜在爽朗，滤净了盛夏的烦闷，落地窗帘随晚风摇动。

他不说话，湛河也不追问，端起桌上的酒杯，晃了几晃，抿了小口，是瓶有年头的好酒。

“也不急着这两个月。”他突然出声，内容吓住了湛河。

“煊贺最近在赶国研专利的项目，只只也参与了，今天我看了出自她手的评估报告，令人刮目相看，不像是应届毕业生能写出的东西，”他语气骄傲，挑起眉看向湛河，大有挑衅之势，“我想让她借这次机会，在煊贺好好发挥，由她来夺下这次竞标，再也不落他人口舌。”

湛河差点没被酒呛到：“你的那些破情结就过去了？”

贺知以不答。程只只拿了驾照之后就没摸过方向盘，这他是知道的，所以那晚，她抢了翟佞的车钥匙，在崎岖不平的山道上开着辆吉普冲出来，他看得心惊胆战。她踩急刹那几秒，堪堪刹在了崖边上，碎石子哗啦啦地往山谷掉落，再慢上两秒，最坏的情况车毁人亡。他当时和任行撞上了，就坐在车上，人都吓傻了，他看着她从车里奔下来，那时，他就在想——

如果程只只是冲着任行奔去的，他贺知以这辈子也就认了，再也不和程只只有任何瓜葛。

可事情就这么不遂人意，她朝他奔来了，她眼底的慌张、眼底的焦急，他看得清清楚楚。

就那么一瞬间，什么执念都垮了，去他的重蹈覆辙，能有程只只的命重要？

也就那么一瞬间，让他再次相信，程只只是真的还爱着他的。

“行吧，”湛河接受了他代表默认的沉默，清了清嗓，一副老派的模样，“你好自为之。还有，我劝你防着点任行那小子，听说和只只是同学，现在是国研的部长，算得上个劲敌。”

贺知以搁下酒杯，语气语调拿捏有度，仿佛一切尽在他的掌握中：“这种多余的话少说出来费口舌，任行和只只做同学这么些年，真该有什么早就该发生了，还拖得到现在？”

湛河耸耸肩，不经意提起：“反正我听尤然说，任行和只只关系挺铁的，好像……”

他好半天也没道出个所以然，贺知以最不耐烦的就是吞吞吐吐：“好像什么？”

湛河犹豫：“我也不是当事人，不大清楚，但是好像任行落下的残疾，和只只有关系。”

任家独苗的腿被小混混扎进钢钉，这事贺知以倒有印象，那年在申城闹得沸沸扬扬，任家的根在临城，为了教训那帮小混混，任老爷子还亲自出了手，但最终没能挽救得回来，他孙子的右腿比左腿短了两厘米。那年，程只只高二，还不知道这世上有贺知以的存在。

贺知以沉默了好一会儿，就在湛河以为他不会正面回应这事时，他才道：“演砸了英雄救美？”

湛河抬了抬酒杯，隔空和贺知以碰了个杯："谁知道呢，尤然没明说，我也没敢多问。"

"出息，"贺知以笑讽他，抿了口酒，叹道，"我好像错过了一段她很需要我的时光。"

程只只休了两天假，再回到公司，就看见自己的工位被调换到了孟组长原来的位子上。

她找到霍君，手不停比画，语无伦次："我和……孟……怎么？"

"新的人事调动，孟组长被调去了别的组，那位子空着也是空着，拿给你坐了，"霍君不痛不痒的语气，就像在讨论猪肉的价钱涨了两元，"哦，等下有个会，你准备下。"

"好，"程只只应得快，又赶忙问，"要我准备什么？"

霍君卖关子，笑道："准备上台领奖。"

到点，大家先后进了会议室。桌面上摆着名牌，每个人按牌子坐，程只只进去后在原先常坐的位子周围找自己的名牌，结果好半天没找到。经同事提醒，她往最前方的座位看去，看见写有"实习生：程只只"的名牌和"总裁：贺知以"的名牌离得好近好近。

那我是不是该坐前面？前台会不会把我的名牌放错了？正在纠结着，思路就被霍君打断。

"程只只，你去哪儿？你的位子在这里。"再次让她成为瞩目的焦点。

她顶着压力快速跑到位子旁："算了，我还是坐回后面去吧！"她如芒在背，和霍君低语。

霍君小声回："这是贺总的意思。"

正在这时，传来鞋底敲击地面的脚步声，贺知以来了，会议室登时鸦雀无声。晋北打开电脑，为稍后的会议做准备，室内灯光由亮调成暗，投影仪下降到合适的角度，"哗"的一声响，投影仪亮起的白光打在幕布上，将贺知以的剪影完美勾勒出来，举手投足都令人移不开眼。

这次会议的气氛非比寻常，程只只世面见得少，不由得舔了舔嘴皮，喝了口水润了润唇。

晋北专心致志地敲击键盘，最后“啪”地按下回车键，那声音，仿佛尘埃落定。

幕布上赫然出现一篇评估报告，署名是程只只。

会议室静得落针可闻，连程只只自个儿也呆住了，写得太烂被当成了错例分析？

“这篇报告的纸稿刚才已经逐一分发，现在在座的各位人手一份。”说话的是晋北，贺知以由始至终保持缄默，这让大家摸不清此时此刻到底是个什么状况，但无声的压抑令人不安。接下来的半刻钟，只剩下纸张翻页的窸窣声，可越往下翻，众人的神色越沉重。

“程只只的评估报告，是从接专利案到目前，我最满意的成果。”贺知以终于表了态。

这次没有任何外音反驳贺知以，都是在职场摸爬滚打过的人，对手几斤几两重掂两下就能知道，程只只的评估报告里创新了至少三种评估方法，完全能够拿去申请专利了。可能也正是因为涉猎职场过久，他们的思想过于守旧，写出的报告也只是踩在巨人的肩膀上，而不是为了寻找新的契机。贺知以的眼光是真的毒辣，好的坏的，泾渭分明，容不得半点杂质。

程只只的脑子里像挂着座钟，隔几秒便响起沉重的钟声，让她无法静下心来。

贺知以再次开口：“不是没有瑕疵，但是，经典的部分的确经典，很值得借鉴以及引用，”他按下自动放映，幕布上的页面匀速播放，好多地方都被他认真标了红，“我认为可以以程只只的报告作为底稿，用你们的经验在此基础上修改、润色，使得报告更加学术化、专业化。如果有歧义，我欢迎大家拿出更优秀的作品，煊贺的竞争平台很公平，不比资历，比实力。”

这话着实让组里几个老资历下不来台，果然，就有人上来摆道了：“贺总，我们承认，小程的报告确实新颖，不管是核算方法和分析的角度，都独具一格，但禁得起推敲吗？”

“禁得起啊！”贺知以未答，程只只先答了，她还有点蒙，声音都是飘的，直接从包里掏出一沓A4纸，她意在为自己解释，并没有意识到这已经是顶撞了老资历，

“这是我推算公式用完的草稿纸，双面都用了，而且这里只是一部分，还有的在办公桌上没拿过来。”

“你们别见外啊，我对自己辛苦得来的东西还是比较有信心的，你说的核算方法和分析角度，我能打包票是完全OK的，可能就是在遣词造句上口语化了些，大家都可以指正。”

老资历这下脸色不见得和悦了，在程只只的见解里她只是对事不对人，可对这些个步入社会好几年的精英来说，程只只就是在当众掴他们巴掌。又有人发声：“第二十八页的第三处注释里的引用文献，据我所了解，这本文献里并未证实相关结论，这里不具学术说服力。”

程只只找到那页，定睛看了看，恍然大悟：“啊——这个啊——”尾音拖得长长的，“这本文献你应该看的是2015年的老版本，作者最新修订的版本是2019年版的，有空你可以再读读。”

话到这里，贺知以的嘴角向上勾了勾，霍君探头过来：“战斗力还挺强的。”

“嗯，”他也歪了歪头，但目光仍旧在那小身板上，“这点随我。”

这场会议像是场辩论赛，最后打成了平手，对方暂且挑不出刺，撂下隔日再战的狠话。

贺知以眼观全局，收尾的话说得响当当：“我看大家也都商讨得差不多了，那今天就到此为止，接下来的工作就由霍君作为主要负责人，程只只作为次要负责人，与大家共同完成收官之作，”他抬手看了看表，“这段时间辛苦大家，一起聚个餐，预祝煊贺夺下专利项目。”

贺知以这是在通知他们，几个老资历纵有不满，也都把话往肚子里吞。在座的人陆续收拾桌面出了会议室，程只只那块被她翻得乱七八糟的，她瘫在座椅上，好半天没回过神。

另侧的霍君也走了，走廊上传来同事们拼车去聚餐地点的嬉闹声，声音渐行渐远，终归于静。天色渐暗，程只只才呼了一大口气，拍了拍自己的脸颊，抬眼，竟发现贺知以也还在。

“你怎么没走？”她惊讶。

“坐会儿。”

“哦。”她再次瘫回椅子上。

贺知以弯腰从公文包里拿出个保温杯：“煎的中药，趁热喝掉，待会儿生冷的食物别吃。”

他给她拧开，递到嘴边。程只只皱眉看着杯中黑乎乎的液体，接过来，捧着，一时不知如何下嘴。这药她以前喝过，苦得她宁愿被姨妈痛折磨。她叹气，耷拉着脑袋，垮塌着肩头。

“糖。”他推了一盒用铁皮盒子包装的糖过来，车厘子口味，她以前爱这糖爱疯了，连他亲她时都能尝到车厘子味儿。但是后来，大牙长了蛀虫，只能忍痛割爱，忘了这糖的味道。

“我能先吃一颗吗？”她问。

贺知以冲保温杯努努嘴：“喝一口吃一颗。”

“……”程只只捏住鼻子，一口气干了满杯，伸手摸了一颗，贺知以立刻夺回糖盒盖上。

她不干了：“不是说好喝一口吃一颗吗？！”

“是啊，”他坦荡，“你刚刚只喝了一口啊！”

“……”程只只的脸一下子拉得老长。

这下轮到贺知以乐了：“你牙不好，糖少吃。”他摇摇铁盒，里面哗哗响，“这些给你喝药的时候备着，”他起身，拾了几样文件放进包里，“收东西走了，不然大家该等急了。”

程只只没吭声，抿着糖，嘴唇嚅动，沉默了半分钟，将糖抵到腮帮子处想要说话时，贺知以先她开口：“我知道你要说的，这场案子结束之后，我们好好聊聊。不要被外界因素干扰，静下心来，更不要怀疑自己的实力，我相信我的眼光，你也要相信。”

一席话毕，程只只纷乱的思绪被梳理得清晰明了，她看着他，重重地点头——

“我想你是重新喜欢上我了。”

贺知以不做任何说明，只是坐在那里，看她收拾东西，而后侧开脸，匆匆弯了下嘴角。

什么叫重新啊？怪好笑的。

专利案收尾的工作正在紧锣密鼓地进行，程只只感受到了前所未有的压力，不知是她多疑，还是项目组的同事本就严谨，她总感觉他们像是在花尽心思找自己的错。她毕竟只是个新人，一篇四十多页的报告独自写下来，不可能一点毛病没有，想到这里，她深深叹了口气。

“小组长，”又是急促的高跟鞋声，又是大张挞伐的语调，几页被画得五颜六色的文件从天而降，“你这里过程推理不符合逻辑，”说着她拿出草稿纸，“正确的该是我们这样。”

程只只撇了撇嘴，心想，你这么厉害，怎么没选你当小组长？

想归想，行动归行动，程只只接过来，扯开笔帽，开始认真演算，过了会儿——

“他们喊你罗罗吧，你这个算法是对的，我这个也没错。但这个案子，必须用我的推理。”

站着的人听了就更不得了了：“小组长好大的口气，请你再仔细看看你的推理过程。”

程只只这些天几乎每天都要面对三四起这样的质问，已经濒临起火的边缘：“我不——”

“出了什么问题？”猛地被第三人打断，贺知以和霍君相继走了过来。

那罗罗仿佛看到了救星，张口就是：“贺总，霍总监，只只说这个案子必须用她错误的推理。”

这混淆视听的技术，真是绝了，程只只简直叹为观止，她连为自己辩解都不知如何开口。

贺知以拿起文件翻阅了几分钟，心中大致有了数，但没有多做评价：“都来我办公室。”

“我去拿个U盘，你们先进去，我随后就到。”说着，霍君去了自己的办公隔间。

几人先后进了办公室，贺知以把文件往桌上一掷，在位子上坐下："你们都坐下说吧！"

贺知以办公桌前的椅子只有一把，罗罗抢在前头扯开凳子，程只只干站着愣了半秒，还是去会客室搬了把凳子过来。贺知以挑眉好生看了那个罗罗两眼："你去催下霍总监。"

罗罗应声出去了，室内剩下贺知以和程只只，她垂眼睑抠着手指，默不作声。

"累了？"他问。

程只只没有立刻回答，闷头想了会儿："也不是累，就……感觉自己火候还不是很够。"

贺知以正要作声，霍君两人推门而进，自然就坐了罗罗先前坐的位子，单剩她尴尬站着，也要去会客室搬椅子。贺知以突然说了话："会客室来了客户。"意思就是让她别去惊扰。

罗罗牵强地收回迈出去的脚，一个人干杵着站着，面子上有些难堪，手都不知道该放哪儿。

霍君看完，放下报告，思忖了好一会儿，才笃定道："我建议采用罗罗他们的推理过程。"

程只只一口气吊在嗓子眼，不甚在意地瞟了瞟贺知以，发现他在报告上写写画画，突然，他像算出来了什么，稳了稳动作，把报告一合，一锤定音："我赞同霍总监的建议。"

程只只耳朵里嗡地长鸣，她紧锁眉头，神情从来没有这样认真过："贺总，能说说原因吗？"

这声贺总入了贺知以耳里实在是刺耳，但碍于外人在，他只得公事公办："你的推理过程有个点说不过去，虽然不是大问题，但交给专家组做最后评估的时候可能会有风险。但罗罗他们的，不管是正向还是逆向证明，都无可挑剔。"

"但是，"程只只声音发颤抬头对上贺知以的眼睛，坚持已见，"但是这段推理贯穿文中和结尾，如果要改，那后面都要推翻全改，改了精髓，那这篇报告还能算是我写的吗？"

“贺总都说了，你的推理说不过去，你怎么还要在这里犟嘴？”罗罗话里带刺。

此话一出，贺知以拧眉，“啪”的一下撂了笔，倒向椅背抱臂审视着说风凉话的主人。

程只只这些天疲惫得很，罗罗的话像电钻声似的往她脑子里钻，她猛地站起来，椅子被她的小腿推得远远的，椅腿摩擦在地面上咯吱响。挫败感袭来，她丢下一句“怎么办都可以”就大步往外走去。贺知以的视线一直紧随那抹身影，直至在拐角消失不见。

“你先出去吧！”霍君支开罗罗，接着对贺知以说，“只只写这篇报告的确花了好多心思。”

贺知以重新拿起报告再浏览：“你以为我不知道吗？”

霍君耸耸肩：“她那份也不是不可以用，只是没有罗罗他们的尽善尽美。”

贺知以双手交叠，支着下巴，沉吟片刻：“事关重大，她会知道该怎么做的。”

正到下班的时间点，程只只拿了包就进了电梯，到大门却发现下雨了。最近已入夏，雷阵雨从不会提个醒，分明半小时前还是大晴天，这会儿雨帘密集得跟玉珠子似的。程只只本就怕雷声，站在门口的角落里准备给尤然打电话。手机却不合适宜地时亮起，来电人显示的是任行。

“明儿个校庆你去不去啊？”听筒里传来杂声。

程只只这才想起这茬，早在两周前，任行就打电话通知了她，高中百年校庆问她要不要回去聚聚。程只只当时拿不准会不会有时间，只说到时候看，现在看起来这里没她多大事了。

忽然一个雷劈下来，吓得程只只“嘶——”了声。

“你一个人在外面？”任行的声音一下子变得尖锐了，他是知道的，程只只怕死了打雷。

程只只还没说，他就下了命令：“微信发定位给我，你站着不要动，我马上过来接你。”

说完，就掐了电话。程只只边小声叨他神乎边把手机放包里。十分钟后，一辆布加迪停在雨幕里，一道纤长的身影从驾驶座下来，黑色长杆大伞撑开，发出“嘭”的一声闷响，落在伞面的雨滴被弹了出去。任行目的明确，神色沉稳，大步流星地朝程只只走去。

程只只本在用脚尖点着地走神，一抬头，看见任行，呆了两秒钟，眼眶一下子就热了。

兴许是走得急的原因，他的那条腿很明显地跛。

程只只眼圈那股子异常的红怎能逃出任行的眼，他笑着缓和气氛：“没事，又不疼了。”

她吸了吸鼻子，吐了口气：“怎么来得这么快？”

任行拿过她的电脑包：“你也不想想你行哥我的车技。”

“哦，或许你还记得那晚撞上山壁的事吧？”程只只哪壶不开提哪壶。

两人你一言我一语共撑一把伞往车里走去，不料这时，电梯门突然开了，里面的人同样拿着把黑伞，却停在电梯口，目光灼灼地盯着即将消失在雨中的两人。

这画面让他想起了程只只高三寒假补课。那时申城下了场大雪，他从公司回家路过省二中大门，遇上学校放学，大批学生撑着颜色各异的伞蜂拥而出。远远的，看得不是很真切，只见程只只和一男生同撑一把大黑伞，不知两人聊起了什么，她在伞下手舞足蹈地比画。

羽绒服里裹着蓝白相间的校服，伞面搭着薄薄的白雪，两人比肩而立，十足登对，像从校园剧里走出来的男女生。他在车里，车窗阻绝窗外的喧闹，有那么一瞬，他看得失了神。

贺知以眼里的光闪了闪，原来，当时看得不真切的男生，就是任行。

经历过她整场青春的任行，为了她与自己针锋相对的任行。

贺知以紧握黑伞，在原地站了好一会儿，才拨通程只只的电话：“你在哪？”

那边在车里，特别安静，似能听见均匀的呼吸声：“回家的路上。”

贺知以的喉咙紧了紧：“下午的事你生气了？你回来，我跟你解释。”

那边顿了一小会儿，传来异常疲累的声音：“我没生气，就是有点累了，上班时间再说吧！”

电话挂了，手机屏幕渐黑，握住机身的手指渐渐收紧，紧得指节骨骼分明。

外面狂风大作，掀起贺知以的衣角，天色从白天变成黑夜，和他身上的戾气浑然一体。

程只只按下锁屏，颓然地陷进座椅里，盯着车玻璃上形成串的雨水，车速带动它们骨碌碌地向后流。她是真的累了，这段时间，总觉得大脑容量不够，忙完后脑子晕晕乎乎的。

成为能和贺知以并肩作战的人，她目前做的这些到底够不够？

好像还不够吧，程只只自答。

真的好难啊！

过了会儿，她叹了口气。任行斜着瞧了她一眼："这周六省二中百年校庆，你去不去？"

程只只想了会儿："去，毕业好多年了，还没好好地回母校看看。"

"哟，"任行尖酸地讽刺她，"不待在煊贺加班？"

要不是看在他开车的分上，程只只的一掌早就拍过去了："就算加班也不会有人领情。"

任行意外地看了她一眼，顿了顿，才说："我反正永远在你身后，累了就来我这里歇歇。"

不过程只只根本没听见，她在出神，屏蔽了外界所有的干扰。下午这事，贺知以的态度对她打击不小，她甚至开始怀疑自己以现在的能力进煊贺是不是真的有点不自量力了。

"欸，"快要到时，她突然出声，"你说我考个研究生继续读书怎么样？"

任行被她突如其来的问题弄得愣了下神："什么意思？"

程只只耸了下肩，像是开玩笑："社会压力太大，逃回学校躲避现实。"

"我陪你。"他猛地出声回应。

轮到她愣了："我……我……随口说说而已。你在国研未来无限，犯不着。"其实程只只说这话吧，是有点酸的，明明都长着脑子，她那颗脑子就比不上任行的二分之一。他在念大学时就被国研物理部破格招为实习生，一边工作一边上学。可她，白纸一张，还是草纸级别。

任行“扑哧”笑了出来，气氛一下子变得轻松：“我也随口说说，怎么，你又吓到了？”

“别动不动就吓人，”程只只暗暗松了口气，打开车门的同时撑开黑伞，“我回去了。”

任行笑着说拜拜，待门一关，笑容瞬间消失，他抽了支烟出来叼着，过了会儿想起没点，索性摘了下来揉碎扔了，他闭上眼，静静地听着雨水打在车身上。

一开始就和朋友画上等号，那注定这辈子，就只能是朋友。

再努力，也还是披着这层朋友的关系。

周六这天，程只只、尤然、任行三人回了省二中。省二中扩建了，出事故的那条小道并进了学校里，成了去教学楼的必经之路，程只只走在这条道上，面上没什么，心里却五味杂陈。

“欸欸欸，”尤然招呼他们，指着不远处的雕塑说，“你们站那儿去，我给你们拍张照。”

“游客照？多傻啊！”程只只不情愿地被任行拉到雕塑下，这雕塑是省二中的标志性建筑物，为了渲染喜庆的气氛，周边还摆放了许多花花草草，两人站在旁边，确实有点傻气。

“看这里啊，看这里，”尤然举着手机，指挥两人，“你们两个站那么开干吗？近点儿！”

程只只和任行对视一眼，莫名生出几丝尴尬，一个抠鼻梁，一个抓后脑勺。

“来了啊，一、二、三！”

数到最后一声，任行伸手揽住了程只只的肩头，她只感觉左肩一重，错愕地抬头往上看。

尤然正好抓拍到这一刻，“哇”了一声：“只只你的侧颜简直绝美，太神仙了这张照片！”

“是吗？你给我看看。”程只只挣开任行的手臂，朝尤然奔了过去，留下意犹未尽的任行。

尤然迫不及待地发了朋友圈，并附上“她和他”的字眼，“啧啧，这小翘鼻，这微嘟的唇珠，不发朋友圈可惜了。”说完，她还撞了撞程只只，“照片我发你微信了，你记得保存啊！”

她嗯了声：“发了就行，我手机落在你车上了，我回头保存。”

与此同时，煊贺这边乱成了一锅粥，存有竞标案的U盘不翼而飞，而且最关键的是，联系不上程只只。打了无数个电话后，霍君放弃，冲贺知以摇摇头：“还是不接电话。”

“别打了。”贺知以转过身去，面向百叶窗外的车水马龙，室内静了下来。

也不知他在盯远方哪处，瞳孔聚焦，瞳仁幽黑，眉宇平坦，倒也没有泄露多余的情绪。

一支烟燃完，他回到座位上，拿起手机，想着借尤然联系程只只，发现通讯录没有保存尤然的电话号码，接着点开微信，不凑巧地看见了尤然那条朋友圈，文案就三个字“她和他”。

程只只和任行。

照片里，她微昂头望向任行，睫毛卷翘，神情有些发蒙，任行的手扣紧她的肩头，看着镜头，满脸郑重。看上去，两人像是从学生时代到步入社会，终于修成正果的情侣。贺知以本就深不见底的瞳仁像是冻结一般，他退出朋友圈，点进聊天框，直接给尤然去了个语音电话。

尤然这头看着贺大佬闪烁的头像，眨了好几下眼睛，得出结论：“肯定是打错了。”

尤然果断挂了，把手机揣进包里，认真看起了学校准备的晚会表演。

程只只侧头过来：“谁啊？怎么不接？”

尤然摊摊手：“是贺知以，你信不信？”

程只只摇头，尤然点头："我也不信。"

"对方已拒绝"五个字分外刺眼，贺知以盯着手机屏，冷着这张脸，再次拨了过去。尤然如临大敌，抓住程只只的手臂不停地晃："你接！"

她还没反应过来，也没看清来电人，耳边就被塞来手机，她本能地"喂"了声。

"立刻回公司。"冷冰冰、硬邦邦的语气，让程只只尚好的心情猛地跌落谷底。

"今天周六，"她说，"况且我给人事提前打过招呼。"

正对峙着，邻座的任行探过头来，声音刚好够听筒那边的人听到："结束了咱们去喝酒？"

这下，贺知以说的话像是打磨过的冰箭，字字句句精准地射进程只只心里："拷有竞标案的U盘丢了。"

程只只"腾"地从座位上站了起来，吓到了身旁的两人，任行跟着站起来："怎么了？"

"公司临时有事，我先走一步。"说完，程只只不给任行说话的机会，抓起包跑了出去。

程只只到煊贺的时候，所有人已经被紧急召回，她几乎是闯进去的，抬头便对上了贺知以薄凉的眼。他仅仅只看了她一眼，就像蜻蜓的脚点了下水面，倏然掠过："都进来坐下。"

这足以让程只只溃不成军，她咬着唇内壁的嫩肉，走过来坐下："我记得放在抽屉里了。"

她声音弱得可怜，只够旁边的贺知以听到，他端坐着，指尖捏着笔，也不看她，想着那条"她和他"，讲话的语气也跟着冷了些："但现在U盘确实不见了，况且现在是关键时期，你还不接电话玩消失？"

程只只摇摇头，声音闷闷的："我去趟厕所。"

看着她慌不择路地跑出去，贺知以心里也不大好受，丢了手里的笔，重重地靠上了椅背。

程只只去厕所洗了把脸，冰冷的水打在脸上，好像清醒了些。她双手撑在洗手池上，盯着镜中眼、脸通红的自己，水珠顺着下巴滴滴答答往下掉，突然有人递来纸巾：“擦擦吧！”

她侧头，接过纸巾：“谢谢霍总监！”

霍君倚着洗手池：“你是我带进来的人，U盘丢了我也有责任，看看待会儿贺总怎么说吧！”

程只只擦着脸，一个念头从脑海里一闪而过：“我后面的存储柜找了吗？我再去找找看。”

一路小跑回办公室，程只只拿了钥匙挨个儿打开存储柜，而U盘，恰好就躺在存储柜的最底层。程只只紧绷的神经终于松懈了下来，一时，腿发软，她跌坐在地上，松了口气。

紧跟着来的霍君看见柜子里的东西，双手叉腰，气得在原地来回踱步：“刚才是谁来找的？！”

豆大的泪“啪嗒”夺眶而出，她实在是太憋屈了，心头闷得慌，心扑通扑通狂跳不止。

“欸，只只你也别哭，”霍君手忙脚乱扯纸巾递给她，“我回头就把那人揪出来狠狠地批。”

程只只揩了把泪，接过纸巾，止住了泪，说话带重鼻音：“没事，我这可能是喜极而泣。”

职场的钩心斗角，霍君比程只只老辣得多，如果立刻进会议室找人对质，这不仅会驳了贺知以的颜面，还会落得更多人的口舌。他只是打电话叫贺知以出来，把U盘放在他面前：“U盘就在存储柜最底层，所以有的人为什么要起哄说U盘丢了，原因不用我多说了。”

程只只坐在那里，眼眶微红，但泪痕早已消失。她抬眼盯着贺知以，里面写着些许失望。

贺知以微怔，有些顶不住程只只这样的眼神：“这次我有过失，我会让监控那边——”

“不用了，”程只只出声打断，声音略带沙哑，“找到就行了，是我的过失，我放失手了。”

这其中的暗流涌动，让室内的气氛陡然沉闷，贺知以被程只只以退为进的话噎得噤了声。她吸了吸鼻子，站起身来：“没什么事的话我先回了，报告你想怎么改都行，我配合。”她说的是“你”字，没有带“们”，说明针对的是贺知以。说完，她把U盘搁在桌上，走了出去。

贺知以站在原地，身形笔直挺拔，白炽灯打下长影，他静默了两秒：“该改的地方还是要改。”

不容置喙的口吻，听得霍君稍愣，转而反应过来：“好像对只只确实有几分不公平。”这就好比作者辛苦了很久的成果，为了参赛赢得冠军，改了作者的精髓，剩下张华丽的皮囊。

贺知以语气笃定：“她现在还不能理解，但是等我们夺标成功，她会分享到那份喜悦。”

霍君耸肩，拿起U盘：“那这东西就先放我这里了。”

程只只坐出租回了郊区的家，安秀有几周没见着她了：“哎哟，这黑眼圈，挂下巴上了！”

“妈。”她懒洋洋地叫了声，脱鞋进屋。安秀盯着她看：“怎么了，在公司受欺负了？”

“嗯，”她坐到沙发上，怀里抱着抱枕，“我是不是该听你的话还是去考个研究生啊？”

安秀听得一愣，把手里刚收的衣服扔沙发上，在她旁边坐了下来：“怎么突然提这茬？”

程只只皱着眉头，撇着嘴，脸上写满了焦虑以及不高兴：“公司项目部基本是海归博士，我一个本科生，大家都以为我是靠关系进去的。还有最重要的是，我感觉脑子里的知识不够用。”

安秀听着，点头表示同意，伸手摸着她的长发：“反正你做什么爸爸妈妈都会支持你。”

安秀难得说这样感性的话，程只只感动万分，刚做出想探头进妈妈怀里的动作，她妈却立刻站起身来，指了指收进来的衣服和厨房："把衣服叠了，碗洗了，我出门遛遛弯。"

"……"程只只的感动消失得无影无踪。

程只只左右歪着头细细回想，一出神，手里的碗摔在了地上，吓得她打了个激灵，她那天明明把U盘放在了存储柜的第一格，为什么会在最后一格被找到？

她越想越觉得玄，就给霍君打了个电话，那边很快接起："只只，什么事？"

"霍总监，U盘里的内容没什么问题吧？"她试探着问。

"你问这话什么意思？"霍君敏锐，一下子就察觉到了什么。

办公室的监控坏了，她的疑问无从查证，说不定还会弄得人心惶惶，但万一出了什么问题，这对煊贺来说将会是巨大的打击，程只只想了想，还是说了出来："U盘放的位置不对，我刚才忘了检查，有点担心内容被人动了手脚。"

霍君心下了然："我明白，你放心这件事情交给我处理。对了，明天回公司正常上班。"

程只只"嗯"了声，道了再见便挂断电话，看着地上的碎瓷碴，安慰自己是自己想多了。

家这边离公司远，第二天一大早，程只只揣了两个鸡蛋，烫了杯牛奶，急匆匆地出了门。刚左拐出小区，被一记喇叭声惊得回头看，贺知以坐在驾驶座上，就那么冰冰凉地睇着她。

"……"程只只收回动作，抓了抓脑门前凌乱的空气刘海，看似不太情愿地挪到车门前。

车里，贺知以周遭的气压极低，像热带龙卷风袭击大地时的阴霾，程只只发觉自己在贺知以面前的气场实在太弱了，便抻了抻脖子像是在给自己打气，一下子就变得有底气了："早！"语调上扬。

贺知以瞥了她两眼，并未出声，程只只强行提上来的底气瞬间垮掉。

车平稳地驶上主干道，程只只摸出兜里还热乎着的鸡蛋。这车昂贵，她找不到地方敲碎壳，只好往自己头上敲，可能是受力点受力不够，蛋壳没碎，倒把她额头磕疼了，“哎哟”一声呼痛，抬头迎上贺知以看怪物的眼神。程只只尴尬了，捏着鸡蛋，敲也不是，不敲也不是。

“气消了？”他没来由地这样问。

她抿着嘴，动了动，小声地讲：“你以为我是在和你赌气？”

贺知以侧头看了看她：“之前我也讲过，工作上对事不对人，只只，希望你可以理解。”

程只只脸上表情很淡，拿着鸡蛋“啪”地敲在车窗沿上，沉默着剥起壳来。

车驶入隧道，一道一道的光痕从程只只脸上划过，她咽下最后一口鸡蛋，拧开装着热牛奶的保温杯，喝了几口，才把堵在胸口的闷气吞下去：“我想说的是，我长大了，贺知以。”

程只只坚定的语气，让贺知以有些不知该如何回应，他摊摊掌心：“我知道。”

“你不知道。”她只回了四个字，喝着牛奶，不再多言。

车停进车库，光线暗了下来，短暂的对话结束，她拿上包，正想开门，被贺知以叫住：“前几天的事我之后去调过监控，但恰好那天监控出了问题，让你受委屈了，对不起。”

程只只耸耸肩，说的话很大度：“错在我把手机落在了车上，让你操心了。”

轮到他沉默，U盘消失这件事像是根导火索，把他的情绪引了出来。究竟是因为任行，还是因为U盘，贺知以自己都答不出来。

“嗯。”贺知以哼了声，看着程只只进了电梯。他没有立刻下车，头靠在椅背上，微昂，脸上写满疲惫。这几晚几乎没怎么睡，浅眠时脑子里也反复是雨天那画面，任行为她撑伞，两人走在雨中，谁都没有注意到他。贺知以拍了拍发疼的头，力不从心的感觉实在太糟糕了。

程只只到办公室，七零八落的A4纸铺满了桌面，她按顺序整理，坐下来定睛一看，全是要更改的标红，在她原稿的基础上，大片的注释、意见，看得她头皮发麻。

她双手捂面，静了会儿，抹了两把脸，再次拿开手时眼圈微红。这些注释和意见看上去客观，实际上用语挺伤人的，她最近心态本就糟糕，这下更确信自己能力有限难以担当重任。

“改吧！”她自语，吸了吸鼻子，打开电脑。

一专注就到了下午茶时间，过道上闹哄哄的声音打扰到程只只，她这才从评估报告中挣扎地抬起头，看了看时间，下午三点半，她连午饭都忘了吃，随即拿出手机点了份外卖等着。

外卖快送达时，程只只走到电梯口等，结果任行提着外卖从里面走出来：“喏，爱心便当。”

程只只讶异极了，往他身后探了探：“什么时候改行送外卖了？”

任行笑得像朵桃花：“只做你的宅急送。”

“……”程只只打量傻子似的，接过外卖往里走，“说人话。”

“我来找你们贺总谈点事，楼下碰见了外卖小哥在前台登记，就顺便拿上来咯。”任行跟上她的步伐，弯腰小声在她耳旁低语，“这个点才吃午饭？怪不得我看你又瘦了。”

往来的职员认出了任行，落在两人身上的眼神不怎么单纯，程只只感受到了，和任行拉开了距离：“你往里走，贺总的办公室在最里边，”她拎着外卖指了指茶水间，“我去那里吃。”

任行没把话听进去：“晚上叫上尤然一起涮牛肉怎么样？”

程只只懒得给他白眼：“你事情办完再说吧！”接着拐弯去了茶水间。

“你们听说了吗，贺总和赵小姐的订婚仪式提上日程了！”

“你听谁说的？我们公司半点风声都没有，依我看你怕是听错了。”

“我表哥在赵氏集团呀！”

……

几个同事说笑，端着咖啡杯转身，撞见正背对她们在吃饭的程只只，几个人当即交换眼神，说笑声即刻静止，快步出了茶水间。程只只嘴里包着饭，鼓鼓的，也不嚼，垂眼盯着只吃了几口的餐盒。过了几分钟，盖上盖子，一把扔进垃圾桶里，哐的响声引得其他人回头。

从茶水间出来，碰见贺知以出来送走任行。任行见了她，淡淡的脸上立刻桃花浮面。

程只只扯了扯嘴角，算是打过招呼。不料任行追着问："晚上涮牛肉去不去？"

"我加班，去不了。"她烦躁地摆手。

任行无所谓地耸肩："得，你忙完这周就没的忙了，到时候大把的时间约你。"

程只只疑惑地看向贺知以，他倒是见惯风浪："嗯，原本下月的竞标会，提前到了下周。"

程只只疑惑的目光转移到任行身上，他双手揣兜里耸耸肩，一副"我做不了主"的表情："你别拿这样的眼神看着我，你知道我受不住的，这是所里的意思，我就来带个话而已。"

"行了，你可以走了。"火烧眉毛大概形容的就是现在吧，她跑进办公室开始埋头苦改。

晚上，程只只加班回到家，看见尤然和湛河坐在沙发上，桌面上并排摆放着两台电脑。

"哟，"她见到湛河故作惊呼，"湛医生现在都已经是可以大半夜随便登门的关系啦？"

"挺可爱的小只只怎么就长了嘴？"尤然反驳，"是我电脑坏了让他过来帮忙重装系统。"

程只只见好就收，洗了个苹果，边咬边开电脑，准备继续加班。看着屏幕上闪烁的正在启动，她忽然想起下午在茶水间那茬："湛医生，贺知以要和赵南燕订婚了这事你知道吧？"

"不可能！谁瞎说的？"湛河音调拔高，想起贺知以前段时间还在跟他说要解除婚约。

见湛河反应过激，程只只勉强信了他的话："公司有人在茶水间聊天，不小心就听见了。"

“茶水间八卦你也听得进去？他——”湛河嘴快，差点把贺知以准备解除婚约的话说出来，好在及时止住，“他刚才还给我打了电话，被我不小心挂了，我这会儿去厕所回个电话。”

湛河起身去了厕所，程只只意犹未尽的样子落在尤然眼里：“怕是你想多了吧，只只。”

程只只牵强地勾了勾嘴角，起身坐到尤然身边去：“我给你看看电脑，应该快装好了。”

“还没有，湛河说还要从他电脑里传什么文件到我的电脑里，”尤然把旁边湛河的电脑推到程只只面前，“不过好像已经传完了，你看下怎么安装，我去厨房倒两杯水来。”

程只只啃完苹果，扔了核，扯了两张餐巾纸擦嘴，另一只手握着鼠标。

她发誓她只是随手点进了“我的电脑”里，并不是要侵犯别人的隐私，却瞧见里面躺着个被命名为“订婚流程”的文件，而建立文件的时间就在近期，她大脑有半秒的空白。

鬼使神差，她双击点了进去，里面详细地写着贺知以和赵南燕的发言，甚至具体到哪步该鞠躬，哪步该对视，哪步该亲吻。都到这个份上了，瞒着她有什么意义？怕她想不开？

程只只觉得自己的心脏好像就那么停止跳动了。几秒缓过神后，心口痛得要命。

不管贺知以和赵南燕存不存在感情，会不会订婚，但赵南燕能帮贺知以，赵家能帮到煊贺，自己呢？除了添麻烦就是拖后腿，所以她执着个什么东西？程只只被自己反问住，竟还有些不知所措。

“系统装好了？”尤然从厨房出来，见程只只坐回了原位。

“再加载半小时就行了。”程只只双手在键盘上敲得噼啪响，看似全身心地投入了工作。

尤然半信半疑，待湛河从厕所出来后，两人一直在沙发上你一言我一语地讨论着什么。程只只什么也听不进去，手指敲出来的全是乱七八糟的符号，却还是在不停顿地敲。

她有在细细回想，她和贺知以的重逢。

这么久以来，都是她一个人在努力，都是她一个人抓着那根线不肯放。贺知以说的快了，可到最后也还是没能重新喜欢上自己。

程只只偏头，厨房是玻璃滑门，上面映着神色有几分憔悴的自己，有时候人做出决定就在想开的一瞬间，她忽然叫住尤然："我准备考研了。"此话一出，沙发上的两人齐齐望了过来。

尤然在想：究竟发生了什么让她姐妹下如此大的决心？！

湛河在想：他兄弟真是遭了罪了，一考上，又是三年校园爱情故事。

"你们别多想，纯粹是脑子里的知识储备不够用。"程只只不善于撒谎，生怕被尤然识破，慌忙翻起桌面上的文件来，装作自己很忙碌的样子。

尤然拧了把湛河的胳膊，疼得湛河嗷嗷叫："煊贺好能耐啊，都把我姐妹逼去考研了。"

湛河揉着痛处："我之前就有跟你讲，煊贺上下，能进项目部的，最低文凭就是研究生，要么就是海归本科生，只只杵在中间，又碍着和贺知以的这层亲戚关系，你说为难不为难？"

尤然皱眉看向程只只，程只只笑得毫无破绽："湛医生简直说出了我的心声。"

十点过，湛河走出尤然的小区，立马给贺知以打了个电话："只只要考研这事你知道吗？"

贺知以同样在加班，手边是特浓咖啡，端起来呷了小口，不知是太苦了，还是对湛河的话不满意，眉头微微蹙起："她刚刚亲口跟你说的？为什么这么突然？你这会儿在哪儿？"

湛河望了望背后的小区："被你鞭策得怀疑人生了呗！我刚从尤然家出来。"

贺知以顿了两秒，再次开口有些吞吞吐吐："你要不问下她们，吃不吃烧烤？"

"那不行，"湛河断然拒绝，"尤然最近在减肥，这个点约她吃夜宵，我这不是活生生找骂吗？你想约只只你就大大方方约啊……"

"哦对了，还有件事儿，之前的订婚策划，负责人前几天又传了份方案给我——”

话未完，贺知以打断：“删了。”语气像是在吩咐下属。

“啧……”湛河来了气，“我难道是你助理吗？！”

湛河还在电话里嚷，贺知以果断掐断电话，又翻出通讯录，指腹在程只只的电话号码上游移再三，这通电话始终没拨出去。贺知以的思绪被打乱，再无法专心工作，他干脆站在落地窗前睥睨申城的夜。他非常清楚，他和只只之间出了问题，但问题不大，他在等时机解决。

这晚，程只只实际上有在期待贺知以给她发消息说点什么，哪怕是闲聊两句也好。因为她知道，湛河出门后第一件事情肯定就是跟贺知以分享情报。但整晚过去，直至第二天起床上班，都没有任何来自贺知以的电话和信息，他是不在意的吧，她的去留，又关他什么事呢？

程只只好像想通了什么。仅凭贺知以“快了”两个字，她把之后发生的一静一动都和这两个字串联起来，一直不停地欢欣雀跃，她马上就能和贺知以在一起了。实则不然，她就是粒灰尘，激不起什么风浪的，贺知以依旧在按他的人生计划走。而她呢？成天就只在做梦。

程只只，醒醒吧！

第十章

苹果味的吻 & 车厘子味的糖

这周煊贺项目部的例会，这次会议事关紧要，要敲定参与下周竞标的标书。

程只只加班加点修改，为的就是不想让前段时间的心血白费，虽然她嘴上说得坦然，什么配合修改，什么没有意见，但好歹是她费尽心血才写出来的评估报告，她不甘心就那样算了。

会议在午休后，程只只这会儿得空独自在打印室打印下午开会要用的报告，人手一份，她需要印四十份。打印室里尘螨严重，无数的尘埃在空中翻滚，程只只在里面待了半个多小时，脑子被熏得晕晕乎乎的，连贺知以进来，她都没察觉到丁点响动，直到他发出声音——

“只只。”

她像是被惊动到的猫，耳尖动了一下，转瞬又松懈下来，像个无事人似的：“微服私访？”

贺知以难得笑了，伸手碰了碰她的头，看着她的眼睛，沉默了一会儿后问：“你没有话想对我说？”

他的眼睛很深，像洞，像海底，虽带笑意，但程只只道行浅，读不出更多的东西：“没。”

贺知以笑意更浓了，他看了看她手上在忙的活儿：“来，我帮你。”

程只只摇头：“不用，只剩下几本，其他的都装订好了。你出去吧，被人瞧见了不好。”

贺知以站着没动，程只只埋头在忙，两人就这样拉锯了一会儿，他忽然说：“还在气？”

程只只动作停了，好半晌没反应，尘埃就在光柱里滚滚升腾。

“我在你眼里就只是个生气包？”她的语气半严肃半玩笑。

贺知以还没来得及开口，手机铃声就不合时宜地响起来。他看着程只只，等手机响了好久才接起，接着离开打印室。他走后，程只只松了口气，手上重新忙碌起来，脸上表情很淡。

午休结束，项目组到了大会议室，大家坐齐的时候，桌面上放着份署名为程只只的评估报告。项目组其他成员被平均分成了三个小组，因为程只只是霍君的钦点，所以单人成组。

贺知以最后上场，长桌最顶头的主位，平行正对投影幕布，他点点头示意会议可以开始了。

四个小组派代表上去轮流对本组的报告进行简单的解说。程只只排在最后，她坐的位子对着贺知以的绝佳侧颜，听着听着，注意力就无意识地集中在了他的侧颜上，不得不说，帅得一塌糊涂。眉峰有力度地上扬，眉尾下滑成剑状，两眼中间的鼻梁高挺，程只只沉浸其中无法自拔。突然，贺知以偏头一动，她的痴汉目光没来得及收回，硬生生地与他四目相对。

程只只清楚地看见贺知以的嘴角十分得意地往上勾了勾！

她咬牙收回视线，长得帅了不起啊？！有什么好得意的！

约莫半小时，轮到程只只，她花了一刻钟简单介绍了修改后的报告，只是她在结束语里这样讲了一句：“以上修改虽并非个人意愿，如报告内容有学术错误，乐意接受大家的指正。”

此话一出，下面鸦雀无声，程只只拾起桌上几张稿纸，鞠了个躬回到座位上。

最后还是晋北上去打破僵局：“大家如果对对方的报告有疑问，可以自由提问以及讨论，这会儿贺总和霍总监正在商讨最后的终稿，结果马上就会出来，请大家少安毋躁。”

对于程只只来说，等待的过程有些漫长，她抱有希望，但生死不在她手上。

程只只悄悄起身，去外面泡了杯热茶捧在手里。一阵高跟鞋鞋跟击打地板的声音，再抬头，前几天找她麻烦的罗罗倚在门框上，她走到吸烟区，点了支烟："程只只你真是朵好白莲。"

"你脑子有病？"程只只虽满头雾水，但战斗力在线，绝不忍受白白挨骂。

"你！"没料到她直接凶狠反击，罗罗掐了烟抱臂，"你刚在会议上说什么？以上修改并非个人意愿？也只有你程只只能说得出这种恶心人的话，是谁把刀架在你脖子上逼你改的吗？！程只只，错了就是错了，你嘴硬个什么鬼，在这煊贺，不是贺总，你连个屁都算不上。"

碰瓷吵架？程只只微笑，她活到现在，论耍嘴皮子，她程只只就没输过！

"你在我的心血上指手画脚，现在还来我面前手舞足蹈，真的是有皮没脸。是，我算不上什么，那你又算什么，那怎么没见你上次拿出个能入得了人眼的初稿？你行你上啊！"

罗罗气得发抖，咬紧牙关手攥成拳，贴了亮钻的指甲嵌进手心里。

程只只看着挺疼的，啧了声："我同意修改，并不是承认我错了，是我不愿意我的东西被你改得面目全非。说实话，我至今也还是没觉着你那天提出的意见有多完美。但选择权不在我这里，就算今天贺知以选了你的做终稿，我打心眼里依旧还是不服气的。"

她举了举手里的茶杯，像是碰杯的动作："走吧，回了，结果应该出来了。"

罗罗没动，在程只只快走出去时，才道："我一定会让你后悔的。"

这在程只只听来，就像灰太狼在说"我一定会回来的"。

回到会议室，幕布上显示着一篇报告，那就是最后的终稿，署名不是程只只，是罗罗。

程只只站在门口，里面的贺知以正在说明为什么会选择这篇报告作为终稿，她极认真地在听，以至于罗罗走过来倚在墙上轻蔑地看着她，她都毫无察觉，哦，原来做无用功的是她。

刚被程只只羞辱的罗罗哪会放过这个机会："报应来得可真快呢，程只只，你还不滚？"

程只只这会儿根本不在意这种闲杂人等，带着得体的微笑，昂首挺胸地走进了会议室。

每迈出一步，就是一记清脆的声响。大家纷纷看过来，目光跟着她的身影一寸一寸地移动，在场的大多数人都为她不值，毕竟初稿是她夜以继日熬出来的，到最后却只能署上别人的名。

程只只在四十双眼睛的注视下，把自己桌面上那份署名为程只只的评估报告放进碎纸机里，机器咔嚓咔嚓地运行，完整的A4纸几秒内成为碎渣。程只只没事人似的整理桌面上那几样东西，连贺知以也停了，站在幕布下看着她，霍君低声提醒她："都看着呢，你快坐下。"

程只只也就任性了这一次，拿起理好的东西，大步流星地出了会议室。

走到门口时，还不忘撞了下罗罗的肩："祝你夺标顺利。"

回到工位上，程只只吸着空气都觉得清新，她打开电脑，哼着歌，顺手还给旁边的绿萝浇了水。屏幕亮起，桌面上全是这段时间为竞标做准备的各种文件，鼠标在上面停留了一会儿，程只只揉了揉眼睛，挨个将文件拖进了垃圾箱。做完这些，她无所事事地玩起了手机。

时针的针尖一落在"6"上，程只只拎起包就朝电梯走去。不巧，那边散会，在过道撞见了贺知以领着众人正朝办公室这边走来。程只只侧身，埋头让道，颇有几分不卑不亢的姿态。

贺知以却停住了，不远不近，卡在程只只身边："下班聚餐，你往哪儿去？"

"不好意思，提前约了人。"程只只看了看表，看样子很赶时间。

"你希望在你的实习报告上被特别标注经常缺席公司活动？"贺知以非咬死程只只不可。

她应该是没有料到他居然能幼稚到讲这样的话，表情凝固半秒，又挑眉："好，我去楼下等大家。"

她说完，越过他，先进了电梯，后面的同事急着回办公室收东西，只能紧贴墙壁借过。

贺知以在原地站着，脚往前挪了一步，电梯门却死死合上了。贺知以的两条腿还维持着上前一步的动作，而后，慢慢收了回来。他抿着唇，嘴角下垂，分明不是在有意针对她，只是她一句“提前约了人”，立刻让他联想到这个人就是任行，那他就更不可能放她走了。

路过的霍君轻飘飘地来了句：“只只像是哭了哦！”

又往贺知以心上扎了一刀。

哭？不存在的，程只只到了楼底，找了个监控盲区，打电话跟尤然破口大骂。

“今晚又和你约不成了，为什么？你去问问贺知以你就知道为什么了。”

“聚餐有我屁事？那分明就是她罗罗的庆功宴，小人得志，呕了。”

“聚完餐你来接我吧，我没法和贺知以独处。”

瞄见相熟同事的车从地下车库驶出来，程只只边招手边吩咐：“挂了，记得要来接我。”

聚餐的地点是家烤肉店，程只只坐的同事的车，比贺知以先到，选了个靠门边角落比较好开溜的位子，一坐下来就开始吃。贺知以到的时候，程只只已经吃干净了先前点的拌饭。

正式的烤肉局这才开始点煤架火，酒足饭饱的程只只在找借口提前走。

罗罗以及她的上司和贺知以共桌，捂嘴笑得花枝乱颤的。

程只只看见就心烦，埋头时不时用手指滑着手机屏。

“来，只只，我敬你一杯，感谢你为终稿做的努力！”罗罗端着酒杯。

这只烦人精什么时候出现在我旁边的？程只只横了她一眼，连个端开水的架势都没起。

“不好意思，酒精过敏，麻烦你端开点。”程只只装得像，拿手拂了拂鼻。

这可正中罗罗下怀，她楚楚可怜地望向贺知以那桌。贺知以当真走过来了！弄得程只只有点心虚，她心虚的不是给了罗罗下马威，而是怕贺知以真的会强行让她喝下这杯酒。

他接过罗罗的酒杯，搁桌上：“她酒精过敏，不要灌她酒。”

这么多人瞧着呢，罗罗当即色变，笑堆在脸上，显得特别生硬。程只只置身事外，正好上了盘雪花牛肉，她往铁网上刷了层油，牛肉放上去“嗞——”的一声响，看起来可口极了。

贺知以盯着她看了两秒，不再多说什么回了位子。程只只微信上有提醒，是尤然：晚上喝点？

程只只回了个非常狗腿的表情：终于舍得把你八二年的拉菲贡献出来了？

尤然半秒后，回：滚，喝啤的。

程只只对着手机傻笑，悄无声息地把手机揣进衣兜里，环顾店内，大家其乐融融，没人注意到这个小角落。她借口上厕所，拿起包包缓慢起身。“只只！”罗罗一声吼，让她成为全店焦点。

还死咬着她不放了？程只只磨牙霍霍，转身表情隐忍：“有事？”

“上厕所吗？一起啊！”罗罗毫不生分地揽过她的手臂。

程只只利索地从她两手间抽回自己的胳膊，溜也不好溜了，只好硬着头皮朝厕所方向走。

到了厕所，罗罗就打开天窗说亮话了，夹着根女士香烟，吞云吐雾的：“你还不离职？”

程只只头上挂了个大大的问号。罗罗见她说不出话，便继续一个人表演：“在煊贺闹这么大个笑话，还真有脸待得下去？你这周提出离职，优秀实习生证明我托部门经理给你签字。”

“……”程只只真想跳起来给她脑袋瓜子上来一棒槌，但她忍住了，“谢谢，不需要。”

她不想“跟狗弹琴”了，撂完话作势要走，被罗罗拦住：“程只只，你想好。”

程只只舔了舔嘴皮，白眼快要翻到天上去了：“你急着把我赶出煊贺，到底为的是什么？”

程只只只是无意一提，罗罗的眼神瞬间闪烁，撇开脸：“我就是看你这种关系户碍眼。"

程只只歪了下头："那说明我的存在还是有意义的。"说完，她拎着包走出了过道。刚走到大厅，后面跟着出来那人又开始整幺蛾子了："只只，大家都还在兴头上呢，你就要走啦？"声音极其响亮，分贝跟拿着个扩音器差不多，满厅的人朝程只只看了过来，完了，走不脱了。

大家多少喝了点酒，程只只和罗罗一前一后从厕所出来，前者又黑着一张脸，那自然逃不过大家的眼睛，办公室八卦又在这电光石火间悄无声息地诞生。这时，包里的手机响了，是尤然。程只只侧头从玻璃门望出去，任行的车停在外面，尤然从车窗探头出来冲她招手。

店内四周的墙体是玻璃式，贺知以顺着程只只侧头的动作，瞄到了任行的车。

瞬间，霍君发现贺知以本还带笑意的眼角突然结了霜，他回头看了看，也没看出个所以然。

"只只，要不再多留会儿？"

"对呀，只只，才点的雪花牛肉还没上呢！"

程只只牵强地扯扯嘴角："不了，真有事，有人来接我了。"她指了指门外的尤然，劝她留下的人这才作罢。程只只暗自松了口气正要逃，却和贺知以的眼神撞上了。程只只想，一秒入冬形容的就是这刻吧，她在贺知以面前就是只纸老虎，禁不住的，慌里慌张地错开，跑了。

贺知以的眼睛随着她的身影小幅度移动，直到她上了车，车如离弦之箭而去，才收回来。

起身，扣外套扣，表示歉意地对桌上的高层们笑了笑，低调地从另一扇门走了。

贺知以想回的是美科郡，实际上却在往国贸那边开。半道，意识到了什么，又猛打方向盘，从高架桥上撤下来，却迎面被一辆小型货车撞上了车身。前后两扇玻璃窗破裂，玻璃碴啪啦作响，眼前安全气囊弹出。一阵天旋地转过后，贺知以喘着粗气虚睁着眼想，原来死亡如此近。

程只只昨晚和尤然喝了点，今早踩点到公司，竟发现贺知以和霍君双双缺席。

她若有所思，点开微信里和贺知以的对话框，指尖停顿许久，最终还是没把消息发出去。

到了中午，尤然打来电话，她把声音压得格外低："贺知以出车祸了。"

末了，还添了句："听湛河说挺严重的。"

程只只说不出话，紧握手机的指节泛白，她看了看办公室如往常的气氛，很容易就猜到是他封锁了消息，但，连她也在其中？程只只想，做不成情人那就做亲人，探病很正常的吧？是的，很正常，一问一答轻松说服自己，程只只打请假条找主管签字，一系列动作一气呵成。

程只只事先联系了湛河，到医院直接走向贺知以住院的楼层，但出电梯看见两排身着黑西装的保镖还是被吓到了。她自然被拦下，黑西装凶她："小妹，走错了赶紧下去！"

"我……"

程只只刚要解释，又被打断："我我我，我什么我，让你下去是为你好！进去！下去！"

说着，她被推进电梯，电梯门强行合上。她欲哭无泪，抢按下开门键，保镖看又是她，抄起衣袖要动手架走她，幸好一个女声让这大汉原地僵硬："只只，来探望你小表叔？"

"表姑婆……对。"程只只侧身从一群黑西装里钻出来。

"你也别怪他们对你无礼，昨晚出事到现在，已经有狗仔听到了风声，扮成什么外卖员、快递员，我们干脆就把整层封了起来，禁止外人进出。"许芬解释着，带程只只走到病房门口，"你小表叔他皮外伤稍重些，现在已经醒了，你小表婶正在里面陪着他。来，你进去吧！"

一听到小表婶这称呼，程只只就后悔来医院了，她正欲找借口撤退，门被许芬打开了。

三双眼睛，大眼瞪小眼。贺知以一脸病态，半卧在病床上，赵南燕正在给他喂粥。可能也没想到这个点程只只会突然出现，贺知以的表情诧异了半秒，问她：“你怎么来了？”

这在程只只听来，就是责怪她来得不是时候，她觉得自己在煊贺的日子里内心强大了不少，至少面对此时的场景还可以笑得出来：“手头的事情忙完了，听湛医生说你伤得不轻。”

“他大惊小怪，”贺知以冲她仰仰头，“你进来。”

程只只急着退出：“我就不打搅你喝粥了，我出去跟表姑婆聊会儿天。”说着，她就要关门。

其实程只只是个特别简单的人，她可以爱贺知以爱得无所畏惧，但觉得无力回天的时候，她也就冷静下来了。公司里关于贺家和赵氏联姻的内部消息，湛河电脑里的最新的订婚仪式流程，眼前赵南燕和贺知以的亲昵，这些发生在程只只眼前的事实，都在让她质疑，湛河那晚给尤然透露的消息根本就是醉话，有情人是会终成眷属的。

“我有事要跟你细说，”贺知以看了看身侧的人，“南燕你先出去一下。”

赵南燕收好碗筷，起身款款走向门边，路过程只只时，还不忘冲她笑一笑，俨然一副大家闺秀的姿态。程只只接受了赵南燕比她更适合做贤内助的事实。待房门关上，她靠着墙。

贺知以见她不愿上前：“我渴了。”

“……”程只只反问，“刚刚不才喝了粥？”

“服了消炎药易口渴，你前段时间生病，在饮水方面我有苛待你吗？”

道高一尺魔高一丈，论讲道理程只只就从没赢过贺知以，她接了水递到他面前：“喏。”

贺知以润了润唇，握着杯身：“这段时间你要注意安全，尽量不要一个人在公司加班。”他想起了昨晚任行的车，“还有，别随便坐别人的车，你根本猜不到对方安的什么心。”

程只只心跳快了起来：“你的意思是……”

“嗯，”贺知以一句话带过，“这场车祸不简单，”他稳了稳，“目前也只是怀疑，警察调查出货车司机酒驾，到现在昏迷不醒。我感觉这事很蹊跷，你多留个心眼，不会错的。”

程只只听得一愣一愣的：“你还疼吗？”她指了指他脸、脖子上贴的医用纱布。

贺知以看过来：“挺疼的。”

程只只垂眼，心软了一秒，但一想到赵南燕，咬牙：“活该你疼。”

没等到贺知以反应过来，程只只就先行溜了。一出门，就撞上了等在外边的许芬和赵南燕。刚才着急没有留心，程只只这才看出许芬脸上的疲惫。她一手搭着赵南燕的手背，像一对互相取暖的婆媳。程只只走过去，客套：“表姑婆我先回家了，有需要你给我打电话。”

许芬起身，轻揽过她的肩：“我让司机送送你。”

程只只没拒绝，电梯里，聊了两句程只只爸妈的身体状况，到车库时，她终于问出了口：“表姑婆，小表叔的订婚仪式，今年会举行吗？”

“唉，”许芬先是叹了口气，而后又欣慰，“我这个做长辈的弄不清这对小年轻为什么非要走订婚这么个过程。我之前跟知以说六月直接举行婚礼，但南燕今天跟我说，订婚是知以给她的仪式感。既然她都这样说了，我也就没意见了。南燕是个好女孩儿，我对她非常满意。”

程只只强装开心：“嗯，她和小表叔挺登对的。”

许芬笑了，疲惫消失殆尽：“赵家家底厚实，南燕听话懂事，简直天作之合。”

程只只坐在车上思考，她有什么地方是能比得过赵南燕的，直到到达目的地，她都没想出来。上了楼，尤然还没回来，屋里显得十分冷清，她坐沙发上闭了会儿眼，发现脑子里全是贺知以和赵南燕纠缠不清的关系，干脆睁开眼，滑着手机浏览近年的考研信息。

国内研究生读三年，国外研究生基本读一年。

考国内还是申请国外？考本校还是外校？

程只只拿不定主意，就把问题发给了任行，让他帮忙参考。

电话没一会儿就来了，声音听起来亢奋："我们考英国吧，顺利的话一年毕业，含金量还高，"他又补充，"你要想在学校多待两年，考国内也行，或者考本校，我觉得临城大学不错。"

临城大学是程只只读的学校，王牌专业是经济，专业更倾向文科，他一理科生瞎凑什么热闹，况且……程只只服了："我们？你指的你和谁？"

那边不假思索："你啊！再说了考研堪比高考，有人跟你做伴共进退，你不觉得非常踏实？"

"嗯，不觉得，"程只只没被洗脑，一边看信息，一边闲聊，"你说你都能破格招进研究所了，而且你在所里的简历那么丰富，不可能没有学校再破格录取你为研究生吧？！和你一起考，不是打击我么？"

"进研究所是我靠脑子进的，"任行不正经，"说出来你可能不信，我还真就想自己考个研究生。"

"……"程只只无语，"行了，挂了，我明天还要上班。"

任行看了看时间："好，晚安，下周一见，祝你好运。"

周六，程只只还是去了趟医院，贺知以的精气神好了许多，面前的桌板上支了张小桌子，正在办公，见她进来，推了推镜腿，停下手里的工作："前两天去哪儿了？"

"上班啊！"程只只放下带来的水果，环顾四周，正想着看来赵南燕不在，结果立马从厕所里出来个人，左手拎着套西装，右手拿着熨烫机："熨好了，给你挂着，你明天可以穿。"

程只只心里那可谓五味杂陈，酸甜苦辣咸的情绪罐子全被打翻了。

这些情绪贺知以看在眼里，但有的话还不能明说，只能支开赵南燕："测体温的时间到了。"

其实在听湛河说任行的腿伤和程只只有关后，他有去调查过，虽然没查到什么，但他知道了分手后，程只只是和任行在一起的。而任行对程只只的爱不会比自己少，所以他想让程只只想清楚，真正想选的到底谁。

赵南燕匆匆挂好西装，往门外走时不忘招呼程只只：“只只你坐着聊呀，我去叫护士。”

伸手不打笑脸人，程只只皮笑肉不笑的，待门关上，立马收了笑：“就这样，我走了。”

贺知以出声：“办公室这两天的情况怎么样？”

“霍总监不是帮你盯着的吗？你问他就行了，干吗来问我？”

贺知以就是在没话找话，一下被戳破语塞了会儿，抢回话语权：“老板不应该问员工？”

“……”她撩了下碎发，“办公室氛围比你在的时候轻松多了，大家都信了你出差的谎话。”

贺知以挑眉：“明早出院，下午开会，周一的竞标，你一起去。”

踩在她身上获得的胜利果实，现在还让她去分享喜悦？想到罗罗那张脸，程只只就气到跳脚：“我去做什么？”

贺知以冷哼：“去观战。”

程只只气得来回走，被贺知以叫住：“削个苹果。”

程只只看了看那袋她提来的红富士，行吧，吃个苹果消消火。

她不太会削，皮削得厚不说，还总是断，再次抬头时，贺知以睡着了。她啃了口苹果，汁水沾在唇上晶莹剔透，两只眼睛放肆地扫视贺知以的睡颜，活像土匪头子在打量山寨夫人。

她“啧”了声，齿间咀嚼果肉，发出清脆的声响。心里有只小怪兽在叫嚣，房间又没有别的人，贺知以又睡着了，你亲一口就只有你自己知道。越得不到，越觊觎，一冲动，程只只弯腰来了个唤醒睡美人的吻。

门外的脚步声渐行渐近，程只只如老鼠，拎起包，咬着苹果核，快步跑出了是非之地。

赵南燕感觉一阵风从身边刮过，回头时程只只已经跑得没了影，屋内更是奇观，在她面前就从来没露齿笑过的贺知以枕在床头笑得满面春风。她一下子就明白了：“尝到甜头了？”

贺知以收住了笑，但眉宇间都是舒展的：“嗯。”

“顾顾我吧，贺总，贺大少爷，”赵南燕抱臂倚着墙，“我是真无辜。”

贺知以配合护士量体温：“别急，快了，我会给你个满意的结果。”

两人的哑谜在这位护士听来就是在情浓意浓互表深情，待会儿和科室的同事又有谈资了。

周末下午四点的会议，贺知以准时到场，项目部无一人缺席，除了程只只独自坐在角落里哈欠连天。她昨晚又熬夜查看考研信息了，之前写专利报告用尽了她所有的精气神，这些天突然松懈下来，有种无所事事的茫然。所以考研，是现在最能激活她体内鸡血的事情了。

这场会除了提到明天程只只要一同参与，其他的就没和她有什么相干的了。

她将明日竞标流程反复看了几遍，就给尤然发微信——

程只只：叫上任行和湛河来家里吃饭？

尤然：你叫湛河，我叫任行。

程只只：吵架啦？

尤然：我和他能算得上是吵架的关系吗？

程只只暗笑了一下，并没有再发消息多问，因为她知道尤然憋不住会说。

果不其然，尤然：前天我试了两个口红色号问他哪个好看，他选了左边的色号，那就说明右边的色号不好看呗！我还给他活着的机会了，我问他为什么。他说，因为右边的颜色像他妈熏了之后的麻辣腊肠，而右边的色号我天天涂。”

程只只憋笑憋得脸发红：英雄。

约好去超市的时间，一说散会程只只马上从座位上跳了起来。然而过于兴奋，第一个冲出门，撞到了位列第二的贺知以。程只只立马捡起掉地上的文件夹，把灰拍了又拍递还给他。

贺知以脖子上的外伤用高领T恤遮着，脸上被玻璃擦破的几道痕结了痂，不细看察觉不到异样。想到昨天苹果味的亲亲，程只只几乎不敢看他，把文件塞给他之后掉头就要跑。

“你慌什么？”贺知以叫住她，“这份文件是你的。”

“……”程只只交换手里的文件，接着小跑着奔向电梯。

贺知以拿着手里的文件，看着那人落荒而逃钻进电梯，整个人神清气爽地走向办公室。

在超市，尤然提议今晚在家煮火锅，两人推着购物车选购食材。

不知有没有多想，程只只总觉得有人跟着她们，但转身，身后正常。

她自个呢喃：“怎么怪怪的……”

尤然纳闷，望了望身后，没有发现可疑的地方：“什么怪怪的？”

程只只耸耸肩，没往心里去：“没什么，走吧，我们去买肥牛肉。”

两人回到家，备菜时，发现豆芽忘在了后备厢，程只只擦净手上的水：“我下去拿上来。”

电梯下到负一，门自动打开，一阵阴冷的气流袭来，程只只打了个冷战，两只手在胳膊上不停地摩擦。今天尤然的车位不知被谁占了，只好把车停在了临时车位。印象里，临时车位在D区，光线昏暗，墙上贴的分布标牌看着非常吃力。“C区……”她默念，好不容易看到D。

尤然的车就停在那里，程只只看到了，但是，如果她没有看错，车尾还有道黑影在动。

那边没灯，一片漆黑，而且有些距离，程只只虚着眼睛尽力地看。

“只只！”

声音洪亮，程只只眼睛瞪大，她看见了！黑影愣了一下，慢慢站直了身体，是个陌生男人！

“喂，你在我车边干吗？！”任行从后面走到了她身边，闻声，顺着程只只的目光看过去。

男人弯腰，提了个桶，压了压帽檐，从里面走出来。男人身材瘦削，走路的脚步极轻，他走到两人面前，语气和善：“不好意思，吓到你了，我是物管安排过来清除墙上小广告的。”

程只只看了看他桶里的铲子类工具，又从上至下打量他身上的工作服，眉头松开了些，她低了低头，但还是看不到这人的模样：“没关系，是我大惊小怪了。”说完，男人冲她和任行点了点头，提着桶快步走向出口。程只只盯着男人走进电梯，第六感告诉她还是有问题。

“怎么了？”任行也嗅到了不对劲。

程只只摇摇头，按下车钥匙上的解锁键，走到后备厢拿豆芽，忽然，她定住了——车尾的墙上根本没有小广告！

程只只给吓蒙了，她抬眼，穿过重重黑暗，看着亮着灯光的电梯口。

是她被盯上了还是尤然？这人到底想做什么？任行要是没出现又会发生什么呢？

程只只特意去了趟物管办公室，果然，如她所料，物管那边根本没有派什么清除小广告的工作人员。而且那人把自己伪装得一流，各个监控都没抓拍到他的脸。到家，湛河已经到了，尤然坐在客厅吃葡萄，留人家一个人在厨房里忙活，程只只简明扼要地讲了刚才的情况。

“锅开了，坐着讲。”显然，尤然不是第一次遇到这种情况了。

四人落座，荤素下锅，四人拿筷，但谁也吃得不踏实。

“应该是来找我的，”尤然沉思了一会儿，又道，“做生意的谁不会得罪几个人？别操心，我有的是办法解决，都别愣着啊，快吃，肥牛都烫老了。”

“你有什么办法解决？”一直保持沉默的湛河突然出声。

一筷子肥牛肉还没进嘴，尤然愣住，一时开不了腔。这样的反应让湛河沉了脸，像是深思熟虑过后说出的话：“这样，你收拾几件衣物，到我那里去住，我觉得这是最好的办法。”

尤然：“……”

程只只：“……”

任行：“……”

打破尴尬的是程只只筷子尖上的牛肉丸子落到了锅里，溅了几滴热油在任行手背上，疼得他“嘶”的一声，尤然这才恢复常态：“欸，湛河，我最近对你是不是太和蔼了？”

湛河抿了抿嘴，模样竟有几分委屈：“没有，你在冷落我，都不回我消息。”

“那你说得出这种大逆不道的话？！”尤然简直想退出群聊。

湛河重新给她夹了热乎的肥牛：“那我以后来接送你上下班。”

尤然戳着碗里的肉，这次没反驳。

一直没吭声的程只只咬着筷头，两只眼盯着尤然，突然说：“有没有可能是冲着我来的？”

一听这话，任行就清醒了：“这可不是开玩笑的，你好生想想，最近和谁发生过过节。”

程只只把自己每天三点一线的生活回想了一遍，和罗罗那点口舌忽略不计，好像真的不关她的事。她戳着油碟里的葱蒜：“最近我挺安分的，接触的人都是同事，是我想多了吧？”

“尤然，要我陪你去公司吗？”程只只洗漱完毕，对着还在化妆的尤然说。

“不用，”她拿着粉扑狂拍脸，“湛河在小区外面等我。”

“那我就放心了。”程只只说着拿包出门。

“你顺道一起啊！”尤然喊住她。

“不用，又不顺路。走啦，晚上见。”说完她关上了门。路过地下车库的出口，程只只停住脚步站了一小会儿。陆续有车从漆黑的车库里开出来，她拍了拍脸颊，快步走向小区出口。

到煊贺简单开了个早会，一行七人出发前往国研所。林肯加长黑色商务车停在公司楼下，程只只最后一个上车，排在她前面一位的罗罗顺势坐在了贺知以旁边，她环顾车内，就M姐旁边还剩个空位，她弯腰坐了进去。车平稳驶上公路，贺知以公式化的声音响起。

“华盛和龙文，这两家公司的资料，你们手上有，再多浏览几遍。”

“程只只，你坐过来，帮我整理文件，待会儿帮忙拿上楼。”

这不是该晋北做的吗？程只只只敢在心里反问，“哦”了声。见罗罗没有想交换位子的意思，就硬生生地卡着坐了进去。“早会打乱了顺序，你按照标记整理好。”贺知以低头交代。

“好。”程只只点头应着，突然，一颗硬硬的东西被旁边那人强行塞进手心。

她先是若无其事地看了圈其他人，发现大家的注意力都在自己手里的资料上后，她才用余光看清手心里的东西，是颗车厘子味的糖，用浆果色的包装纸裹着。她盯着看了会儿，抿了抿嘴巴，偷摸着把糖纸剥开放进了嘴里，浓浓的车厘子味在舌尖化开，甜到了心坎上。

在国研所电梯口等电梯时，好巧不巧，华盛一群人远远地走来，为首的人活像一只笑面虎。

程只只心想：还真够浮夸的，竞个标居然带个保安团来。

“贺总，别来无恙！”李黎笑着伸手过来。

贺知以看了眼他的手掌，回握住：“李总，好久不见。”

“那是那是，”李黎笑得更开怀了，眼角、嘴角起了好多褶，像是无意和身边的人提起，“上次见还是你落标那次，时间可真快啊，一晃眼三年都过去了。”

贺知以始终淡笑，程只只却感觉空气一点一点凝固，最后他松开手：“是李总手段高明。”

李黎脸上的笑登时挂不住了，僵了一瞬，“叮咚”一声，电梯到了。贺知以扫了眼李黎身后：“我看李总带了个保安队来，电梯一趟也坐不下，那贺某就先行一步，失陪了。”

程只只走在后边，怀里抱着文件，埋头偷笑，一不留神侧头竟和李黎的视线对上了。像是对上了山洞里蝙蝠冒绿光的眼睛，吓得程只只蹿进了电梯，不小心撞上了贺知以的后背。

她讲了句：“不好意思。”

他什么也没讲，拿出手机，手指在屏幕上迅速敲打。

一秒后，程只只手机的微信提示音响了，她点开，是贺知以——有我在，别担心，放轻松。

啊……今天的贺知以有点暖啊……程只只的脸上洋溢着少女的娇笑。电梯门开了，她匆匆回复了个糖果的表情，便抱着文件紧跟着走了出去。她不要掉队，她不要碰上那只黑蝙蝠。

龙文的人比煊贺先到，已坐在会议室等候，两边简单寒暄后，程只只见M姐起身似要去厕所，便追了上去。M姐在镜前整理仪容，程只只在旁贼兮兮地洗手，一看就心思不纯。

“说吧，”M姐补着淡色的口红，“想问什么？”

程只只赶紧擦干净手：“贺总说华盛那个李黎手段高明是什么意思啊？”

M姐手上的动作顿了顿，拧上了口红盖，用指腹涂抹着：“煊贺最拿手的是建筑方面的项目，而关于无形资产方面的业界大牛是华盛，但就在三年前，一次烂尾楼评估，烂尾楼听起来好像不足挂齿，我多跟你解释一句，也就是现在由政府接盘占地万亩的私人度假岛项目。当时竞标，煊贺落标，输给了华盛，这个案子在业界一片哗然，贺总也因此和李黎结下梁子。”

贺知以也有落标的时候？程只只大为吃惊，眼珠子都快掉出来了：“贺知以怎么会输？！”

“是啊，怎么会输？”M姐冷着脸勾了勾唇，“我们的竞标书被人调了包，李黎高明就高明在这里，我们所有人都不知道是在哪个环节被调的包，所以，到最后，能说通的原因只有一个，就是甲方串通华盛合起来阴了煊贺，换句话说，华盛早就被内定了，拿了煊贺挡刀。”

程只只听得小心脏怦怦跳，消化了好一会儿：“难怪我觉得这李黎看起来像只黑蝙蝠。”

M姐被逗乐，想了想：“确实，蛮形象的。”出厕所前又转身提醒她，“待会儿用电脑连接投影仪的时候，你一定要亲自去，千万不要委托他人，这次我们任何一个细节都不能马虎。”

“好，我知道了，”程只只愤恨道，“杀华盛个措手不及。”

再次进会议室，三方全部到齐。国研所具有投票权的五位高层相继走了进来，主持这场竞标的是任行，开场简要讲了几句规则，分别讲解标书，投票制，票数最多的竞标成功。接下来就是今天的重头戏。讲标顺序按照公司名字的首字母排列，H排在第一，L第二，X在最末。

程只只坐在贺知以后面，他举手投足间透露着对要拿下这场竞标的从容，连仰头喝矿泉水时眼角都上挑盯着台上正在做准备工作的对手，好似雄狮正在欣赏猎物最后的苟延残喘。

“大家早上好，很荣幸能与贵公司各位在此相见，接下来我谨代表华盛……”

华盛投影出来的内容，和煊贺的只字不差。

程只只的表情一点一点凝固，不光是她，煊贺所有人的表情都无比错愕，投影屏上的页面不断变化，光线映在他们脸上颜色各异，如同每个人此时此刻复杂的心情。霍君回过头来看程只只，她根本无从招架，紧锁着眉摊了摊手，接着霍君转回头，和M姐凑近低声攀谈。

程只只的牙齿无意识地咬紧唇内壁的嫩肉，她看着眼前的背影，贺知以像是什么事也没发生，全神贯注地听着台上华盛的解说。程只只思绪万千，但不忍心打扰他，身边的罗罗看起来镇静，但耳鬓的细汗出卖了她，程只只纳闷，会议室空调温度打得低，罗罗这冒的是冷汗？

台上那人讲解得精彩纷呈，要不是初稿出自程只只之手，连她都要以为这篇评估报告就是华盛写的了。时间一分一秒流逝，当墙上的电子钟数字变换到十一点，终于轮到了煊贺。

贺知以什么也没交代，自行站了起来走向台上，但按照原计划该上去讲解的人是罗罗。

罗罗看样子正要起身，但贺知以已经站在了台上，她只能装作若无其事地扯了扯裙子。

程只只连接好电脑和投影仪，有条不紊地将纸质版标书发至国研五位高层手里。做完这些，她还没来得及回到位子上，贺知以就点开了桌面上的文档，一时间，会议室内动静不小。

“这难道不是华盛的标书？”

“通知设备员进来检查，是不是投影仪出了问题。”

……

任行朝程只只投来询问的目光，而程只只的眼睛里只有贺知以。

任行的唇紧抿，他忽然明白，程只只把自己所有宝贵的情绪都给了贺知以，担忧、欣喜、期待、难过……甚至在路边摊上吃到令人惊喜的小吃，也是第一时间拍照片分享给贺知以，她的爱意平凡、不起眼，却概括了整个生活，她每个计划里、正在发生的动态里，都有贺知以。

“在座各位少安毋躁，请允许我引领大家，充分阅读煊贺的这份评估报告。”

“我们华盛的竞标书，怎么会出现在你煊贺的文档里？”李黎当场大声质问。

“我也想问李总同样的问题，”贺知以面前是话筒，声音比李黎大数倍，且眼神冷凛，像带着霜箭，刺向被人簇拥的中心，他一字一句，“李总急着打断，难不成是心虚？”

李黎面色坦荡：“呵，华盛行得正，坐得端，你讲这话，我可以告你侵犯我司名誉的。”

“那好，能出席这场会议的乙方，都拥有讲解的权利，你阻止我的讲解，就是在剥夺我的权利，李总，你是在犯规，”贺知以不给他说话的机会，直接看向甲方，“我开始了。”

这边五位高层相视，小声商讨了几句，由中间的付经理发话：“可以开始。”

台下窸窣作响的杂声戛然而止，贺知以成了全场瞩目的焦点。他用五分钟简述了起初遇到的瓶颈，其中提到了程只只，描述了她创新的评估方法，打破了瓶颈。接着二十分钟里，他结合算法的数据以及实例，分析这样评估对国研所的利益影响和对东南亚国家的国情影响。程只只就站在他的斜对角，背景被她虚化，偌大的会议室里，似乎就只剩下她和贺知以。

他对这份报告熟悉到完全不用看任何文字提示，笃定的眼神几乎和台下坐着的每个人都有对视，末了他才道：“这份标书，凝聚了煊贺众人的心血，李总，华盛的偷窃未免来得太轻巧了些。”

李黎听了，大怒，从座位上猛地站起：“贺知以，你羞辱我可以，但不可以羞辱我司的成果。”

“成果？你非要我在众目睽睽之下揭穿你？”贺知以轻蔑地笑了笑。

“我——”李黎还要辩驳，被贺知以无情打断：“煊贺和华盛的标书，你们分别手持一份，那现在请翻到十八页，第五段第六个句号后标注的引用文献，华盛标书上注明的是引用来自英国物理学家的著作，错，这本文献引自美国力学家。还有，第三十二页第一大段里出现的百分数，请留心看，百分号后面还跟了个容易被认成句号的小零，华盛解说时，我有细听，他说的是百分之六，错，按照我司创新的新算法计算，这里是千分之六。”

贺知以铿锵有力的语调，令台上台下的议论纷起，华盛那边没了方才咄咄逼人的气势，李黎的脸色一阵红一阵白。贺知以沉默了约有半分钟，待到众人理清思路，将矛头对准华盛之后，他才一字一句慢慢道：“李总，你刚才不是有很多话要说？现在话筒给你，请畅所欲言。”

“……”李黎气呼呼的，像只吹胡子瞪眼的老鼠。

“哧——”程只只没憋住，嗓子眼里发出闷笑声。

“如果你没有要说的，那我继续说了。以上说的两点极其细微的错误，其实是我故意埋下的坑，而煊贺这份正确的标书，是今早上我自己赶在会议前临时更改过来的。恕我司管理不善，才造成这份标书泄露。但以上两点错误的正确性，付经理，你可以当场命人核实。”

被叫付经理的中年男子和其他几位商议了几分钟，道：“李总，实情是否如贺总所说？”

“付经理，对于这件事华盛暂不解释，结束后我司法务会联系煊贺，我们绝不承认剽窃。”

付经理若有所思地点了点头：“但据目前情况来看，华盛的标书在国研所制定的规则里，已经构成剽窃。基于华盛选择沉默，那么，我代表国研所就此宣布，取消华盛参与竞标的资格。”

程只只到底是不够沉稳，竟兴奋得鼓起掌来。

付经理的讲话被她的巴掌声打断，在场的人的目光投向她站的旮旯，她脸上的笑容渐渐转化成干瘪瘪的尴尬的笑，深表歉意地朝几位高层欠了欠身。付经理清了清嗓，重新吸引全场的注意力：“那么我宣布，此次中标的是——”声音拖得长长的，她跟着屏住了呼吸，“煊贺！”

程只只绷紧的肩瞬间垮了下来，伴随响起的雷鸣掌声，一个句号在她心里缓慢地被画上。

这次竞标对于煊贺来说是个里程碑式的胜利，这代表煊贺在新的领域获得认可，过程艰辛，收获来之不易。台下几位同事热了眼眶，相互交换了拥抱，台上几位高层肯定地同贺知以握手、拥抱。任行走到程只只面前，笑着：“厉害啊，小只只，”然后张开双臂，“恭喜你！”

程只只本来只是勾着唇，听他几句话，露齿笑了出来，上前抱了抱他：“谢谢！”

一双眼从任行有动作起就跟随他，直到两人相拥，贺知以就站在几米外冷眼看着他们。

程只只松开任行，笑嘻嘻的，却迎上了贺知以的目光，有片刻愣怔。

贺知以轻飘飘地移开眼，同身边的人攀谈起来。程只只没往深处想，和任行说了两句，就走回了位子上收拾东西。突然，头上的光被挡住了，她昂起头，贺知以不知什么时候下来了，过分平静交代大家："所有人即刻回公司，霍君，通知项目部，马上召开紧急会议。"

一路上，贺知以闭目养神，本该值得高兴的气氛，一时间被搞得非常紧张。

到了公司，七个人直奔会议室，程只只猜到贺知以是要回来抓内鬼，但她没猜到的是，自己会成为众矢之的。她听着罗罗有板有眼地诬陷，像听笑话似的："我和华盛私下勾结？"

"对，"罗罗坚信不疑，"U盘从最开始到最后都是你在保管，如果不是你，那还会是谁？"

"是我在保管没错，"程只只被气得口不择言，"但是罗大姐，我需要这样大费周章吗？如果我真像你说的我的良心被狗吃了，我从一开始想出新算法的时候，我就不会留在煊贺。"

罗罗哧了声："这就要问问你私底下是怎么和华盛谈的条件了。"

程只只指着自己，无语了起码十来秒："你这么清楚流程，你和华盛谈过？"

罗罗像只被踩到尾巴的猫，炸了："程只只你胡说什么？！大家还记得吧，U盘之前在程只只手里丢失过，最后说是在存储柜的最下层找到，但谁知道她是不是趁乱做了手脚。"

煊贺拥有公司内网，每台电脑都受后台监控，要想把U盘里的东西转发出去，除非把U盘带离公司。所以罗罗说程只只趁乱做手脚，也不是不可能，而且当天监控又出了问题。在场的人陷入沉思，贺知以从开始到现在一字未讲，但听完罗罗这席话之后，竟露出笑意来。

"U盘在存储柜最下层找到这件事，全公司只有程只只、我、霍君知道，"讲话时，贺知以从座位上站了起来，离罗罗近了些，斜靠在会议桌边，“你怎么知道？”

“不是我！”罗罗突然大声吼了出来，“真的不是我，贺总你听我解释。”

“你去跟律师解释吧。晋北通知警察进来。”贺知以没再多给她半秒钟，面无表情地转身，大步流星地走了出去。程只只本来都走到门口了，又折返回到罗罗面前，她实在是憋屈：“我不记得我有得罪过你啊，你为什么总针对我呢？”

罗罗被左右两边的警察领着，突然停下，可能是觉得程只只的问题问得可笑，从鼻腔里发出轻蔑的冷哼声：“要怪就怪你是贺知以的表侄女，但我不是，程只只，你不会明白的。”

程只只看着罗罗被押送进电梯，站在原地思绪万千，自己有错吗？

会议室的人陆续走完，程只只吁了口气，眼睛有点热，鼻子有点堵，终于肯承认，自己是有错的，尽管她从未生过利用和贺家的这层关系针对谁的想法，可在她和贺知以的亲戚关系被众人知晓后，她存在于煊贺，对其他人来说，就是心理负担。人之常情，她其实都懂。

华盛剽窃、落标虽官方还未给出说法，但引起的社会舆论却不小，导致公司股价呈直线下跌。

周一这天，程只只请了假，回了趟学校找学姐借了考研笔记。她抱着书走出校门时，被迎面而来的几个高大的身影挡住了去路。她顾着书，没有抬头，不管她往左往右，这几人都挡在她面前。她不耐烦地皱眉抬头，这几人的装扮，好眼熟啊！“程小姐，我们李总有请。”

李总？程只只恍然大悟，难怪眼熟，是李黎。她歪头看了看停在树荫下的商务车，往后连退了几步。“不好意思……”话未完，被铃声打断。她看了眼屏幕是陌生电话，不安地接起，果然，是李黎，听似礼貌实际却威胁的语气：“程小姐，大白天的，我不会对你怎么样的。”

程只只充满防备：“你想说什么？电话里说就行。”

“是吗？”车窗降了下来，伸出一只手，摆了摆，几个男子架起她就往车里带。

程只只被捂住了嘴，这里是学校侧门，上课的时间点无人来往，车门“啪”地被关上，李黎就在她对面坐着：“得罪了，用这样的方式邀程小姐面谈，但下面的话题你会感兴趣的。”

“你想说什么？”

“煊贺标书的初稿是出自你之手吧，接下来记者招待会，只要你当着那些记者说，是煊贺后期连稿带人将你挖走，最初的初稿是由你和华盛团队熬出来的，并将你从始到终的手稿拿出来做证据，华盛就转款这个数给你做报酬。”李黎朝程只只胸有成竹地比了五个手指头。

程只只迟疑：“五千万？”

李黎怔了一下：“五千万也不是不行。”

程只只小声叨叨：“原来只想给五百万，这么大个机密，五亿都值。”

李黎有些下不来台：“程小姐，人心不足蛇吞象，你想好再做决定。”

程只只心想，你当我什么人？！就算你把华盛给我，我都不会点头！但她没胆子这样讲，李黎真要对她做什么，她还真叫天天不应，于是使出缓兵计：“你给我点时间，我要想想。”

第十一章

又一次的初雪告白

程只只抱着书坐在公交车上，回想刚才李黎喜笑颜开地送她下车，她就浑身起鸡皮疙瘩。随后，她拿出手机给李黎发了个短信：不论你给多少钱，我都不会配合你的，你死心吧！

发完短信，程只只有点害怕李黎回电话过来，立刻关了机。

到家，程只只从电梯出来，看见任行蹲在家门口："蹲这儿干吗呢？"

任行从地上起来："当然是在等你啊，你手机为什么关机了，害我蹲了好长时间。"说着，任行自然而然地接过程只只手里的书。程只只埋头在包里扒拉了一会儿才找到钥匙："有点事。"

任行看了看怀里的课本："你回学校了？我来找你聊考研的事。"

"嗯，"门开了，程只只进屋换好鞋朝里走，"回去借了考研资料。"

突然，她转过身，手里端着水杯，严肃正经："任行，你真的想好了吗？我认真问的。"

任行眼底清澈："有我陪你悬梁刺股，你就别摆出苦大仇深的表情了。"

"我没有，"程只只回过身去喝水，"只是不想你以后后悔，"杯中的水被她一饮而尽，"我希望你是为自己，而不是为了陪我，我不愿意成为别人的心理负担。"

任行相当了解程只只，凭只言片语就能把她看穿，"只只，罗罗勾结华盛的事，原因根本不在你，你不要多想，这是贺知以该心烦的事，"两人是甲乙双方上下家的关系，都保持私底下绝不谈工作的默契，但这次，任行没忍住，"这次的意外，是不可避免的，换谁都不可避免。"

程只只勉强地扯了扯嘴角："今天回学校拿资料，李黎找上我了。"

“什么？！”任行表情紧张，“他有没有对你怎样？这事贺知以知道吗？”

“他想拿钱收买我给华盛做假证，大白天的他不敢对我做什么，我打算明天去公司当面跟贺知以把这事讲清楚，”程只只见窗外边的天黑了，“走吧，我们出去吃晚饭吧。”

“就在家里吃吧，”任行边说着边往厨房走，“给你炒个蛋炒饭，加胡萝卜丁的那种。”

程只只在玄关穿鞋：“你记错了吧，我才不爱吃蛋炒饭。”

任行没了动作。他不可能记错，是程只只自己忘了，她以前爱死了蛋炒饭，不加火腿丁，外加胡萝卜丁。高中有段时间去食堂她回回都这样点，但用餐高峰期，掌勺师傅记不住她的点餐要求，递给她的都是加火腿丁的蛋炒饭，她每回都很失望，慢慢的，就不点蛋炒饭了。

“想什么呢？”程只只穿好了鞋，一只手在任行面前挥了挥。

任行抓住她的手，笑了笑：“没什么，走吧，出去吃。”

程只只抽出手：“我去电梯口等你。”

过道窗户没关，风吹了进来，挺凉的，她瞟了眼窗户，喃喃道：“一点都不像初夏的风。”

后来在警察局录口供时，程只只悉数交代今天发生的所有。可无论她如何后悔，她都无法回到几小时前改变主意乖乖在家吃饭。对面刑警的声音冰冷，仿佛雪天挂在树梢的冰棱，警察局的灯像要亮瞎她的眼睛，空旷的房间阴风阵阵，刮过她的眼周和脸颊时，好疼好疼。

“只只，你等我一会儿，我把车停对面停车场。”

“哦，好。”程只只从车上下来，站在路边，看着任行的车打方向盘掉头。

就在这时，一辆黑色商务车急刹在程只只面前，引擎再次发动时，路边上什么都没了。

黑色商务车从任行面前“唰”地闪过，任行骂了句脏话，一脚油门轰了上去。一路上，他报了警，但只说了目前大概方位，没办法给出具体的位置。前面的黑色商务车越开越快，他想了想，给在交通局的朋友打了个电话，报了准确的车牌号给朋友：“这车超速，在城郊南路，你盯着点，如果半小时后我没给你打电话，你就动用关系定位城郊南高速这带——”

还没说完，手机没电关机了，任行扯下蓝牙耳机扔一旁，猛打方向盘下高速进入国道。

黑色商务车停在了废弃的化工厂，任行不敢近跟，确认他们进了化工厂之后，装作过路车加速冲了过去。而后，他才关了车灯，随便拐弯进了个小村子，把车丢在路边，人从菜地里深一脚浅一脚潜入化工厂。化工厂三层高，墙外长满爬山虎，三楼最里间亮着昏黄的灯光。

任行爬上水管，踩在水泥筑成的雨棚上，涉险爬到三楼阳台，终这才于看见了程只只。

她模样还算正常，也没被五花大绑，安全地坐在椅子上，任行稍稍放了些心，她面前是张会议桌，桌面放着份文件，周边围着几名男子，其中一名身材瘦削的，任行总是觉得眼熟。

“是你？！”程只只声音带着点惊慌。

这次男子露了全脸，让程只只把他和车库里的侧脸挂上了钩，原来李黎从那时候就盯上她了。

男子丢了沓照片给她，全是程只只的日常照片，就连穿睡衣去副食店买酱油都被偷拍了下来，最可怕的是，她丝毫没有觉察。程只只全身的血液都像在倒流，手脚冰凉，人在发抖。

“程小姐记性真好，”男子翻开她面前的文件，“还有件事需要程小姐配合。”

“这是份记者会说明，只要你照着念完，再配合我们消失一周，你别担心，这周内你的衣食住行我们都会提供最好的。下周你回去，保证看到的将会是新的天地，程小姐考虑考虑？”

程只只扫了眼大致内容，和从李黎嘴里吐出来的话如出一辙：“让我见李黎。”

“抱歉程小姐，你已经见不到李总了，如果再不配合，你连我也见不到了。”

程只只努力控制自己，让自己抖得不那么明显，她舔了舔嘴皮，眼睛小幅度地移动观察室内的情况，突然，扫过阳台时，台沿上的一个硬币吸引了她的注意。

在一小时前，她在便利店买了两瓶水，找补的硬币她顺手搁在了任行的衣兜里。

程只只深思熟虑好一会儿，才道：“我怎么称呼你？”

男子见她态度有所缓和：“严翎。程小姐考虑好了？”

她点头，将椅子拖到桌前，翻着文件：“严先生，说明我可以念，你叫其他人出去，人多我紧张。”

严翎轻笑：“你不要跟我耍花招，你也看到了，你的一言一行都在我的掌控下，包括你的闺密尤小姐，她这会儿刚下班坐上了湛医生的车，新鲜出炉的照片，你要过目吗？”

程只只也笑：“这荒郊野岭的又这么多人围着我，我一小姑娘也跑不了啊！”

严翎使了个眼色，这些人陆续撤了出去。

录音笔开着，程只只翻阅文件：“内容我要熟悉几遍，才不至于磕巴。”

“可以。”严翎也拎了个凳子在她对面坐下。

程只只偶尔抬眼，幅度极小极小，仅在一两秒内瞟过阳台，她看见了任行正翻身越过半人高的台沿。就在这时，她忽然问严翎：“但是初稿在我电脑里，我要怎么给你们？”

严翎注意力被分散：“这你不用担心——”他的嘴从后被捂住，程只只慌张地起身把住他坐的那把椅子，好让任行顺利不发出声响把人压制在地上，接着狠狠一记倒拐，人晕了。

程只只吓得脚软，一屁股跌地上，眼红着用唇语问任行：他是不是死了？

任行摇摇头，捞起她往阳台上带。突然，守在外面的人喊了声：“严哥？”

程只只捂住了嘴，整个人都在抖，揪着任行的衣袖手足无措。任行也不管了，从三楼阳台跳到二楼雨棚，程只只踩着任行的肩头顺利着地。二楼到一楼时，任行指挥程只只照着他的样子抱着水管往下滑。待两人一前一后落地，任行拉起程只只疯狂地朝菜地里跑。

程只只的手机在外套内里的包里，所以才没被发现收走，但需要开机。等待的几秒里，程只只觉得自己快死了，好在屏幕顺利亮起，信号也是满格，第一反应就是给贺知以打电话。

嘟声响了起码有五声才被接起，是赵南燕接的："只只吗？"

听到声音程只只的喉咙像被鱼刺卡住了，苦苦地疼，说不出话。

赵南燕听着那边大口的喘息声，以为她在跑步，又道："你小表叔这会儿在我家谈订婚的事，谈完我就让他打给你。"

那刻所有希望都破灭，程只只猛地哭喊得异常压抑："告诉贺知以，救救我，我快死了。"

电话到此结束，赵南燕看着被挂断的电话，正巧贺知以上完洗手间出来："谁的电话？"

赵南燕还在信息接收中："只只让你去救她……"

只感觉有风，赵南燕手里的手机瞬间被贺知以夺走，他连外套都没拿，只交代了一句："赵爷爷，事情我之后会跟你解释清楚，你不要为难南燕，都是我的意思。"院子里车灯一闪，黑色宾利起步提速上百迈冲了出去，贺知以回拨程只只的电话，却是冰冷的"已关机"。

任行倒在地里，睁着失焦的眼，嘴微张，满脸的血。

程只只爬过去护在他身边，世界末日，就是此刻。

被人拿命保护的滋味她第二次体味，蚀骨地疼啊，胸口、心脏、喉咙像被恶魔的手指狠狠地掐住，无论她哭得再大声、喊得再绝望，都还是疼，蔓延到全身，疼得她想就这样死去。

“敬酒不吃吃罚酒。”这些人找到了程只只的命脉，继续大力地踢打任行。

“不要再打了，”程只只乞求，“我念！我念！你们要我念什么都可以！”

“你早这样他还会受这么重的皮肉苦吗？！走，回去！”一个人试图拎起她。

她跪在地上磕头：“求求你们救救他，求求你们，求求……”说着说着，她失去控制，弓着身子，捂头朝地，哭得极其隐忍，“他真的不能再第二次为我死去了。”

远处，一道强力的光刺过来，警车、救护车接踵而至，为首的是辆黑色宾利。

贺知以从警车里拎出李黎，一脚把他从马路上踹到地里，他嘶吼：“你们要钱还是要命！”

警察迅速排开，抓捕了几个蹲守在马路上的混混儿，用扩声器喊：“你们已经被包围了！”

程只只他们身边这些人见头目被擒，周遭密密麻麻站着警察，自然而然缴械投降，双手抱头在原地蹲下。警察生怕这些人再做出过激行为，拿着枪，一步一步靠近，挨个将人制服在地。

程只只没有欣喜，也没有激动，只是守着任行：“你不要睡，我们说说话。”

任行意识尚存，还能发出声音：“你别哭，我还好。”

“我不哭，”程只只拼命揩着眼泪，试图挤出笑，“那我不哭，你也不许睡。”

“好”字还没发出声音，任行就晕死了过去，程只只大声呼救：“医生！医生！救救他！”

贺知以站在面前的时候，任行已经被抬上了救护车，程只只看着他，像在看一个无关紧要的人。贺知以的悔意写在脸上，他抬手想碰碰她的脸，被她侧头躲过：“贺知以。”

她很久没有直呼其名了，然后，沉默了许久，风起得不是时候，吹得她通体冰凉，连平日里热血沸腾的心意也跟着凉了。两人就这样对视，她眼里对贺知以的感情消失得一干二净。

“你走吧！”

“我不会再缠着你了。”

“不管你马上是和赵南燕订婚，还是和张南燕、李南燕订婚，都不关我程只只的事了。”

“以后，贺知以是贺知以，程只只是程只只，唯一能扯上关系的，就是他们的叔侄关系。”

贺知以张了张嘴，他慌着想解释什么，但好像现在说什么都于事无补了。

贺知以看着她，眼神真挚且炽热，带着那么点恳求的口吻：“只只，对不起，我来晚了。”

她埋头踩着地里的泥巴，听了他的话只觉好笑：“你不是来晚了，你是从来没有出现过。”

“程只只吗？”几位身着警装的男子走到两人面前出示证件，“麻烦你跟我们走一趟。”

程只只点头，转身跟着警察走，走出好几米远，身后贺知以终于醒过来，她这一走，将是永不回头。他喊出声：“只只！”顿了顿，“我们还能不能……”“继续”两个字始终说不出口。

程只只停住，并未转身，就这样背对贺知以站着，风越刮越猛，她染着血的T恤兜着风，紧紧贴在身上，散乱的长发也随之乱扬，她吸了吸鼻子：“没有我们了。”

贺知以的宇宙陨落了，他看着程只只渐行渐远，直至坐上警车消失不见，才在衣兜、裤兜里到处乱掏，还好掏到了烟盒。风有些疾，火机的火苗被吹灭了好几次。湛河的电话赶在点燃前打来，语气焦急：“喂喂喂，你在哪？尤然说只只被绑了，你丫的赶快去救人啊！”

夜空冷清极了，没有星星，没有月亮，没有游云，该有的都没有，死一般沉寂。

“湛河，我没来得及，我失去只只了，我在很早很早前就失去只只了。”

湛河听得愣了，忙把车靠在路边，这种心如死灰的声音听得他难受：“你听我说——”

贺知以挂断电话，行尸走肉般回到车上，右手受伤的地方不停地在滴血，这是他去逮李黎时，被他用刀割破了手臂，但对于此时的贺知以来说毫无痛感，能让他痛的只有程只只。

在无限的犹豫和踌躇里，他一面挣扎，一面抓紧，他握不住，又放不开，一边折磨自己，一边折磨她，亲手把他们即将重燃的火苗，推进密闭的真空里，看着焰头虚弱，直至熄灭。

她的心是肉做的，她也是会疼的。

他让她失了希望，他让她死了心。

“睡醒了？”程只只拿着湿棉签在给任行润唇。

任行动了动，扯到伤口痛得龇牙咧嘴，想说话却难以发出声音。

“别动了，医生说你的头被伤到了，可能会痴呆，你看看，这是几？”程只只比了个“1”。

任行无奈地笑了，他非常吃力地发音：“你……没事……就行。”

程只只眼睛刹那间红了，她别过脸去假装找东西：“你是不是想喝水？我去找个勺子。”

程只只出去了一会儿，回来时手里拿着不锈钢勺，但眼睛更红了，显然是哭过了。她小心翼翼地喂水给任行喝：“你妈妈不放心医院的环境，说反正家里有家庭医生，等你醒了就接你回家养伤。这样也好，家里安静，到时候我就来你家学习，这样既探了病，又不耽误我考研。”

任行喝了几勺水，嗓子湿润了许多，说话轻松了些：“你还挺精明。”

程只只紧紧握住勺柄，忽然抬起头，对上任行的眼睛：“谢谢你啊任行！”

她再也强装不下去，由着眼泪夺眶而出，任行是她这半生还不起的亏欠，他可以为她挡刀，可以不要命般顾她。但她真的什么也回报不了，她很无力，像陷进沼泽般陷在这亏欠里。

任行明白她的眼泪代表的是无可奈何，爱情这个东西怎么说，容易得很，也难得很，有的人认定了就是认定了，即便后面还有千般好万般好的，她都只认最初的。任行叹了口气，极弱极弱，再开口时恢复以往的无所谓："谢什么谢啊，大家都是兄弟。李黎死了没有？"

程只只被逗乐，拿手背抹了把脸："被关在警察局，华盛乱了套了。"

"那敢情好，等着我联系律师，非得判他个无期徒刑，"任行动作幅度大了点，扯到伤口脸都痛变形了，"华盛乱套了？那这可美死了贺知以，顺便搞个收购，挖了他李黎的根。"

程只只扯了扯嘴角："是吧，按照商人的本性，这时候该他出手了。"

这话弄得任行丈二和尚摸不着头脑："你们，掰了？"

程只只给了他个礼貌的微笑："两年前就掰了。"说完，她边看手机边起身朝外走，"尤然说她快到了，怎么还不见人，别是走丢了。我出去给她打个电话，你休息一会儿。"

尤然提着保温桶从电梯里冲了出来，看见程只只，赶紧塞她手里："接一下，重死我了。"

程只只提着有些分量的保温桶："你回家让阿姨熬的汤？"

"为什么不能是我熬的？"尤然十分不满。

"你熬的压根没法喝，还不如直接点外卖。"程只只说着变了路线要去厕所。

尤然拉住她："欸——行了行了，不是我熬的，家里阿姨熬的，包你喝了一碗想两碗。"

程只只回身继续往病房走："这还差不多。"

尤然见程只只过于正常："贺知以放言要把李黎告到终身监禁，你别跟我说不知道啊！"

"我为什么要知道？"程只只反问。

"……"尤然还想追问，可程只只已经进了病房，她只好暂停，欣赏程只只的掩耳盗铃。

“我是谁？”尤然问候任行的第一句。

任行：“……”

程只只：“……”

“尤然，行了你，”任行只能喝汤，饭菜由程只只解决，她白了眼尤然，“任行脑子没事。”

“噢，”尤然盯着任行头上缠了几十圈的纱布，“缠成这样我还以为你天灵盖被削掉了。”

“咳咳，”任行被汤呛到，咳嗽了起来，尤然连忙放下碗和勺，“你别激动，别激动。”

程只只觉得不能让尤然在病房里长待，不然可能会把任行搞晕过去。于是加快速度把饭解决了，和任行打了招呼就拉着尤然离开了医院。车上，尤然手握方向盘，指甲在一下一下地敲，眼睛不住地朝后视镜瞟：“任行都醒过来了，你还不打算和贺知以见面？”

程只只闭眼不说话，连动都没动一下。

自认为旁观者清，尤然替她干着急：“这事吧，说实话，责任不能全归在贺知以头上，他那天晚上单枪匹马去找李黎，手臂伤得很严重，听湛河说再往上一点点，就割到动脉了。”

程只只纹丝不动，连眉头都没皱一下。

绿灯亮，前面那辆车堵着不动，尤然疯狂按喇叭：“他也算是为你披荆斩棘了只只，你已经成功了，以前的贺知以被你找回来了，但你现在寸步不离守在任行病床边是什么意思？”

程只只终于睁开眼睛：“那你靠边停车，我怕你听了接下来的情节，会撞上人家的车。”

“什么？！当晚贺知以在她家商量订婚的事？”

“嗯。”程只只别开脸，看向车窗外往来的人流。

尤然骂了足足五分钟的脏话，程只只淡淡地提醒：“你骂他全家也就顺带把我给骂了。”

尤然骂得意犹未尽，悻悻地岔开话茬：“走，姐妹带你去家新开的酒吧，比焰欲还焰欲。”

程只只摇头，对尤然笑得十分平静，嘴角的梨窝就像白鹭掠过湖面惊起的水波纹：“不去了，今晚要上考研的网课。”

尤然不再说话，从储物箱里翻出包烟，打开车窗和天窗，安安静静地抽了根烟。

程只只有点不适应她突如其来的深沉，笑道：“你别这样，我都想通了。”

尤然盯着她看，看得程只只不自在：“唉，你骗得了别人，骗不了我。”

程只只沉默了一会儿，失神的眼看着前方，声音缥缈：“那晚，他确实是来了，但有什么意义呢？他和赵南燕订婚是铁打的事实。其实我从开始就有心理准备，贺知以是不会回头的，现在也都证明了，他的确不会回头。”

“只只……”尤然握了握她的手背。

“我只是有点难过，”程只只回头看向尤然，眼睛里漫着晶莹的液体，“一想到曾经我和他在一起的每个瞬间，还有我设想的和他在一起的未来，都没办法再实现时，我就觉得好难过好难过，像有只手掐住了我的心脏，一松一紧地狠狠地掐。可我们，已经无法，再继续了。”

尤然的眼睛也红了，一直向上看不让眼泪掉下来，程只只重重地叹了口气：“我的希望死在了赵南燕接电话的那个晚上，我现在只想考上研究生，回学校深造两年，充实一下我自己，让我自己变得更强大一点。”

“走吧，回去洗个澡，好好睡一觉。”尤然拧动车钥匙，车跟离弦的箭似的冲了出去。

这之后，尤然再也没在程只只面前提过贺知以，包括湛河，她也一并未提过。

半月后，任行拆了头上的纱布，受伤的地方结了痂，周边的头发都被剃掉了，光秃秃的。

程只只嘴里呼着凉风给他涂药："要不要给你买点生发水啊？"

任行丝毫不上心："没事，秃就秃了，不影响。"

程只只顺口接话："我觉得挺影响你撩妹的。"

"哪个妹？你吗？"任行不怀好意地笑。

程只只扔了棉签，拧上药瓶的盖子，放到原处："你嘴这么能侃，政治知识点背完了吗？"

"没……"

"那就把嘴闭上好生地坐书桌前去背书。"程只只提起书包，把里面的书都倒了出来。

"哦。"任行趿拉着拖鞋，靠在书桌边，乖乖拿起政治书。

以前的书桌是单人桌，任行专门换了双人桌，能容纳下两人同时学习。程只只每次来都会从书包里掏出好些资料，但从不带走，时间一长，桌上的资料堆成半人高，任行看在眼里，心里莫名地踏实，看着这些书，他就知道她第二天还会来，他就知道她不会突然消失不见。

"从明天开始我们去图书馆备考吧？"程只只翻着书突然对他说。

任行疑惑："为什么？在家不方便吗？"

"方便啊！"程只只昂起头，"但图书馆周围的人都在学习，学习氛围比家里浓烈多了。"

程只只见他没反驳，就当他答应了，看了看时间："到点了，我要先走了，得去趟煊贺办离职手续。书包和电脑就放你这里，明早上你直接提到申城大学来，我在学校门口等你。"

任行立马放下手里的书："你去煊贺做什么？我送你过去。"

"办离职，"程只只拿了手机就要走，"你不用送我，免得招人口舌，我会注意安全的。"

待程只只走到门边，拧动门把手时，任行突然喊住她："只只！"却又哽住不说话了。

“啊？”她回头。

任行对上她那两只眼睛，反倒什么都说不出来，他有些恼：“没……没事，你注意安全。”

程只只觉得被任行耍了，眉头蹙了蹙，小声埋怨了两句，走时带上了房门。

任行站在窗边没动，看着她经过院子出了大门。呼之欲出的喜欢几乎都到了嘴边却始终没说出来，他恨铁不成钢地咒骂了自己两句。这么多年过去了，没有半点长进，怕来怕去，他依旧怕的是同一件事情。如果她拒绝了他，依她的脾气，他们恐怕连朋友都做不成了。任行长长地叹了口气，比起形同陌路，他更愿意接受遗憾。人啊，要懂得知足，他跟自己说。

程只只坐在出租车上，她好像知道了任行要说什么，她专心致志地抠着手指甲陷入沉思。

“小姑娘，到煊贺了。”驾驶座上的师傅提醒，她才猛地回神：“哦，谢谢。”

付过车费，程只只站在煊贺办公大楼前，她仰头向上望，湛蓝色玻璃倒映着蓝天，阳光反射在上面让人睁不开眼。时间可真快啊，她在心里感慨，大半年就这样过去了，想起才来煊贺报到那天，竟像昨天才发生似的，程只只笑着摆摆头，回身，就看见了贺知以。

他身边站着霍君和晋北，两人见到她，分别冲她颔首算是打招呼。

贺知以岿然不动，盯着她，似乎在等着她下一步的动作。

霍君看了看两人，好像都没有要打破沉默的意思，那就只好他来打破了。他挤出个笑，看起来还算和蔼：“只只来上班啊，好巧，我们正好要外出。”

程只只动了动唇：“来办离职手续。”

“……”霍君的眉抽了抽，这话没法接啊！

贺知以眼底有光闪了闪，但转瞬暗淡了下去：“走吧！”他淡淡地说，接着同程只只擦肩而过。这瞬间，两人都目不斜视，一个进了公司，一个上了车，再多的过往似乎都止于此了。

车里，贺知以手搭在窗沿上，并没有要开口说话的意思。

霍君犹豫了一小会儿，还是提起了程只只："放不下就去求求她，只只很容易心软的。"

贺知以想起那晚在夜风中大哭的程只只，他从来没有见她哭成那样过，像要哭背过气去，嘴唇中间裂开了血口子她也感觉不到似的，当时他就清楚，程只只再也不会原谅他了。

办完离职手续，程只只步行回家，她家离煊贺挺远的，要路过省二中，还要路过贺知以住的小区。不知不觉就走到了省二中，程只只在校门口驻足，她盯着小卖部，想买火炬冰激凌吃。

犹豫再三，还是作罢。她摸了摸小肚子，还能想起之前手术时的痛不欲生。

这时放学铃响了，随即广播里响起不知哪位同学点播的五月天的歌："会不会/有一天/时间真的能倒退/退回你的我的回不去的悠悠的岁月……"身穿蓝白校服的学生蜂拥而出，又像开闸的河水似的流向四面八方。一名扎高马尾的女生迎面跑来同程只只擦身而过，她脸上的笑亮得像向日葵，一瞬间，程只只仿佛看到了十七岁的自己兴高采烈地奔向贺知以的身边。

他那时鲜少来接她放学，除非许芬命令他必须带她回老宅子吃饭，而且来了也不会下车等她，她要从那一排来接学生的私家车里从前到后一辆一辆地找他的车牌号，要是因为值日出来晚了还会被迫欣赏他铁青的脸色。再往后半年，他好像才真正接受已经赶不走这个拖油瓶的事实，偶尔来接她还会给她买她平日舍不得买的小蛋糕，她那时就那么容易满足。

学生渐渐散完，广播里的点播也结束，程只只双手揣衣兜里，慢悠悠地离开了校门口。

顺着步行街往前走十来分钟就是美科郡，程只只没想在这里停留。"只只，回来啦！"门卫李叔瞧见了她，隔得老远都在招呼她，程只只朝李叔弯了弯腰，快步逃离了这里。

约莫五分钟，贺知以的车驶进小区，李叔多了句嘴：“贺总，只只刚走呢！”

贺知以紧抿着唇，手却伸向挡杆，挂了倒挡，车头打了个急转弯，车重新上了公路。

贺知以开得慢，不时偏头寻找那抹身影，终于，接近公交站时，他看见程只只上了公交车。

一辆豪车不紧不慢地跟着辆公交车，司机师傅以为自己挡道了，便换到最里的道示意贺知以可以超车。他非但不超，速度也跟着慢了下来。有乘客笑道：“居然还有宾利保驾护航。”

程只只听了，背僵了僵，侧头看向车窗外，果真是贺知以的车。

在贺知以望过来时，程只只收回视线，只留给他个垂着眼的侧颜。

程只只的家在终点站，到站，她下车，贺知以已经站在站台前等着她了。

两人相顾无言，一起下车的乘客早就不见了踪影，只剩程只只和贺知以依然僵持在原地。

不是不愿意打破缄默，是程只只真的不知道该说什么，“你怎么在这里”这种话问起来好像显得更多余，该说的不该说的似乎都在出事那晚都一并说完了，她舔了舔嘴皮，招手：“嗨。”

“你现在都找不到话跟我说了吗？”贺知以先发制人。

程只只想了想，勉为其难找话说：“你胳膊还疼吗？”

“疼。”贺知以有些期待地瞟了她一眼。

她耸耸肩：“疼就去医院吧！”

贺知以跃动的心登时静了下来，艳阳落坡成了咸鸭蛋，挂在城市的地平线上，霞光把两人的影子拉得长长的。程只只笑得客气，指了指前方：“你要是没事的话我就先回家了。”

贺知以转身，朝着她的背影问：“你和任行准备一起考研？”

程只只停下，垂眼想了会儿，也没回身："是。"

黑色宾利在小区门口停到天黑。夏天的夜晚，街坊邻居晚饭过后下楼散步，有识车的认出了这车价值不菲，一步三回头地想看清驾驶座上坐着何方神圣。贺知以头发乱了，领结也歪了，衬衣最上头的几颗扣子开着，全然没了平日里气宇轩昂的模样。车里烟雾缭绕，指尖夹着的烟快燃到尽头了，他昂着头，歪靠在座椅上，脸陷在暗处，看不清滑到眼角的是什么液体。

他能不能铁石心肠？如果对象是程只只，那简直是天方夜谭。

这些年，他无时无刻不在纠正人生，他以为自己看得透人心百态、掌控得了事态发展，就算活得非常明白了。但他好像错了，在最开始，他对程只只避之不及，就已经错得离谱。

他的犹豫多虑，将最爱的女孩儿拱手让人，他配不上太阳般的程只只，尽管他渴望被她照耀。他害她失望成灰烬，她像被烧透的纸屑，风带起黑灰，漫无目的地飘，不知散落何处。

他终于有了清楚的认知，贺知以在遇见程只只之后，就再也活不回贺知以了。

到家，程只只进了厕所。

她拧开水龙头朝脸上抹了把冷水，双手撑洗手台上，盯着镜子里眼眶发红的自己。

幸好，没被贺知以发现。

其实今天下午一转身程只只就没忍得住眼泪，但好在贺知以没有追上来，真要追上来，这满脸的泪她还真不知道该怎么解释，被你和你未婚妻的动人爱情故事触动了泪腺？程只只扯了条毛巾擦净脸上的水，吸了一大口气然后吐了出来，真的都结束了。

凌晨，周围白蒙蒙的，气温也跟着降了好几度，贺知以的车停在后门，直到程只只的房间熄了灯，他才打火驶离小区。这时间点，路上没几辆车，车身转瞬消失在了黑夜里。

一旦和时间较起劲来就感受不到时间的流逝，晃眼到了秋天，考研进入最后的冲刺阶段。

现在想起来，得亏有理科天才任行，不然程只只根本承受不住数学的碾轧。

突然胳膊肘被碰了碰，程只只疑惑地回头，任行弹了颗糖过来，车厘子口味的。

程只只像被人点了定穴似的，直直地盯着那颗糖，一动不动，她想起了贺知以，眼眶立马就热了。她站起来，一不注意板凳脚磨在地上，发出刺耳的声响，她抱歉地向看过来的其他同学躬身，拿起桌上的保温杯，低声告诉任行："我去接杯热水。"

"好。"任行笑着回答。待人一走，手上的笔被他撂得老远，脸上的表情也与刚才截然不同。他真的很厌烦自己太洞悉程只只，一个眼神，一个蹙眉，就连半秒的失神，他都能从中断定程只只此时在想什么，就在刚才，她想起贺知以了。他不清楚她和贺知以因为糖有过什么故事，但他给她糖的初衷仅仅是因为她喜欢吃糖，而不是为了唤起她和贺知以的过往。

程只只握着保温杯在走廊站了半小时，教学楼前的花坛里种着银杏，她觉得银杏是最能感知四季的植物，春天吐芽，夏天油绿，秋天金黄，冬天光秃秃。一片银杏叶落在了台沿上，她拿在手里转着玩，她希望，等到银杏叶掉光春天来临的时候，关于贺知以她可以忘光光。

任行的肩头被戳了戳，他抬头，是程只只，他起身让她坐进去："接一杯水你要这么久？"

"在外面透了会儿气，"程只只剥开糖纸，将树莓色的糖果放嘴里，"怎么突然给我糖？"

任行咧嘴一笑："你中午是不是吃大蒜了？让你去去嘴里的味儿。"

"……"程只只黑脸，"任行你是不是想死？"

任行捂住头不让程只只打："我死了谁讲的数学题你能听得懂？"

"……"程只只换了手法，把他的大腿肉拧成三百六十度，"拐弯抹角？想骂我笨就直骂。”

任行来回揉搓舒缓痛楚，吓唬她：“你别仗着你是女孩子我就不敢动你，我告诉你——”

程只只把脸凑过去：“那你动呀！”

一下子就拉近了距离，她嘴里糖果的车厘子香顺势钻进他的鼻腔里，没说出来的大话卡在喉咙里不上不下，任行咽了口唾沫，使了微乎其微的力道弹了弹她的脸：“舍不得。”

程只只继续把这话当成玩笑：“谅你也不敢。”

任行不说话，只是盯着她笑。

这天，程只只上完课从教室里出来，天色灰灰沉沉的，寒风打着旋儿将银杏叶卷起没一会儿，半空中飘起了雪花，短短几分钟里越下越大，雪花就成了纷纷扬扬的鹅毛大雪。

这是申城今年的初雪，时间比以往早了半个月，综合楼来往的人多，但带伞的人少，还有特地从教室里跑出来看雪的，门口的人越聚越多，任行也在其中，他盯着这场大雪出神。

只有他记得，高三那年的深冬，下着大雪，他给程只只告白了。

但她没听见。那天的雪格外大，她没带伞，当时周五放月假，两人挤在一把伞里同行。

其实这样的场景两人经历过无数次，但好奇怪的是，他觉得那天的程只只特别特别漂亮，黑长发软软地搭在肩上，耳朵两侧的掖在耳背后，露出圆润的耳垂，有些婴儿肥的脸蛋被冻得红嘟嘟的。她一直在讲话，讲她前桌在语文课上出的丑，时不时偏头对着他乐得开怀。

他当时光顾着看她去了，脸上什么表情也没有，他记得她嘟着嘴埋怨：“难道不好笑吗？”

他才无措地错开目光，说话都没了平日的痞气，竟变得吞吞吐吐：“嗯，好……

好笑。”

她绕到前面来看他的表情：“你脸红什么啊？”

他当时被她问得好慌，心都快跳出来了，终于在半秒内下定决心：“只只。”

“嗯？”她哼了声。

“我喜欢你——”这四个字被她欣喜的呼声盖了过去：“啊！我看见我小表叔了！”同时间，她从伞底钻了出去，朝贺知以小跑了两步，突然回过头来，“欸，你要跟我说什么来着？”

那天来往的学生都打着伞，校门口尤为拥挤，两人在人流里被人推搡着。

他看着她小鹿似的眼瞳，鼓足的勇气霎时消失得干干净净：“没事了。”

这么多年过去了啊，他还是没能把这四个字说给程只只听，想到这里，任行的眼眶微润，一道豆绿色身影迅速移动着横穿整个操场，跑道上覆着薄薄的雪，她身后留着一串脚印。任行站在原地，看着她从操场跑上台阶最后跑到他面前，摘下帽子，不停地抖衣服上的雪。

“这雪也太大了，我差点摔在路上。”

“任行你带伞了吗，我们怎么去食堂啊？”

没得到回复，程只只抬头，见任行一言不发地盯着她，随即拿手在他眼前挥了挥：“喂！”

任行一下子抓住她的手，握在掌心里，他的手很大，很温暖，她抖了下，惊诧地盯着他。

“只只，我喜欢你，很多年后比很多年前还要喜欢，请你，能不能，试着喜欢一下我？”

明明被他的手握着，但她的指尖却越来越凉。程只只眼里的惊诧转化成了平静，好像在短时间内就消化了这巨大的信息量，又好像早就预料到了这个情节会发生，她垂着眼，在想。

身边站得近的几个女生注意到了他们这边，在下雪天的气氛烘托下，她们兴奋极了。

“小姐姐答应了吧，人家小哥哥多浪漫啊！”

“对呀！”又有帮腔的，“初雪呢，很难得的！”

程只只打心底里叹气，她和任行一起经历的所有，哪能是一场初雪就能概括的浪漫啊！

她沉默了有几分钟：“任行，我考虑考虑，再回答你，行吗？”

任行也像是松了口气的模样，摸了摸她的头，把气氛拉了回来：“行了，不急。走吧，去吃晚饭。”

晚上，程只只去了尤然的公寓，到时，尤然正在客厅照着视频练瑜伽。

密码锁一开，尤然的声音就响起：“你不是时刻都在考研路上吗，怎么有空光临寒舍？”

说完，还特意往她身后探了探：“稀奇，任行那根尾巴居然没跟着你来。”

程只只脱了鞋，光着脚跑到沙发上瘫着，四目无神，望着天花板：“任行跟我告白了。”

“哦！”尤然反应平平。

程只只看向她：“你早知道了？”

尤然学着视频里的舒展动作，像只即将展翅的大鹅似的：“你还相信男女之间存在着单纯的友谊关系？拜托，动动脑子，这是九年义务教育阶段才会有的纯情关系，你我他现在都是成年人了，不带点目的、不揣些心思，你以为他任行这么照顾你真的是在搞公益活动吗？”

一针见血，听得程只只脑仁疼。

“你拒绝了吧？”尤然瞥了她一眼。

这才是关键所在，程只只回答：“没有。”

尤然从地上弹起来：“没有？你想干吗？答应？程只只，清醒，不要到最后害人又害己。”

程只只盯着天花板连眼睛都没眨，过了好一会儿："尤然，到现在我都会时不时梦到那个夏天的傍晚，天边大朵大朵的火烧云，映出来的光像要把整个申城都染成血色，我躲在大树上，穿过茂密重叠的树叶，亲眼看见那根钢钉扎进他的腿里，那根钢钉有这么长，"程只只比出比一掌还长的长度，"刺透了他的腿，他的那声痛彻心扉的嘶吼，像是扯破了声带。"

她说起这些，就像把许多年前经历的场景又经历了一遍，她闭上眼睛，有泪滑进头发里："那天晚上，他为了救我，拉着我跑，你知道吗，我们本来是跑得出去的，但他那条腿无法承受那样的高强度运动，速度一快就会摔倒，当时我就想啊，如果能把我的腿给他就好了。"

"我真的，恨不得，"她的声音带着隐忍的哭腔，"恨不得我自己不要出现在这世上。"

"你这是不负责任程只只，对你，对任行，对贺知以，都不公平，"尤然苦口婆心，试图改变她的想法，"特别是任行，你根本不喜欢他，更谈不上爱，那他从始到末都是受害者。"

程只只忽地睁开眼，眼底通红："我该怎么办？"

尤然僵住，一时回答不了她，程只只释然了："我能怎么办？"

尤然沉默，她很能理解，但旁观者清，所以她不敢苟同。屋外的雪不停歇地下，像要把整座城市覆盖在皑皑白雪下，尤然盯着窗，外面漆黑，偶尔能看见洁白的雪花从窗前飘过。她转头，看着好似睡着了的程只只，进屋拿了棉被给她盖好，又在她旁边抱着膝盖坐了一小会儿。

屋内暖气均匀，尤然的声音轻又轻："即便目前毫无办法，你也千万不能违背你的真心。"

程只只的睫毛颤了颤，选择继续装睡，最终什么都没有回。

淋了雪，程只只第二天发烧了，身披被子坐在沙发上，书也看不进去，一个劲地打喷嚏。

尤然给她量了温度："三十八度，也还好，湛河待会儿会送退烧药来，吃了睡一觉就轻松了。"

程只只突然想到什么，褪掉身上的被子："我得去趟学校。"

尤然洞察力敏锐，立马放下温度计，警觉道："发生了什么重大的事情非得你现在去？"

"我……"程只只迟疑了下，"政治书落在教室了，我得去拿回来，要是丢了我就死定了。"

尤然站着，双手环在胸前，冲茶几上的几本书挑了挑眉："呵，这不就是你的政治书吗？"

"……"程只只马上改口，"哦不是，记错了，是数学书。"

"你是想去见任行吧？"尤然一针见血，拆穿程只只的谎，"我真的对这样的你很失望。"

话一出，周遭静了，茶几上的热水冒着氤氲的烟，程只只坚持站了起来："你不是我。"

尤然被这冷漠的四个字激到了："程只只，你连喜欢都给不了任行，你还能给他什么啊？"

程只只吸了吸鼻子，看上去又可怜又令人心急："我能把自己给他。"

这么多年，她不是忘记了，只是把对任行的亏欠藏了起来，因为他什么都有、什么都不缺，以前，她想为任行做些什么试图让自己好过些，却发现什么也做不了，甚至她站在他身边都显得多余。但现在不是了，他需要她。程只只想，既然他喜欢，那我就好好配合他的喜欢。

尤然看着程只只洗漱、换衣服、穿鞋、出门，就像在看她一步一步走向深渊。

程只只走后没几分钟，尤然拎上毛呢大衣出了门，她不允许程只只毁掉自己。

尤然在楼梯口撞见了来送药的湛河，她大衣敞着，走路带风，长靴裹紧小腿，手上拎只包，像是拎着把剑要找谁讨伐的样子，湛河见了，不问缘由，直接上去劝：

“冷静，别冲动。”

尤然睨着他：“贺知以在哪儿？”

湛河头皮一麻：“你找他干什么？你打不赢他的。”

“……”尤然将手里的包狠狠砸向湛河的脑袋，“你找死是不是？”

湛河两只手也没能挡住尤然的大力，他看了看表：“今天周末，这时间点应该在家里。”

尤然进电梯按下负一层，湛河紧跟其后，他虽不了解状况，但还是不敢放尤然单挑贺知以。

贺知以在书房办公，被一阵大力的拍门声惊扰，他皱眉，走到大门边按下视讯通话键，看见是湛河领着尤然登门后，眉皱得更紧了。他按下门锁，大门一脚被尤然踹开：“别拉我。”她一面冲进来一面抬手撇开拦住她的湛河。

“咱们有话好好说，不要动手打人。”

“……你起开！”她终于推开湛河，气势汹汹地直视眼前的人，“贺知以，我们聊聊。”

贺知以没说话，一直看着尤然的眼睛，看透了她的情绪：“进来吧。”他转身走进书房。

尤然后脚跟进了书房，她关上门，站在门边，贺知以点了支烟，顺手将火机丢在书桌上。

尤然毫不含糊，开门见山：“我来跟你说当年只只为什么要和你分手。”

贺知以心一震，眉头皱紧看向她：“什么意思？”

尤然口齿伶俐，一口气告诉他所有：“任行落下残疾的腿，是高中时为了救只只受的伤，你们分手那年任行腿伤复发，她把所有的错都归在自己头上，你知道那段时间她过得有多难吗？她不哭也不闹，还装得很开心，最重要的是当时，煊贺税务上的大纰漏，不光你的工作，还有你的私生活，都被媒体盯得死死的，她如果不和你分手搬出去，你俩的关系在当时的情况下瞒得住吗？虽然你和她没有血缘关系，但是，在那种情况下，谁都不能确保你不会被标上乱伦的标签，你的一言一行都在刀尖上，但你想想，她又何尝不是呢？贺知以。”

贺知以像被人扔进了冰窖又捞出来架在火上烤，他甚至无法用大脑细细分析尤然说的话，他满脑子都是程只只委屈地哭的表情，他忽然抬了抬手，出声制止尤然：“所以任行从来不在她的选择里？”

尤然非但不停下，口气越发凶狠：“当然不在，但是你又做什么了？你除了后来一次又一次推开她，你还做了什么？只只和任行出事那晚，你居然在赵家商量你和赵南燕订婚的事。贺知以啊贺知以，我求求你如果真的觉得和只只不会再有以后，那就麻烦你把这段关系断干净，让她真真正正地重新迎接新的爱情，身为她最好的朋友，我不愿意看着她酿成无法挽回的大错。”

最后一个音节落尾，屋内静着，他声音有些颤：“她为什么都不告诉我？”

“因为她认下全部的错，因为她害怕你不爱她了，因为她怕你同情她，因为她要的是你不掺杂质的爱。”

贺知以的脸色很不好看，突然从椅上站起来，不小心打翻了桌上的烟灰缸。

丁零当啷的声响让在门外等候的湛河破门而入，将她全身上下看了个遍：“你没事吧？！”

“……”尤然真的服了，“没打架！”

两人忙着拉拉扯扯，贺知以缓慢地发出声音：“那晚，我去赵家是为了退婚，当时有事才让赵南燕帮忙接了电话，我拨回去时只只的电话就已经打不通了。”

湛河这才注意到状态最不妙的贺知以，尤然说什么了啊？能把他兄弟的眼睛都说红了。

尤然惊了一瞬，转而立马恢复冷漠：“这些解释你自己去跟只只说。”

高跟鞋的声音远去，大门被大力甩上，屋里就只剩下贺知以了。

窗外暮色四合，昨天下了雪，今天气温低，雪还来不及化，看出去所有建筑物的顶层都被白色勾勒了边，就像特意让整座城市变得温柔。贺知以再也忍耐不住，把脸深深埋进手心里，屋里没有开灯，借着傍晚微弱的光，好似能辨别得出映在白墙上的黑影不停地在颤抖。

这晚，贺知以指尖上的烟燃了一支又一支，屋内云雾缭绕，混沌一片，但他浑然不觉，一口又一口地抽着。在遇见程只只之前，他自诩天之骄子，这世上就没有任何能难住他贺知以的人和事。直到程只只出现，让他狠狠地栽了跟头，她的魔力就在于他也不知道她有什么魔力，但偏偏就能令他心甘情愿地捧着真心求她收下。他爱她，几近疯狂，且从来没有停止过。

而程只只，从始至终都是在用自己的方式爱着他，像晨间的风，六月的梅雨，轻而绵长。

现在，只要她回来，他什么都给她。

程只只从学校回到家，吃了退烧药，就给尤然发了条微信，头实在疼得厉害就睡下了。

第二天，一睁眼，一股消毒水的气味钻进鼻腔，她动了动，立刻被制止："躺着！躺着！"

"妈，"程只只弱弱地喊了声，"这哪儿啊？"

"还能是哪儿？！"安秀倒腾保温桶里的粥，"医院呗，大半夜高烧，尽瞎折腾你爸。"

"噢，"程只只小口小口地吃着她妈送到嘴边的粥，完了摸摸自己的额头，"已经退了。"

安秀在收拾碗筷："大夫说了，等这瓶水挂完了就能回家，到时候打电话叫你爸来接你。"

"噢，"程只只又问，"你这会儿回家吗？"

"去市场，买只鸡，给你炖汤，"安秀系好围巾，走时不忘交代，"记得给你爸打电话！"

程只只应了，两小时后，取了针，才想起没带手机出来，好在医院离家不远，程只只走在路上，发现地上的雪厚了许多。

一双黑色皮鞋出现在她视线里，她顺着裤管往上看，旋即蹙眉：“贺知以你怎么会来了？”

贺知以向前一步，程只只往后退两步，她一手按着手背上的止血棉签，防备地看着他。

贺知以看在眼里，喉咙紧了紧，这两天烟抽多了，声音有点哑：“你……还哪里不舒服？”

“感冒发烧而已，”对于他声音嘶哑的原因，程只只心下就猜到都是烟熏出来的，冷冷道，“别抽那么多烟，你以为你的肺是铁打的吗？”说完，又觉得自己多嘴了，想经过他身边回家。

“我不抽了，再也不抽了。”贺知以的态度来了个托马斯回旋。

程只只怪异地瞥了他一眼：“随便，又不关我事。”说完，径直路过他回到家。

程臻业给她开的门：“怎么自个儿回来了呢，不是说好给爸爸打电话的吗？”

“手机落家里了，没事，就几步路。”程只只回头看见贺知以站着没走，不远处，她妈正提着鸡顺着道往这边走。程只只把之后发生的都看在眼里，毫不意外，她妈热情地邀请他来家里吃饭，然后他就来了。

真不要脸。

程只只走进房间，拿了本书窝到床上。没一会儿，房间外响起热络的寒暄，随即房门被打开，她妈那张笑成野菊花的脸探了进来：“只只，你小表叔来了，快出来喊人呀！”

程只只觉得贺知以今天哪哪都是怪怪的，但也猜不透贺知以在想什么，索性盖上棉被：“我睡着了。”

“……”安秀不好意思地冲贺知以笑道，“知以，让你见笑了，丫头人不舒服，说话不中听。”

“不打紧，”他语气和善极了，“今天在这边办点事，就顺道过来看看二老……”

房门被关上，寒暄的声音渐行渐远，程只只捂着被子，脑子里像绞着麻绳似的，外面姓贺的怎么回事啊？身下电热毯的温度升了起来，被窝里暖洋洋的，她没一会儿便昏睡了过去。

第十二章

以后换我来爱你

醒来的时候，周遭黑黑的，这一觉直接睡到了晚上。

程只只下床，踩着棉拖鞋打开房门，在客厅和程臻业聊天的安秀见她醒了：“灶上温着汤。”

“好，”程只只正走向厨房，突然听见她妈跟她爸说，“知以退婚了，白天你都听到了吧？”

程只只登时挪不动脚，在原地站了足足有好几分钟，才走进厨房，把饭菜端回了房间。房间的书桌上放着杯水，玻璃杯壁凝着水珠，但这不是她的水杯，程只只冲外喊：“妈，贺知以进我房间了？”

“没大没小，你小表叔下午有点急事，借用了一会儿你的书桌，你这孩子……”

她妈之后怨了什么程只只都没听进去，但是她总觉得贺知以才不是单纯地借用她的书桌。

她看了看床的位置，又看了看书桌的角度，她刚才睡觉流口水的样子不会被他看到了吧？

程只只“啧”了声，坐下来吃饭，刚把手机开机，铺天盖地的提示音响起。

一声接一声的“嘀”，软件一条接一条的消息推送，全都在证明，贺知以和赵南燕黄了。

好在她爸妈给她预告过了，不然她可能会被饭噎住。程只只随意点开了一个关于两人关系破裂的八卦链接，什么名存实亡，什么另有新欢，全是千篇一律的娱乐扒皮，一点干货都没有。

电话接听的页面跳了出来，是尤然，程只只接起：“干吗？”

尤然松了口气：“姑奶奶你终于开机了，等等，任行没睡在你旁边吧？”

“……”程只只戳着碗里的饭，“拜托你用上半身思考问题，”她顿了顿，“我们没在一起。”

尤然跳了起来：“真的假的？你洗得香喷喷的送到任行嘴边他都不吃？这可是奇闻逸事！”

“你不用嘴好好说话我就挂电话了。”程只只说着要掐断。

“对不起对不起对不起，”尤然连连道歉，“那是怎么回事？”

程只只盯着台灯的灯管，静了静：“任行说我的表情像是去送死。”

“噗——”尤然在那边喷出来，随即响起鹅般的爆笑声，“哈哈哈……”

这确实是任行的原话，但前面还发生了许多，这话只是他为了顾及程只只的情绪才开的玩笑。那天，程只只带病到学校，在任行上课的教室外等他，他出来时已是半小时后。她的脸红得不正常，任行立马就发觉了，脱了羽绒服给她披着：“烧成这样怎么还来学校啊？”

程只只头晕脑涨，身体软绵绵的：“因为我觉得这种话还是当面说比较好。”

“任行，”她倏地抬起头，所有的真挚都写在眼里，“我答应你。”

程只只本以为任行会很开心，甚至会当场把她抱起来转圈。但没有。他连微弱的笑意都挤不出来，站了许久都没说话，但悲伤却在他眼里越集越浓：“我真的很厌烦自己太了解你。”

“如果你是真的想给我机会，会拒绝我，告诉我你暂时还没有忘记贺知以，但你会努力，让我等等你，这才是真正想给我机会的程只只。你直接点了头，这说明，只只，你在委屈自己，我从来没奢想我能够撼动贺知以在你心里的地位，但你也从来没给过我机会。”

程只只怔住了，一句话也说不出来，即便说出来也是徒劳。

对不起就卡在嗓子眼，吐不出来也咽不进去，她只能望着他。

任行叹了口气，伸手要去摸她的头，快触及发丝时止住了动作：“我要跟你说多少遍你才听得进去啊，我没有怪过你，一切的因由我而起，结果由我承受，你怎么就那么犟呢？”

程只只眼睛红了，哈出的热气在半空中氤氲，突然朝任行伸出双手："抱一下。"

任行上前两步，回应了她的拥抱。这个拥抱对于程只只来说，来得太迟了，这么多年，一看到任行，她就会想起那年巷子里的傍晚，鲜红的火烧云、葱郁的树叶、任行的惨叫，梦魇似的反复折磨她。虽然相似的话任行说了不止一次，但这次，程只只终于肯放过她自己了。

尤然听完，仰天长叹："说真的，任行是个好人。"

突然，她叫了声："完了，那我岂不是过于冲动了？！"

程只只隐约觉得自己被她卖了："贺知以那边到底怎么回事，我给你两分钟的陈述时间。"

尤然的语速极快："那天你冒着生命危险去给任行答复，我担心事成之后你走进深渊，以后追悔莫及也无力回天，于是我就擅自冲到贺知以家里把该讲的不该讲的都讲了，想着或许能让事情有转机。但好像效果也还可以，你看贺知以不是对外宣布退婚了吗？嗨，既然事情都发生了，你就算骂我打我也没用是不是？申城冬天太冷了，我准备去热带晒太阳，明天的飞机，你好好养病吧，不用来送我，拜拜。"听筒里传来"嘟"的一声，电话被尤然挂断了。

程只只反应了三秒，差点砸了手机，好在理智阻止了她的冲动。

手机屏幕突然亮了，居然是贺知以发来的微信消息："好点了吗？"

程只只心里一震，盯着诡异的屏幕没有动作，接着屏幕又亮了："睡了吗？"

程只只"啧"了声，拿起手机躺回床上，将屏幕锁上又解开，动作反反复复。

半小时过去，这回，屏幕上显示贺知以发来的是语音消息，程只只紧张地点开。

"晚安。"

"……"程只只重复听了好几遍，最后将手机关机，盯着天花板，重重地叹了口气。

"贺知以啊贺知以，"她喃喃道，"你千万不要可怜我，也不要被我感动，那样我会更绝望。”

翌日，程只只退了烧，照例去学校备考，走出小区，看见了贺知以和他的车。

程只只垂眼想了几秒：“不管你顺不顺路，都不劳驾你，我自己去学校。”

一句话把贺知以所有台词全堵了回去，他走上前把小笼包和豆浆塞进她手里：“趁热吃。”

这两样是程只只高中时的标配早餐，她看到塑料袋上印的图案，是开在省二中的那家店。

“中午有休息时间吗？申城大学附近有家店——”

“没有，我吃食堂，还有这个，”程只只把早餐还给贺知以，“我出门前已经吃过早饭了。”

贺知以看着手里被还回来的东西，耸了耸肩。

晚上，程只只到家，发现门口安装了个收牛奶的奶箱，她冲里头喊：“妈，你订牛奶了？”

安秀在厨房：“哦，那是你小表叔给你订的，他知道了你要考研，担心你营养跟不上，那天来了我们家之后呀，他就联系了小区送牛奶的，给你订了整年的牛奶，早上晚上都送！”

程只只“嘁”了声：“妈，无功不受禄，我们不要心安理得地接受人家的好意。”

安秀端着炒好的菜从厨房出来，连连点头：“你说得有道理，这周妈从老家弄两只老母鸡上来，到时候你跟妈一起送去贺家老宅，正好妈好久都没跟你表姑婆聊聊天了。”

“……”

过了几天，程只只忘了这茬，直到周末上完课，一进门，看到她妈准备好的各种土特产。

愣了，她想装作自己没有出现过，顺势关上了门，转身准备逃回学校。

她妈瞬间从里打开门，把她捉了个正着，嘴上还在跟人打电话："欸！表姑，那待会儿见。"

"你想去哪儿？"她妈冲地板上的土特产努努嘴，"把书包放进去，提上东西我们走。"

程只只像被霜打蔫的茄子，垂头丧气地跟着她妈出门。

小区门口，安秀在路口左右张望，渐渐露出欣喜的笑容，双手挥舞："知以！这边，这边！"

程只只彻底不好了。

宾利在两人面前停下，一条纤长的腿先从驾驶座伸出来，接着是西装革履的上半身。她妈绕到后备厢，想要把活着的鸡啊鸭啊扎捆放进去，程只只没好气："妈，你弄脏人家车了。"

贺知以帮忙拎着蛋筐："没关系婶，你尽管放，放不下后座也可以放。"

程只只用别样的眼神看了看贺知以，她还记得高中有次上完体育课回老宅，上车前，贺知以硬是让她回学校厕所将运动鞋鞋底的稀泥洗干净了才允许她坐上车。再瞧瞧这会儿，为了讨好长辈，连基本的尊严都摒弃了，啧啧，能屈能伸啊！程只只撇撇嘴，拉开后座车门。

安秀撵她："鸡蛋放后备厢容易碰坏，副驾驶那儿不还有个位子能坐吗？"

贺知以嘴角略微往上勾了勾，程只只杵在车门处，咬咬牙，坐了进去。

车平稳地驶上公路，程只只全程侧着脸看向窗外，贺知以时不时会朝后视镜里瞟两眼。

"公司不忙吗？"她妈的声音从后传来。

贺知以回道："不忙。"

程只只翻白眼，心想：那我之前都是在给鬼加班？

"不忙好，不忙好，"她妈念叨，"你妈妈他们还好吧？"

贺知以点头："还好，但就是总念你不回去陪她聊聊天。"

她妈乐了："哎呀，这不是才抽出空嘛！但知以，不是当婶的说你，你这婚说退就退……"

她妈絮絮叨叨，终于迎来重点："来，你跟婶说说，赵家那姑娘怎么了，你要和人家退婚。"

前面铺垫这么多，为的就是这句话吧？程只只抻着脑袋，对她妈心服口服。贺知以没什么表情变化，从始到终都噙着他标准的贺氏微笑，看上去就像个尊老爱幼的大好优质青年。

他的手搭在方向盘上，眼睛看着前方，声音柔和："婶，你是过来人，你应该知道，有种婚姻，可有可无，没有爱情，单纯为了结婚而结婚。我曾经有个很深爱的女孩儿，后来她走了，所以这婚我跟谁结都无所谓，大家都各有所图。但是最近，"他看了看旁边的程只只，"那个女孩儿回来了。"

"所以我的结婚对象就只会是她。"

程只只动了动身体，脸完全朝向了窗那边，把后脑勺留给了贺知以。

"原来是这样啊！"安秀是位明事理的长辈，"那婶婶就提前祝你和你爱的姑娘幸福。"

"……"程只只把她妈佩服得五体投地。贺知以突然笑了，声音清朗了许多："借您吉言。"

大人们在客厅聊天，时不时爆发哄笑声，闹哄哄的，程只只悄悄去了后院。

院里的红梅正值花季，借着点昏暗的灯光，枝头的梅花亮得跟火星子似的。这些天下了雪，光秃秃的枝干上搭着些白雪，一白一红映衬着，程只只站在树下吸了吸鼻子："可真美。"

后背突然被罩进温暖的怀抱，多年不曾沾染过的气息将她包裹得死死的，程只只僵住。

贺知以的脸埋在她的颈后，一呼一吸的气流都打在她的肌肤上，程只只忘了该做什么。

“只只，”声音沙沙的，像从手心钻过的河沙，“对不起。”

她垂眼看着石板上散落的红梅花瓣，双手紧握成拳，哽咽着哈出热气：“你赶紧放开我。”

后背的人身形一僵，接着两只手把她环得更紧了：“我不。”

程只只酝酿了几分钟：“你现在做这些不觉得可笑吗贺知以？”她还是盯着那些花瓣，眼神空洞，像在告诉自己也在告诉身后的人，“我已经做好了决定，这个决定里没有你。”

肩头一轻，贺知以离开了她的颈窝，把她掰了个转身，两人面对面，他的眼神炽热，烫得程只只拒绝直视。他两只手握着她的双臂，将她好好地看了几遍：“你的决定对我不起作用。”

“……”只感觉黑影靠近，程只只伸出手掌，抵住贺知以的嘴，“你，你别想占我便宜。”

贺知以挑眉，这丫头的警惕性居然变高了，他哂笑，从她头发上摘下花瓣：“想什么呢？”

程只只的嘴角抽了抽，面子上有些挂不住：“呸，你刚才明明就是想偷亲我！”

贺知以真正笑起来的时候眉梢飞扬：“那我就勉强承认？”

“……”程只只推开他，气冲冲地回客厅。

贺知以在后面大喊，声音听起来明朗极了：“好了，别生气了，是我，就是想偷亲你。”

离开的时候，许芬回赠了更多的礼，这次，后备厢能够放得下，程只只如愿坐在了后座，安秀在程只只旁边睡着了。一路平稳，快要到时，贺知以突然问她：“学习上要帮忙吗？”

程只只不屑地“嘁”了声，还真以为自己是救世主？她断然拒绝：“不用。”

贺知以点着头：“申城大学评估学的硕士生导师李教授，很多学经济的学生报考申城大学为的就是跟着他做课题，我跟李教授私交不错，感兴趣的话初试成绩出来后可以为你引荐。”

李教授的大名在申城大学如雷贯耳，是程只只仰望的大神级人物，但才把狠话撂出去，这会儿又立马倒戈也太打脸了吧！她舔了舔嘴皮，倒也没把话说死：“等我初试过了再说吧！”

贺知以的指尖搭在方向盘上轻敲：“但李教授选学生就算过了初试也悬。”

“……”这说来说去不就是在嘲她不够优秀？

周一，程只只准时到自习室，直到自习室坐满了人，任行都没出现，发的微信也没有回。

早上的自习结束，程只只独自到食堂吃饭，其间给任行打了电话，被提示关机。

端着餐盘在角落找到空座位，程只只盯着和任行的微信聊天框，这人去哪儿了？

“吃饭不要玩手机，”先是一只饭盒从天而降，接着一个人在对面坐下。贺知以揭开饭盒，一一将里面的饭菜摆上桌，三菜一汤，连米粒都晶莹剔透，餐盘里的东西立刻相形见绌。

程只只脸上写满焦灼：“你这是在干什么？”

贺知以一本正经：“爱心便当，湛河教我的，他说要先拴住你的胃。”

程只只静止了好几秒，抓了抓头发：“你别来影响我，我现在只想考研。”

贺知以眼睛亮了，充满希冀地盯着她：“真的吗？我有影响到你吗？”

“欸，你看，那是煊贺的老总吗？”旁桌已经有学生认出了他。

“哇，真的是！快，手机拿出来，我要拍个照。”

“他不是才和赵南燕取消了婚约吗？怎么会出现在我们学校啊？”

……

“起来，跟我走。”程只只领着贺知以先后出了食堂。过道里，贺知以倚着栏杆，看上去还挺心满意足的。程只只抱臂严肃地看着他，“贺知以，你不要来了，我没跟你开玩笑。”

“嗯。”贺知以意外地没有唱反调。

程只只狐疑地看了他两眼，他淡淡地笑了笑："你赶紧进去把饭吃了，我就在外面等着。"

再从食堂出来时，程只只拎着饭盒，经过透明的玻璃门，看见贺知以等在原地。

她这会儿才注意到他只穿了件毛衣外套，这穿着显然是从公司才赶过来的，连呢大衣都没来得及穿。过道的风大，他的嘴唇被冻得有些失色。他摸了摸裤兜，从兜里掏出烟，正想点着，抬头和她来了个四目相对，又赶紧摘下唇上的烟。一瞬间，程只只没忍得住热了眼眶。

"你回自习室吧！"贺知以从她手上接过饭盒就要走。

"贺知以，"程只只忽然喊住他，却又在他回头后摇摇头，"没事。"

各自转身，背道而驰，但程只只回头了，可能是穿得单薄的原因，贺知以的背影有些消瘦，却丝毫不影响他挺拔的身形。只有程只只自己知道，她刚才差点就缴械投降了，可她总担心她和贺知以是在互相感动。

回到自习室，任行来了，但他在收拾东西。

程只只站在座位上："你要去哪儿？"

他笑道："告白失败，准备出国。"

她从他手里抽出书，制止他的动作："什么意思？你说清楚。"

"哎呀，跟你开玩笑，"任行从她手里拿回书往书包里收拾，"之前的确是为了追你才陪你考国内的研究生。但事情黄了之后，我认真想了想，我其实不适合考国内的研究生，国内三年才拿个硕士学位，国外三年我能拿到博士学位，不划算啊我寻思着，所以准备申请国外的大学。"

程只只撇了撇嘴，任行立刻打住："欸欸欸，你别又往自己身上揽责任，是我咎由自取。"

程只只真想给他脑袋上来一巴掌："那也犯不着马上就收拾东西吧？万一申请失败呢？"

"你可真不清楚你行哥的行情，早就有学校给我发offer了，我只是没看得上，想要申请更好的，”任行收拾得差不多了，把书包往背上一甩，拍拍她的头，“认真备考，我走了啊！”

程只只没说话，看着有点忧伤，任行走了两步，又折回来：“你要真舍不得我就不走了。”

程只只歪了歪头，眨巴眨巴眼睛：“你哪天的飞机？”

“……”任行竖起大拇指，“程只只，论没心没肺，你首屈一指。”

程只只往他肩上推了一把，也笑了：“我只是希望你去追逐自己的人生，爱情什么的以后都会有的，只不过迟了些。任行，”她难得郑重其事地喊他的名字，“真的谢谢你！”

最后五个字意味深长，有祝福、有愧疚、有遗憾，概括了两个人长达八年的友谊和青春。

任行故作轻松地摊摊手，道了句再见，一转身笑容顷刻消失不见。

他一步一步走出她的视野，一步一步走出她的世界。

从教室到校门口的距离，任行仿佛看到了十五岁的程只只从他身边跑过，一面回头，一面招手。紧接着十五岁的自己追了上来，她跺脚：“快点，不然火炬冰激凌要卖完了。”

她说得没错，爱情会有的，只不过迟了些。

以后，他还会爱上其他人，但从十五岁持续到二十三岁的喜欢不会再发生了。

人生只有一次，程只只只有一个，十五岁到二十三岁只能过一回。他永远忘不了她挨了别人巴掌那天，从她座位经过时，她眼里灵动的光，这不经意的一瞥，便成了永恒的守望。

任行回身抬头，自习室外的阳台边，程只只大力地冲他挥手。

任行抿唇笑了笑，低头踢了踢地上的石子，没再抬头，径直走出了校门。

程只只近来换着时间上下学，变着法子躲贺知以，让他连着半月余都守空。

这晚，贺知以做东，邀了几个好友在焰欲小酌，翟佞嚷着打牌，几轮下来，贺知以的手气臭得要命，他没劲，扔了牌倒回沙发里。梁丛递了根烟给他，他稳了稳，拂开：“不抽了。”

“哟，”梁丛叫唤，“从良了？”

贺知以灌了口褐色液体：“嗯。”

梁丛朝湛河吹了记口哨：“他咋了？”

湛河喝得有几分兴奋：“失恋了呗，还能咋的。”

“不是吧，”梁丛来劲了，“赵家大小姐有这影响力？”

湛河观赏动物似的上下瞅了梁丛两眼：“你懂个屁，起开，”说着挤进两人的中间位置，中指和拇指掐着酒杯，食指指着贺知以，神神秘秘地对他说：“只只现在还不理你？”

贺知以挑起眉，饶有兴味地等着他接下来的话。湛河碰了碰他的酒杯：“多大点事儿啊，和尤然一样的脾气，一生气就表演消失。来，我跟你说，你这样……”两人凑耳交流了一通。

贺知以将信将疑：“会不会太过了？”

湛河大手一挥：“这叫情趣知道不？”说着，他起身，寻了个安静的地儿打电话。贺知以坐不住，也跟着他过去，站在旁边听他对着手机绘声绘色乱说一通，最后满意地挂断电话。

湛河被阴森森地站在身后的贺知以吓了一大跳：“还愣着？只只在冲去你家的路上了。”

贺知以脸上的表情瞬间鲜活了起来，他回身抓起外套，十分重情义地拍了拍湛河的肩头：“谢了，兄弟！”说完，连招呼都没跟翟佞他们打，心急火燎地下楼，转瞬消失在舞池里。

翟佞和梁丛简直莫名其妙：“他这就走了？”

湛河叼着烟，眼睛被熏得虚眯，全无平日里治病救人的医生相：“情窦初开，理解理解。”

晚上十点，程只只在自习室挑灯夜读，被调成静音模式的手机振动了起来，她看了看来电人，是湛河。眉头紧跟着蹙了起来，都这个点了怎么给她打电话？她小声接起："湛医生？"

"哎呀只只你终于接了！今儿下午贺知以胃难受，我给他抓了服中药在灶上熬着，结果医院临时安排手术，我交代了他几句就回了医院。关键这会儿吧，贺知以的电话没人接，他这人你也知道，沉浸式工作，灶上的药熬干了他也没知觉，我就担心是不是燃气泄漏了。"

湛河说得抑扬顿挫，程只只听得心惊胆战，她捞起抽屉里的书包："我马上过去看看。"

从学校赶到贺知以的住处需要一个多小时，路上，程只只反复拨贺知以的电话都没人接。出租车开到步行街时堵车了，程只只看了看表，十多分钟过去了，前面的车没有要动的意思。

"师傅我就在这儿下了，这是车费。"程只只打开车门，从车和车的缝隙间穿过走到人行道上，然后开始奔跑。新年快来了，两旁的树上挂起了红灯笼，给严寒的隆冬增添了喜气，一个肩头挂着书包的女孩儿一直顺着这条街狂奔，偶尔撞到路人，边跑边回头冲人家弯腰道歉。

终于进了电梯，大冬天，程只只满头热汗，脸蛋红透，靠着栏杆，双手撑在膝盖上，一口又一口地喘着粗气。她盯着电梯门上映出的自己，骗不过自己的，关于贺知以，她放不下。

到了楼层，程只只拖着书包跑到门前，看到门上的指纹锁时，怔了一瞬，把食指放上去，门"嘀"一声响，她暗自松了口气，拧下门把手。屋内窗帘都紧闭着，伸手不见五指，氛围有些诡异，静得连她的喘息都显得突兀。太久没来这里，记忆袭来，程只只心口一紧。

"有人吗？"她扶着墙，摸索灯的开关。

就在她的手刚碰到开关盒时，刺鼻的酒精味儿先钻进鼻腔，接着只感觉滚烫的呼吸一近，程只只被一股力量推离了原地。她条件反射想开门逃，却被抵着她的人拽了回来，死死地压制在墙上。程只只退无可退，身体紧紧地和面前的人贴着，喘息时起伏的胸口擦着他的衬衣。

她感觉得到贺知以喝酒了，还喝得不少，她试着推了推他，怒道：“你让开！”

贺知以的眼睛透亮，带着水光，灼灼地盯着她，这是程只只目前能看到的最亮的东西。

忽然，他强行把他的手塞进程只只手里，十指相扣，慢慢往上抬，最后定在墙的高处。

她闷哼了声，似要动腿踢他。他却趁她抬腿时，抢占先机，再逼近一步分离了她的双腿。这下，程只只彻底失去了反抗能力，就这样站着都有些吃力，她咬紧牙：“贺知以，你让开！”

“等等。”就两字，话音落，吻铺天盖地地压下来。

舌齿相触，这个吻轻柔细致，贺知以掌握着控制权，连绵温柔地穿梭在她唇间。程只只受不住，猫叫似的嗯了声。

分开一瞬，额头相抵，贺知以哑声：“只只，我爱你。”

一时间，山崩地裂，建起来的心理防线全然轰塌。

脑子一热，程只只踮起脚迎了上去，贺知以托起她，两个人一路婉转、缠绵到卧室，房门“砰”一声关上，两人相继跌落到床上。贺知以进攻得又凶又猛，不给程只只留丁点退路。

差不多时，贺知以却听见了小声的啜泣。他双手撑在她上头，抹了抹她的眼泪：“怎么哭了？”

这眼泪不为别的，单单替自己委屈，程只只觉得自己是橡皮泥，任由贺知以捏扁搓圆，无法抗拒，无法逃离。她“哇”地号出声：“贺知以你浑蛋，我为了追你差点把命都搭进去，你以为你这样搂搂亲亲我就会跟你好吗？我告诉你，你休想，就算那什么了我也不认账！”

贺知以被临时叫停，身上本窝着团火，她这话一出，温度立刻降了不少，脸色低沉：“不认账？”他往上移动，把她完全压在身下，气笑了，“程只只你最近胆儿肥了不少啊！”

听听这语气，程只只嘴一撇，泪珠子连颗往下砸，撇开头不去看他，梗着脖子不说话。

“……”贺知以意识到自己过火了，沉默了会儿，替她理了理眼角被泪水打湿的碎发，接着把胳膊绕到她脖子下边让她枕着，自己翻身起来老实巴交地躺在她身侧。

两人都沉默，程只只闷着生气，翻了个身拿后背对着贺知以，他钻空子贴上她光洁的背。

她往前挪一挪，他接着贴上去。

几个来回后，程只只冰凉的声音响起：“你再贴上来我就要摔下去了。”

贺知以把她捞回怀里，又静了一会儿：“宝宝。”

这样的称呼以前动情的时候他经常喊，现在听起来有些泛酸，黑暗里，程只只没有出声。

“你别躲着我了好不好？我没你聪明，可以变着法儿出现。你一躲我，我就不知道去哪里找你。这些天，我每天都在你上下学路上等你，但都没看见你，你摸摸，我的手都冻出冻疮了。”说着，贺知以把证据塞进她手心，程只只下意识地捏了捏，确实鼓着个大包。

“我又不敢再去你学校，担心动静闹大了，你骂我。今晚这鬼主意是湛河那个挨千刀的想出来的，”说着，他鼻子在程只只头发上蹭了蹭，佯装可怜，“我是不是耽搁你学习了？”贺知以说话的热气打在程只只肩窝里，程只只这会儿心里左右不是滋味，翻身正对着贺知以。

程只只原以为只要自己不去想，贺知以这三个字就会慢慢淡忘。

但今晚接到湛河电话，听他说贺知以可能有危险时，程只只比被人绑架那晚还要害怕，那晚顶多自己死，今晚如果贺知以死了，那她简直生不如死。

想到这里，程只只的眼眶不禁发热，脑袋往贺知以那边拱了拱，这个男人真的要她的命。

贺知以感受到了程只只的情绪变化，吻了吻她的头发：“我知道错了宝宝，你回来好吗？”

意料之中，没有回答。

地暖散热，房内温度适宜，贺知以一下一下地梳理着程只只的头发，舒服得程只只趴在他胸口一动不动。良久，她终于出声：“贺知以，你跟我说实话，撇开尤然那天跟你讲的那些事，你还会不会跟我好？就是，”她踌躇，“就是……你是觉得我很可怜才施舍我的吗？”

“我表现得还不够明显吗？在这段感情里，我才是需要你施舍的那个。”

程只只猛然睁开眼睛，好在四周漆黑，贺知以别扭的表情没被她看去。“你再次出现在我面前时，我就投降了，完全丢盔弃甲。但又害怕你只是一时兴起，再加上还有一个任行的出现，我怕你最后会后悔，于是一而再再而三推开你，”他顿了顿，有些委屈，“你打电话向我求救那天晚上，我其实是在赵家谈解除婚约的事。”

周遭静谧，呼吸均匀。他爱她，从很久以前，到很久以后，足够了。程只只这些天空落落的心被贺知以的话填得满满的，她枕着他的手臂，回想着他们的过去，差一点，就又错过了。

桌上的电子钟跳向凌晨两点，贺知以的手开始不老实的时候，程只只的手机忽然响了。

是她妈。

程只只如临大敌，拥着被子坐了起来：“妈……妈……”

安秀大着嗓子嚷：“程只只你现在还学会夜不归宿了是吧？！”

程只只慌得不行，脸红得跟熟虾一个色：“我……我我在学校自习室呢，马……马上就回。”

“自习室？我和你爸就在你学校自习室门口！人家门卫说自习室十二点就关门了，你……你……你，我看你就是要气死我！”安秀在那边气得说话结结巴巴，“你……给你半小时，立刻滚回家。”

程只只快急哭了，一时语塞，朝躺在她身侧的男人投去求救的眼神。

贺知以托着头正欣赏她光滑洁白的后背，收到求救信号，从她手上拿过电话。

“喂？婶，只只有些题不会，我刚好在家，就让她把题本拿到家里来……不麻烦，应该的……她没有故意撒谎，可能不想让您太担心……嗯，您休息，我待会儿送她回来。”

三言两语，她妈被哄得服服帖帖，程只只嘟着嘴，埋怨：“呜呜~我是我妈的亲女儿吗……”

贺知以邪笑着看着她：“毕竟是以后的女婿，你妈对我好点说得过去。”

“呸。”程只只钻回被窝里穿衣服，半晌，才发现内衣好像被贺知以脱在了他那边……

这是什么连续剧？！她难以启齿：“我……衣服……在你那边，递过来一下。”

“什么衣服？”贺知以脸上的茫然也不知道是不是装出来的，不耻下问，“是哪件？”

程只只没脾气了，猛踹他几脚，咆哮：“内衣！内衣！帮我把内衣递过来！”

贺知以愣了愣，忽然笑起来，笑到最后都收不住。

程只只满脸黑线，从他指尖抢过内衣，又钻进被窝里忙活。贺知以倒是坦然得很，光着上半身掀被起身，走到衣柜前拎出套休闲装套上，程只只不由得朝他精瘦的腰上多看了两眼。

“好了吗？送你回去。”

程只只在床边左右找鞋，贺知以走到她跟前：“鞋子在外面，地上太凉了，我背你过去。”

她站在床上看着男人的后背，真好，贺知以还是贺知以。她伏了上去，环住他的颈项。

卧室到玄关的距离，程只只的耳朵紧贴在贺知以的背上：“你知道我突然想到了谁吗？”

难道任行也背过她？贺知以警惕道：“谁？”

“我爸爸。”

“……”贺知以沉默了，他很有老父亲范儿吗？

“初中的时候，有年夏天身体不好，我经常半夜发高烧。”

“有天夜里，恰巧我家车坏了，又打不到车。我爸就背着我，从家到医院，好几公里。下着大暴雨，我爸用雨衣把我遮得严严实实的，背着我一路跑，一路跑。”

“我至今都能想起他后背的温度。第二天醒来，我看见他黑色短袖上粘着密密麻麻的白点，那是盐，背着我整晚在医院跑上跑下，短袖汗湿了没的换就干成了盐。”

走到玄关，贺知以把她放下来，蹲下给她穿鞋：“以后换我来爱你。”

七个字的诺言，概括了后半生，这回选择权到了程只只手里：“看你表现。”

贺知以顿了瞬，忽而露出甘愿的笑：“包您满意。”

离考研只剩半月，学习压力加心理压力，程只只最近的脾气时好时坏。

午饭时间，贺知以的车等在前面的巷子里，她拉开车门，贺知以正在把饭盒里面的饭菜端出来，好好的车，充满了酸菜鱼的香气：“又有汤啊，喝了汤容易上厕所，浪费学习时间。”

贺知以想了想：“在自习室加修个厕所怎么样？”

“……”程只只乖乖喝完汤，“不怎么样。”

程只只今日胃口不佳，吃了小半碗饭就放下：“我回自习室了。”

贺知以不满：“再吃点。”

见她摇头，他不勉强，递了个小筐给她，里面装着她爱吃的水果和零食。他揪了揪她的脸蛋，她虽一直都瘦，但唯独脸婴儿肥。最近脸都尖了，他不由得怜惜：“考完想做什么？”

程只只不假思索：“睡觉。”

贺知以“啧”了声，像对她的答案不是很满意：“不想做我吗？”

“……”程只只反应过来，脸红了红，朝他嚷，“贺知以你流氓！你忘了你还在观察期了？”

贺知以讪讪：“一点了，你该回自习室了，加油哦程只只同学。”

程只只拎着小筐子下车，想起什么又折回来："你今天不用来接我，我爸他今晚会来。"

贺知以挑挑眉，示意他听到了。

回到自习室，程只只又开始了沉浸式学习，屁股往椅子上一坐，十小时晃眼就过去了。十二点，自习室只有零星几个人，门卫提着串钥匙在门口催促："同学们，到时间了，要关门咯！"

程只只从桌洞里抽出书包，走到教学楼底，程臻业拿着电筒，就站在花坛边。

"爸！"程只只跑过去，"今天怎么突然想起来接我？"

程臻业从兜里掏出个热乎的红豆饼给她："今晚会下雪，你没带伞，给你送伞来的。"

"爸爸真好！"程只只挽着她爸的胳膊，咬着红豆饼，聊着最近备考的情况。刚走出校门，果真下雪了，鹅毛般的白雪从空中飘洒下来，她爸撑开伞："你看，幸好我赶来了。"

经过前面的巷子时，巷口立着道人影，程只只皱了皱眉，站着的那人不就是贺知以吗？

雪势渐大，他没撑伞，等他们走过后，他双手抄兜里不远不近地跟在程只只和她爸后面。

程只只看了看她爸，她爸还在说着她妈今晚给她留了饺子，显然没发现贺知以。

她掏出手机打开微信，发了个问号给贺知以。

他很快就回了：养成习惯了，不送你回家心里不踏实。

程只只盯着屏幕上这句话，撇了撇嘴，有点心疼。她继续打字：车上没伞吗？

屏幕又很快亮起：嗯，没有。

程只只望了望身后的贺知以，雪好像更大了，他眉梢上都挂着雪花，程只只心疼极了。

终于快到家门口的时候，她抢过她爸手里的伞，转身跑进雪夜里："爸你先进去，我去买包泡面。”

贺知以在小区门口站着，远远就看见程只只跑过来，闷头撞进他怀里。和他身上冰冷的温度不同，她像暖宝宝似的，抱着特别暖和。贺知以由衷地叹了口气：“是不是心疼我了？”

“嗯。”程只只在他怀里不住地点头。

贺知以笑起来，音调都是上扬的：“那这场雪没白挨。”

程只只埋在他的肩窝里：“不许拿身体开玩笑，下次再这样我就生气了。”

“身体棒得很，”贺知以嗅着水果味的发香，“不信的话，换你送我回家，我证明给你看。”

这人脑子里怎么都是那些事儿啊？程只只哼声道：“诱拐少女是犯法的。”

贺知以乐得不行，把她抱得更紧了，像要揉进身体里。雪夜里，树荫下，路灯将两人相拥的身影拉得长长的，簌簌的雪透过灯光依旧在下，急促的手机铃声打破这份无声的甜蜜。

来电人是她妈，程只只没接：“我要回去了。”

“好，”贺知以松开她，“看你进去了我再走。”

这根本算不上什么离别，但程只只不知怎的矫情了起来，缠着贺知以的脖子不肯放手。

贺知以举着伞，嘴唇在她脸颊上点了点：“该回去了，不然你妈妈该担心了，乖，听话。”

程只只在他怀里磨蹭，不肯走。贺知以忽然正色道：“你要是再这样我马上把你扛回我家。”

这人说得出做得出，程只只终于松开手，踮脚讨了个亲亲，才转身朝家门的方向跑去。

到家，开门，客厅的灯亮着，程臻业看了看她：“伞呢？”

“……”程只只支吾，“啊……忘在小区门口的副食店了。”

程臻业信了，但又问：“不是去买泡面吗？泡面呢？”

“……”程只只继续编，“我想吃的味道卖光了，就没买。”

程臻业不再多问，回房间前嘱咐她：“你妈在锅里给你温了饺子。”

“好，我待会儿吃，”程只只松了口气，摸了摸鼻尖，谎撒太多真怕鼻子变长。

考研结束，走出考场，是个大晴天，但程只只看起来沉重极了。

最后一堂，她过于紧张，跑了两趟厕所，导致最后的大题没做完。

为了庆祝她考研结束，贺知以在焰欲给她搞了个派对，想把她正式介绍给圈子的朋友们。

考场在别的大学，程只只拖着沉重的步伐走到校门口，贺知以买了奶茶在路边等着她。见人出来，贺知以迎了上去，摘下围巾给她戴上：“围巾呢，早上出门的时候不还戴着吗？”

“啊……”程只只才想起来，“在考场，我去拿。”

“算了，”贺知以把插好吸管的奶茶递给她，牵起她的另一只手，“先过去，他们该等急了。”

上了车，程只只精神不济，歪坐在副驾驶上，手肘支在窗沿上托着腮帮子：“我不去了。”

贺知以眉头蹙了蹙：“前几天不是都说好了，怎么突然又不去了？”

“没考好，”说这话时她几乎快忍不住泪，到岔路口时，她指了指，“走那边，我要回家。”

红灯，贺知以在十字路口停下，试着开导她：“成绩都还没下来，别去胡思乱想，考完了就应该好好放松。”他说这话其实还是希望程只只去的。

“没心情，我不去。”程只只心情不佳，容易殃及池鱼，说起话来重了些。

“好，我送你回家。”贺知以妥协，左打方向向她家的方向开去。

到了小区门口，贺知以捏了捏她的脸：“好好休息，晚上给你打电话。”

程只只“嗯”了声，下了车，头也不回地走了。

贺知以这才掏出手机，上面十几个未接来电，全是他那帮等得难耐的朋友打来的。程只只在车里的时候，他特意设置成了静音，为的是不想打搅到她，他挑了湛河的手机号回拨过去。

“到哪儿了啊？”

“两分钟。”导航上显示的路程时间需半小时。

“只只你带来了吧？大家伙可都等着一睹芳容。”

贺知以看了看空空如也的副驾驶：“她没来。”

“没有？那你还来做什么？”湛河立马给身后的众兄弟报信，“大家听见没，人没来。”

贺知以也挺重视这场聚会的，毕竟如此兴师动众，他还是头一回，结果她却临时放鸽子。

贺知以抿了抿唇：“我来付钱。”

湛河想了想：“这话说得有道理。”

程只只到家，脱了鞋，径直走进卧室倒在床上。一想到被监考老师强行收走试卷，她就无比肯定自己会落榜，心情的糟糕无异于高考发挥失常。备考的几个月里，她不遗余力，甚至超负荷地付出，如今被轻松否定，时间、精力，付之东流。

窗外的天色暗了下来，今天用脑过度，程只只不知不觉地睡着了。

这觉睡得酣畅淋漓，再次醒来时，竟分不清白天黑夜。她按亮手机屏幕，显示的时间是凌晨两点多，上面还有好几条尤然的未接来电和微信，程只只点开和尤然的微信聊天框。

“怎么不过来？贺知以今晚单枪匹马哦！”附在后面的是贺知以被灌酒的视频。

“啧，贺大佬有够可怜的。”附在后面的是贺知以扶着墙走路的视频。

“我才发现你的心够狠的啊！”附在后面的是湛河搀着贺知以坐上车的视频。

程只只啃着手指甲，担忧浮上心头，她给贺知以打了个电话，没人接，随即拨通尤然的。

“喂，贺知以怎么喝成那样？”按理说，贺知以推杯的功夫不在话下。

“话说太满了呗，”尤然漫不经心道，“我也是听湛河说的，贺知以前几天跟他们圈子里那些人放话，说他女朋友过几天考研结束，让大家必须把今天腾出来，来参加他女朋友的派对。何守默你还有印象吧，就是那个精算界的神人，人家今天有场比赛，为了赴贺知以的约，把比赛都弃了。结果吧，有的人吧，比较自我，”尤然拐弯抹角，戳中痛点，“说不来就不来。”

程只只低声怨道：“我这不是心情不好吗，况且我也不知道事情是这样的。”

“成绩下来了吗，你就在这里自怨自艾，高考考完的时候，你不也是觉得自己连个专科都考不上，结果呢？轻松超重本线五十多分，”尤然公正，谁都不袒护，“贺知以不跟你说这些是不想强迫你做你不愿意的事，反正今晚的酒贺知以半杯都没推掉，你自己看着办吧！”

“我过去看看他。”程只只挂断电话，拿起外套冲了出去。

贺知以刚洗完澡，擦着头发从厕所出来，手上的毛巾突然被人扯了过去。

程只只撇着嘴拿着毛巾，贺知以意外又开心：“你怎么过来了？”

程只只示意他在床边坐下，用毛巾盖住他的头不停地擦：“不是说晚上给我打电话吗？”

贺知以指了指桌上正在充电的手机：“没电了。”

程只只沉默了，擦着擦着，停了下来，毛巾遮着他的眼睛，她弯腰吻住他的唇，即便洗漱过后也盖不住浑厚的酒精味。贺知以从后抚上她的后脑勺，加深了这个吻。直到程只只喘不过气，推了推贺知以的肩膀，他才放开她。她赖在他怀里：“我以后不会这样了。”

贺知以吹了吹她耳垂边的碎发：“哪样？”

程只只低声道：“无理取闹。”

兴许是酒精作祟，贺知以笑起来特别魅：“可我甘愿惯着你，我也不舍得你受丁点儿委屈。”

程只只顿了顿，眼眶发热：“醉话吗？”

贺知以低头，啄了啄她的鼻尖："清醒的。"

程只只伸手钩住他的脖子，缩在他的颈间："贺知以，我爱你。"

今年的考研成绩比往年晚出来了几天，消息一出来，整得程只只手足无措。

她给贺知以打电话，那边显然在开会，他的声音压得极低："怎么了？"

"呜呜呜，怎么办？！我死定了！"

"早就该来了，一直不来，我真的受不了！"

"我要不要去查啊？可我又害怕，你快回来陪着我。"

贺知以蹙眉，突然豁然，有了？但他明明每次都做了措施啊，他忐忑："难道是两道杠？"

那边静了，几秒后，程只只吼："我说的是考研成绩！贺知以你脑子里成天在想些什么？！"

贺知以"扑哧"笑出声来，下面坐着的各部门经理们眼睛瞪得大大的，啊……原来他们的老板不是不会笑。这时，晋北弯腰向贺知以请示是否开始会议，贺知以没放在心上，随意抬了抬手，就让晋北理解成了可以开始，于是，贺知以手边的麦被打开了，一句"又不打紧，有了就生下来"传了出来。全会议室鸦雀无声，谁都不敢动，大家对坐着，大眼瞪小眼。

接着，贺知以起身，什么也没拿，讲着电话出了会议室。

大家目送老板走进电梯，会议室登时炸开了锅——

一人问："都听见了吗？"

众人齐齐点头。

那人感叹："想不到有生之年还能喝到贺总孩子的满月酒。"

众人再次齐齐点头，这简直就是世界奇迹。

家里，贺知以坐在程只只身边，她已经盯着电脑桌面咬了半小时的手指甲。查询成绩的网页上，考生姓名、考号、验证码都填好了，但她就是下不去手："没考上怎么办？”

“没考上我养你，”贺知以打趣，“你就在家帮我数钱。”

“别贫，严肃着呢！”程只只被他逗笑，总归没那么紧张了。

“我查了啊，”程只只快速按下查询键，别开眼，把脸埋进贺知以怀里，“你快看看多少分？”

“你——”贺知以正要说，嘴被程只只捂住，“啊！等等！你别出声！我还是自己看！”

贺知以拿下她的手，攥在手心里：“网页页面停留过久，需要重新输入考生信息。”

“……”程只只被折磨到落泪。

贺知以把她连着电脑抱过来：“好了，你闭眼睛，我来查。”

程只只默允了，趴在他怀里一动不动，只听见他输入信息时敲击键盘的声音，最后一个回车，半秒后，贺知以发出声“啧”，程只只的心快要跳出来了：“不会是考得很差？”

“396分，这分，稳了。”

程只只从他怀里跳出来，反复确认考生信息，确定信息准确无误后：“贺知以我饿了。”

是真的饿了，从早上消息出来，一直不安到现在，她连半口水都没喝，紧张过后，饿意涌了上来。她从沙发上下来，兔子样式的家居服也不换，走到玄关穿鞋：“你带我去吃东西。”

贺知以笑着，丹凤眼上挑，眼里都是溢出来的温柔：“好，想吃什么？”

程只只换好了鞋，笑嘻嘻道：“我要去省二中后街吃垃圾食品。”

“……”贺知以委婉提醒，“其实可以吃点贵的，这点钱不用节约。”

程只只“嗯”了声：“你不开心吗？”

“……”贺知以噎住，“开……开心。”

省二中开学不久，这时间正是下午放学吃饭的点，后街黑压压的全是学生，程只只融在中间并不突兀，一身正装的贺知以就另当别论了。贺知以被她拽着在人群里逆行，她时不时回过头来冲他笑，模样娇俏，仿佛回到了几年前，她在省二中念高三，他每次来接她，她都要扯着他来后街替她付钱。一只手在他眼前晃了晃："想什么呢？付钱呀！"她端着臭豆腐催。

贺知以蹙眉，他最受不了的就是她手上这玩意儿了。

但程只只就好这口，一份不够还要来第二份。

"我要去吃螺蛳粉。"程只只朝店的方向走着。

贺知以跟在她身侧，偶尔用手替她挡开人流："看路。"

程只只昂头冲他傻乐："贺知以我今晚很开心。"

他的嘴角弯起："我知道。"

到店，程只只点了原味螺蛳粉，给贺知以要了份粥。热气腾腾的食物端上来，程只只"啪"地掰开一次性筷子，手机放在旁边，吸溜一口粉就要偏头戳手机屏回复尤然发来的微信消息。

旁桌是两个学生，点了两份粉，但桌上摆着习题册，男生不耐烦："你这题都能错了？"

女生不说话，把粉移到自己面前，拌匀了开始吃了起来。

男生继续补刀："你还吃得下？"

女生默默放下筷子。

贺知以在旁听着，不免被逗笑。

男生把习题本扯了过来，一顿给女生猛讲，完了问她："所以，现在正确答案是多少？"

女生嘴微张，杵了好几秒，最后摇摇头。这可把男生弄无奈了："不会是猪脑子吧你？"

女生突然站了起来，抓起习题册塞书包里："不爱讲就算了，就你话多。"说完，就跑了出去。

“欸！”男生像没料到女生会爆发，从兜里掏出钱拍在桌上，拎起凳上的书包追了上去。

将这一切看在眼里的贺知以心生感慨，程只只的学生时代，也像这般有趣吧，可惜他没有资格参与，这是他弥补不了的遗憾。他看着眼前专注“吸粉”的人：“研究生有什么规划？”

程只只志向远大：“挣学分！拿奖学金！”

贺知以笑吟吟的，薄唇轻启：“结婚证可以加学分。”

程只只一愣，咬断粉，昂着头盯着他。贺知以猛地凑近：“你知道我刚才在想什么吗？我在想如果我能做你的同桌，给你讲你不会的数学题，下课和你去小卖部，那样就好了。”

省二中的预备铃响起，后街的学生们小跑着进学校，一阵阵唤朋友的嘈杂声交织整条街，也就兵荒马乱几分钟，街上静了下来。小吃摊位不再排着长队，垃圾桶堆满了食物的包装袋。

程只只喉咙发紧：“别这样想，我很爱你的。”

贺知以替她擦了擦嘴：“我也是。”

贺知以结过账，牵着程只只进了学校的操场。零星的体育生在有光亮的地方训练，两人十指相扣一圈又一圈地走，不时踩到跑道上干枯的树叶，脚底发出“咔嚓”的清脆声。

贺知以的手被程只只拽了拽，他看向她，她问：“你说的结婚证可以加学分是真的吗？”

贺知以像预感到了什么，身体某处像被电触到，一圈一圈地发麻：“嗯。”

“那就结吧！”程只只笑了起来，眼里盛着月光，格外好看。

贺知以的视线被热气熏得模糊，好像有千言万语，却又不知该先说哪句。

他只能转身紧紧抱住她，好久好久都不说话，她昂着头笑：“贺知以，你是不是哭了？”

“只只你相信我，我会对你好的，真的。”他的声音在抖。

程只只湿了眼眶，埋在他的肩窝里："我当然相信。"

二月底的夜空，难得挂着碎星子，月亮旁浮着丝丝游云，月亮的光晕将天衬得通透。

看来明天是个大晴天，冬天终于快过去了，三月的桃花终于快开了，春天就要来了。

番外（一）

捧在手心里的温柔——程只只 & 贺知以篇

“户口簿带了？”

“嗯！”程只只重重地点点头。

程臻业当年给程只只买房就把她的户口单独迁了出来，上了大学程只只就自己保管着户口簿。就在今天，这个褐色小本儿即将发生阶段性转变。

两人在民政局门口驻足了一小会儿。

贺知以突然从裤兜里摸出个丝绒盒子，打开，强行拉过程只只的手，往无名指上套了枚钻戒，无比闪烁。接着抠出另外一枚，给自己戴上，过程只用了两分钟，把程只只笑死了。

贺知以绷着脸，神色比平时严肃：“你想好了？”

程只只看向他，眉头拧了拧，思考道：“那要不我再回去想想？”

贺知以那张脸立马垮了下来，程只只笑得咯咯的，挠了挠他下巴：“你笑笑。”

贺知以极为勉强地扯了扯嘴角，程只只“嘁”了声，拽着他往里走：“不知道的还以为是我逼你来领证的呢！欸，贺知以，你以后不许对我摆臭脸，听见了吗？”她忽然转过身来。

贺知以揽她入怀，确定她的眼睛里映着自己的脸，才感慨道：“我感觉有点像在做梦。”

程只只望着他深情的眼，踮脚凑上去啄了啄他的唇：“我是真的，所以结婚也是真的。”

贺知以感觉心里像有团热烈的火，她愿与他白头偕老，至死方休。

“啪啪”两下在两个小本儿上盖了红戳，工作人员把本递还给贺知以，过程只花费了二十分钟，程只只户口本上婚姻状况那栏，就从未婚变成了已婚，这会儿轮到她发蒙了。

回到车上，她一手拿着一个红本，看了好半天都没缓过神。

贺知以拍了红本的照片发到微信群里，附的文字简明扼要：羡慕的扣1，不羡慕的退群。

其余几人炸了，尤其是湛河，眼红得不行：你把我们只只绑去了民政局？

翟佞、粱丛出来附和：赶紧报警，煊贺总裁强迫良家妇女。

贺知以眉一挑，笑了下，指尖快速动作：葡萄真甜啊！

这话是在暗讽吃不到葡萄说葡萄酸，三人连续发呕吐的表情，贺知以心满意足锁了屏。

回家的路上，贺知以明显心情大好，居然边哼歌边开车，见程只只还在端详两个本儿。

“回味无穷？”

程只只闻声，侧头看向他，突然喊了声：“老公。”

贺知以一脚在大马路上来了个急刹，“吱——”车轮摩擦柏油马路的声音，好在后边没跟其他车，不然非得造成交通事故。贺知以喉咙发紧，目光有些烧人：“你刚才喊什么？”

“老公呀！”程只只重复了一遍。

贺知以的头皮又是一麻，笑意一点一点浮现在脸上，这称谓可真是酥到他心上去了。

程只只把两个小本揣回包里面，车重新启动，四面车窗被贺知以打了下来，初夏的暖风呼呼地往里灌。他手肘支在窗沿上，手指托着下巴，嘴角无限上扬，一副沉醉其中的表情。

“是我喊老公好听，还是赵南燕喊亲爱的好听？”程只只幽幽道。是的，她就是在以小人之心度君子之腹，一想到那声黏糊糊的亲爱的，她的气就不打一处来，这坎算是过不去了。

贺知以蹙着眉，好生思索了一番，才疑惑道：“这个情节发生过吗？”

这表现令程只只较为满意，放了他一马。算你识相。

程只只原本的打算是研一放寒假跟家里边坦白她和贺知以已经扯证的事，她几乎能想象到，到时候家里的翻天覆地，她觉得这可能是场持久战，所以才把坦白局定在寒假。但人算不如天算，明天和意外不知谁先来，开学刚半个月，她和贺知以准备先婚后奏的戏码就被戳穿了。

程只只跟着导师去了外校调研，计划定的是五天。第四天晚上，工作完成之后，她没有参加晚上的聚餐，脱离大部队自个儿订了机票，先行飞回了申城，乐悠悠地想给贺知以惊喜。

门一开，她跳上去挂贺知以身上，二话不说，抱着他的脸就开亲，一时空气里弥漫着情欲。

这是两人在一起后，她头一回离开他这么久，她想他都快想疯了。

程只只的手紧摸慢摸到了贺知以腰上，一把将掖在西裤里的衬衣扯了出来，正要挑开皮带扣时，贺知以按住了她的手。程只只"嗯"了声，疑惑地抬眼，贺知以的眼睛往眼角处游移，程只只顺着看过去，"砰"一声惊响，接着是盘子稀里哗啦落地的碎响，她完了。

她表姑婆也就是贺知以的妈许芬许女士站在餐厅，像根木桩似的盯着两人，脚边是四分五裂的陶瓷碴，和泼了一地的菜汤。程只只傻眼的表情不亚于许芬，两人杵着，空气凝固。

最后是贺知以先开的口，直接就是一句惊天雷："那个，妈，我和只只已经领了结婚证。"

程只只暗下扯了扯贺知以，示意他婉转点，结果他第二句就是："我们年底要办婚礼。"

许芬沉着张脸，什么也没说，拿起桌上的手包，径直出了家门。

第二天，两人相继被召回了各自的家，一个回贺宅，一个回程家。

程臻业正襟危坐在客厅，神情严肃，指着茶几前那块地方："跪下。"

程只只不解释，走过去放下包，膝盖着地，背挺得直直的。这是她家最严厉的惩罚，从小到大，她爸妈从来没有动手打过她，小时候做了错事，也就是闭门思过。程只只长这么大，只跪过两次，一次是小学和男孩子打架，一次就是现在，以为和贺知以结婚。

程臻业什么也不问，接着起身去了餐厅。

安秀看在眼里，急在心里，可她清楚得很，这对父女一个犟脾气，反正劝哪边都是白搭。

程只只一跪就是好几小时。程臻业像是看不见她似的，吃完饭去遛了个弯，然后洗漱完毕进了房间休息。程只只一改往日活跃的样子，一言不发，腰板依旧笔直，垂眼盯着地上的瓷砖。

接近午夜，主卧传来动静，程只只偏了偏头，看见她爸站在酒柜下方。程只只忽然发现她爸的肩头垮了。在她的记忆里，她爸的肩头又直又正，能扛起整个家，但好像现在扛得很吃力。

程只只的鼻子一下子酸了，发出的声音有些抖："爸。"

程臻业叹了口气，问她："错了吗？"

程只只抿着唇，眼眶红着，却倔强地摇摇头。

"那就继续跪着，直到肯认错为止。"程臻业说完，心一横，回了房。

贺知以比程只只好不到哪儿去，他被父亲贺慎叫去了书房，足足在门边站了三小时，贺慎才从公事中抽身搭理他："只只是个小孩，你也跟着犯糊涂？你俩的关系，还需要外人提醒？"

贺知以不语，直直地站在门边，就连贺慎也看不出来他这儿子在想什么。

"我爱只只，而且我们又没有血缘关系。"

"你！"贺慎抄起桌上的烟灰缸，狠狠地砸向门边的人。

他明明躲得开的，但他没有。只听见一声闷哼，血顺着额头流向下巴。旁边站着的许芬惊呼，把矛头指向贺慎："教训归教训，你怎么能上手？！他是你儿子啊！"

贺慎也没料到他会硬挨，神色有几丝懊悔，嘴上却不饶："他该！"

许芬把贺知以拉到客厅包扎，他爸是用了力气的，口子有些深，赫然看得到嫩肉。当妈的见了心疼，泪止不住往外滚：“早知道事情会成这样，当年我就不会安排只只住你那里。”

贺知以揽着母亲的肩头：“妈，你要相信，该遇见的人总会遇见。”

说完，他站起身，拿起茶几上的车钥匙：“我去看看只只。”

程只只又困又饿，摇摇晃晃的，看样子是要坚持不住了。

口袋里的手机振了振，是贺知以发来的微信：有人买了夜宵在门外等你。

程只只忍不住笑容，手指快速敲击屏幕：还跪着呢！

贺知以收到消息，表情深沉，望向还亮着微光的程家，静了几秒，抬起手。

程只只的瞌睡被猛然响起的门铃惊醒了，连响几声后，她爸从卧室出来。

程只只跪着没动，门外过道的灯照进来，恰好把门外男人的影子罩在了地板上，她盯着地上两道对峙着的影子，一阵暖流从心间淌过，人生中最重要的两个男人正在保护她。

程臻业其实打心眼里觉得贺知以后生可畏，但如今他做出这般不为大局考虑的行为，实在是令程臻业的脸色好不起来：“大半夜来想做什么？”

贺知以态度诚恳，直视程臻业的眼睛，一字一句铿锵有力：“程叔，这件事情没第一时间告诉你们，是我的错。但我要娶只只也是真心的，我会给她幸福。”

程臻业一愣，忽而恢复严厉：“能给只只幸福的人又不差你这一个。”说完，他就要关门。

贺知以及时拦住门，这时，程只只昂起脖子：“但是，爸，我只想要贺知以给的幸福。”

程只只从下午跪到现在，平日的精气神消失殆尽，可说这话时眼睛却无比晶亮，像光下反射七彩颜色的钻石，让人见了狠不下心掩埋这道光。程臻业哑口无言，他松开门把手朝屋里走，见门外的贺知以不动：“怎么，还不进来？还嫌事情不够大，非闹得尽人皆知？”

贺知以跟在程臻业身后走到客厅，跪着的程只只见到他有些开心，两颗尖尖的小虎牙露了出来。贺知以弯了弯嘴角，在她身侧停下，忽然，屈膝跪在了她旁边。一时间，空气像凝固了。

不光是程只只，连程臻业都惊愕，过了会儿，他才勉强正常道："我受不起，你起来。"

贺知以没起："程叔，请您相信我，我会保护只只。"

程臻业毫不动容，也不说话。深夜静谧，客厅空旷，只听见贺知以沉稳的声音："我母亲的户口并没有落在程家，从法律层面讲，我和只只什么关系都不是。其次是你们最担心的社会舆论，如果连这点把控能力都没有，别说领结婚证，和只只谈恋爱我都会三思而后行。"

他静了会儿，话说的更加掷地有声："从和只只交往那天起，我就已经替她设想了她今后会遇到的曲折和不平，我可能没有能力让这些曲折和不平不发生，但是，我会第一时间挺身而出，我会护她周全。程叔，在只只没有遇见我之前，您是最爱她的男人，但这之后，我比您更爱更爱更爱她。"最后，他的声音有些抖，"我会给她无比盛大、充满祝福的婚礼，请您祝福我们。"

程只只的眼泪啪嗒啪嗒地掉，她见惯了他的意气风发，见惯了他的呼风唤雨，当他为自己如此放低姿态时，程只只觉得不会再有人像他这样爱自己了。她看了看贺知以，再看了看她爸，她爸这会儿坐在灯下，不知是光的原因，还是过于费心神的原因，看起来格外疲乏。

"爸，"她吸了吸鼻子，声音带着哭腔，"对不起，我到现在也还是没能让您省心。"

说着，悔意涌上心头，填满每处空当，她越哭越大声："我答应您，我以后什么都听您的。但是贺知以，我如果错过了他，以后就遇不到第二个贺知以了，我大概这一生都不会快乐了。"

程臻业放在膝盖上的手微抖，他皮肤黝黑，眼眶红得不明显，紧抿的唇嚅动着，好半晌也没说出一句话。他看着面前跪着的两人，长长地叹了口气，合上双眼，头靠向沙发背，绷着的身体松了下来，他摆摆手："后天中午叫上你父母来家里吃个饭，其余的，你说到做到。"

程只只"哇"的一声哭得更厉害了，好像就在这一夜，父亲这个角色从无所不能变成了无能为力，她哭的不光是她爸的妥协，更多的是对自己的谴责：爸爸是从什么时候开始老的?

程臻业湿了眼，他撑着膝盖站起身，摆摆手：“随了那句儿孙自有儿孙福咯。”

说着，程臻业向卧室走去。他其实也没料到自己会妥协，要知道刚得知女儿和贺知以关系时，他可是在心里暗自决定，就算他贺知以把天王老子请来说情他也不会答应这门婚事。可就在几分钟前，他居然被贺知以三言两语说动了。他活了大半辈子，什么都见过了，他看得出贺知以的眼睛里只有他女儿。所以啊，这就足够了啊！

程只只早就跪不住了，贺知以将她打横抱起，进了卧室。

程只只平躺着，泪还在起劲地流，嘴撇着：“贺知以。”

“嗯？”他在看她膝盖上的淤青，又红又肿，小腿和脚因血流不畅，冰凉冰凉的，他拉过来放进怀里暖，“家里的红花油放在哪儿的？”

程只只碰了碰他额头的伤：“挨揍了？”

贺知以握住她的手：“不碍事。”

程只只叹气：“如果以后我们有了女儿，她带了男朋友回家谈婚论嫁，你是什么感觉？”

贺知以稳了好几秒，唇动了动：“打断那小子的狗腿，看他还敢不敢娶。”

“……”程只只破涕为笑，在他胳膊上拧了把，“我严肃着呢！”

见她笑了，他的神色缓了许多，才正经回答：“我看得出来，那个男人爱不爱我的女儿。如果是像我这样爱你，那一切好说，如果有半点退缩和懦弱，就不是打断狗腿这样简单了。”

程只只半信半疑：“那……我爸是……”

贺知以平静地接着说完：“看出来了我对你的爱不亚于他半分。”

程只只噤了声，看着眼前的男人用温厚的掌心轻轻揉着她的膝盖。十来分钟过去，被他焐在怀里的脚生了暖意，她踹了踹他的肚子，漫不经心道：“欸，你这儿还挺硬，几块腹肌？”

贺知以一声闷哼，握住她的脚掌，声音有些压抑：“别乱踢。”

程只只再钝也懂了，这下不敢动了，缩回被窝里盖好棉被：“那什么在我家呢你忍忍吧！”

惹了事就变乖是程只只惯用的招数，贺知以脸色如常：“你睡，我再给你揉会儿就走。”

“嗯。”她哼了声，不用他说，已经在半醒半梦间了。也不知睡了多久，程只只感觉有个湿漉漉的东西在自己嘴唇上游移，弄得她呼吸困难，细闻是熟悉的气味，她也就懒得睁开眼由他去了。腻歪了会儿，她推推埋在她颈窝的头，迷迷糊糊道：“还不走呢？天都亮了。”

贺知以撑在她上方，难得一见地耍赖：“没你我睡不着。”

很多细节，贺知以都瞒着，程只只不知。她困得很，即将睡过去前说：“哼，谁信呢！”

天蒙蒙亮时，贺知以回了美科郡，奔波了一整天，躺下却毫无睡意。他翻了个身，身侧空空的，又辗转了会儿，他拉开抽屉底层，翻出了闲置许久的安眠药，吃了两粒才勉强睡着。

窗帘拉着，屋内漆黑，分不清白天黑夜，但贺知以的睡眠浅，一有动静，他就醒了。

习惯性地唤：“只只？”

“是我，”许女士口气不和善，走过去撩开窗帘，唰啦一声，白光进来，正好是大中午。

许女士责备：“去了程家也不回个电话，害你爸和我担心了整夜，吃闭门羹了？唉！”她语重心长，“我和你爸商量了，你和爱的人结婚，我们不反对。你和只只的关系特殊，而你程叔向来是个行得正坐得端的人，你娶只只，是我们对不住程家。”

贺知以没说话，靠在床头听。

“只只这姑娘啊，她打小我就喜欢得紧，开朗、活泼，又喜欢笑，和你这寡淡的性格正好互补，我和你爸细想了，你们俩在一起，撇开这层关系不说，肯定是极为合适的。所以，我和你爸这张老脸不要也罢，明儿个我们就登门请罪，你程叔或许还会心软，给你个机会。”

贺知以动了动唇，不紧不慢道：“程叔已经答应了，你准备好镯子就行。”

许女士喜形于色，表情立马生动了：“哪只镯子？只只喜欢哪只？你要不带她来家里选。”

贺知以忍俊不禁：“爸送你的那只，你在宴会上说传媳妇不传儿子，只只垂涎好多年了。”

许女士高兴得拍掌：“那你赶快起啊，跟我去商场提点礼品，今晚咱两家约出来吃个饭。”

程家一家赴约，一见面，许女士的眼眶立马红了，做父母的，明白生养不易，而且以程臻业的脾性，他定是下了天大的决心才答应这门婚事。她拉着安秀的手：“我们一定好好待只只。”

安秀叹息一声：“只要只只幸福就成。”

程只只听了心里不是滋味，这顿饭也吃得索然无味。

不多时，贺知以看出了程只只的情绪，牵起她的手，和长辈作别：“我带她出去透透气。”

贺知以和程只只在两边大人目视下，十指相扣，出了包间。这就是所谓的恋爱特权吧！

“拉我出来干什么？”程只只问。

贺知以搂着她：“我害怕你一不开心就说不嫁了。”

程只只的表情稍有好转：“嘿，你别说，还真是我干得出的事儿。”

贺知以的脸色马上沉了，把她搂得更紧了：“你敢。”

程只只靠着他，声音软绵绵的：“婚礼等我研究生毕业之后再举行吧？”

贺知以低头，看着她，眉拧着，一副“你最好找个完美理由说服我”的模样。

程只只沉默了会儿，闷声闷气道：“这两年我想多陪陪老程和他媳妇，老程很舍不得我的，唉……”她长吁了声气，“我才发现自己都还没有孝顺过老程，没有陪他钓鱼下棋，没有带他出省游玩，甚至没有为他熬碗粥、泡杯茶。如果我就这样出嫁，他会很伤心，我也会的。”

贺知以端着不出声。程只只停下脚步，扯着他的衣摆：“老公，好吗？”

“……”这娇简直撒到某人心坎上去了。

程只只跳到贺知以面前，搂住他的脖子蹭：“我们是有证的，不是非法同居。”

贺知以扑哧笑了，接着又叹了声气：“你就是吃死了我拿你半点办法没有。”

程只只哧哧地笑，猛地跳起来，双腿盘住贺知以的腰，埋在他颈窝里笑：“你最好了。”

“那今晚回我那边？”贺知以凑在她耳边道。

程只只脸一热，挺实诚的：“好呀好呀！”

回了家，程只只进门直扑卧室，贺知以拿了睡衣要去洗澡。

程只只拿手托着脑袋，呈S造型躺床上，冲他娇媚道：“一起吗？”

贺知以眉峰一挑，这让程只只想到了什么，转瞬认输：“那啥，主卧卫生间小，两个人显得格外拥挤，影响你洗澡效果就不好了，我看我还是去客卧卫生间洗吧！”

贺知以往卫生间走：“婚房主卧卫生间大，以后有的是机会。”

“……”听得程只只后脑勺一凉。

卫生间传来水声，程只只趴在床头找皮筋，枕头被她掀到床中央，嘴里念念有词：“我明明就放在枕头底下的。”最后在床上没找着，她开始翻找床头柜，结果还是没找着，她正要关上抽屉，白色药瓶在眼前一闪而过，程只只的动作停住，犹豫了几秒，又拉开抽屉。

贺知以洗完澡从卫生间出来，就看见程只只捏着药瓶坐床上盯着他。

他料到了什么，擦着头发走近：“这药没什么副作用。”

“多久了？”他不答，她不罢休，“你吃这药有多久了？”

贺知以抿抿唇：“分手后的两年里断断续续在吃。”

程只只像被雷劈中，难以置信地瞪着眼睛，好一会儿，才试探着说：“因为我吗？”

贺知以没有否认，在她旁边坐下，把毛巾递到她手里：“嗯。”

程只只拿着毛巾，坐在床上一动不动。贺知以捏了捏她的脸：“头发还在滴水呢。”

程只只眼眶红红的，爬到贺知以身前，摊开毛巾盖住他的头发：“你怎么都不跟我说呢？”

“说了你就会回来吗？”贺知以的声音放得极轻，像风吹羽毛般。

程只只不擦头发了，坐在他腿上，绞着毛巾：“以后别吃药了。”

贺知以舒了口气，溢出的笑格外舒心，双手撑后边仰头看着她：“你在身边就不用吃。”

程只只不太明白。

贺知以也不再瞒了：“只只啊，我说你是我的宇宙，你信不信？”

程只只彻底愣住。

“我至今都在庆幸，你被我丢出门的那天，没有负气离开。”

“你没有出现的时候，我以为生命里只要有工作就够了，我可以在工作里获得金钱名誉、万人垂青，我可以活成行事果断、不受羁绊的贺知以，我认为这就是最成功的人生。”

“但你出现了，你领着我感受生活里的感动，春花夏雨，秋风冬雪，一点一点不足挂齿，却渗入人心的细节，很细很细，细到平时完全忽略。但突然有一天，你离开了，这些细微的东西织成一张黑色的大网向我撒来。我在毫无防备的情况下，被你一圈一圈地困住。”

“我开始想念你，无比想念，仅剩的那么点尊严又在告诫我活回以前的贺知以。身体驮着沉重的东西，我有时候会喝点酒，有时候通宵工作，困得不行又睡不着的时候，吃点安神的药，也就养成习惯，扛过来了。这有什么好哭的？”贺知以淡笑，用指腹擦她的眼泪。

程只只“哇”地哭得更大声了，他只是轻描淡写，过程肯定比他说的难熬得多。

“以前你早上上学，会烧一壶开水，倒一杯在你自己的保温杯里带去学校，然后晾一杯在我的玻璃杯里，我起来喝的时候温度刚刚好。后来没有晾过的温水喝了，我又开始改喝冰箱里的矿泉水，完了之后胃绞疼。还有很多这样的细节，全都是在你离开后，我才意识到，你的无孔不入，钻进了我的每个细胞。”

程只只搂着他的脖子哭，她实在是替他委屈，把软肋露给她看的贺知以太令人心疼了。

“好了，别哭了，”他亲了亲她的眼泪，“现在有你陪着就不用吃药了。”

程只只抽泣了一会儿，才哼哼唧唧道：“对不起啊贺知以，我都不知道。”

“没关系，”他抱着她，“我说这些，其实只想让你知道，我好爱你。”

程只只嘴一撇，像又要哭了：“以后我不会让你胃疼了，也不会让你睡不着了。我给你熬粥、炖汤，没课就给你送饭。我不熬夜玩手机了，十一点准时睡觉……”

贺知以听着她的语无伦次，只感觉被温暖包裹：“只只。”

“嗯？”她停下来，盯着他。

贺知以噙着笑：“没事，我就想喊喊你。”

程只只带着哭腔喊：“老公。”

贺知以心尖一颤，嗓子有点发紧：“嗯？”

“没事，我也只是想喊喊你，”她再次扑进他的怀里，抱得紧紧的，“你才是我的宇宙。”

爱的人在身边，我一喊，你就应，没有哪种形式的爱，比陪伴在身边，更温柔入髓的了。

【小剧场1】

情人节这天。

贺知以带程只只去吃私房菜，别具特色的小院里，程只只大快朵颐。

突然，贺知以眉一蹙："把你的手伸过来我看看。"

程只只头皮发麻，伸了左手过去。

贺知以抬抬下巴："另外那只。"

程只只认命地把右手伸到他眼前。

两秒后，贺知以的脸黑成炭，抓住她爪子中的无名指："这什么？水钻？"

程只只干笑："这可比水钻贵呢！"

贺知以冷冷问："戒指呢？！"

程只只蔫了："弄丢了。"

"什么时候？"

"上上周。"

贺知以抱臂："你行啊你程只只，戒指丢了瞒着不报，还买颗假的鱼目混珠，今天要是我没发现，你难不成准备一直在我眼皮子底下戴着这颗水钻？"

程只只本来理亏，不想和他叫板，但贺知以语气一重，她就觉得委屈："我又不是故意的，这还在外面呢你嚷嚷什么啊！你当初买戒指的时候又没带我去选，戒指戴起来写字不方便，写作业的时候把它取下来放笔袋里了，也不知道怎么就不见了，我也不想的啊！"

程只只把筷子一放："我不吃了，你说，戒指多少钱，我赔给你。"

贺知以太阳穴突突跳："这不是重点，算了，先吃饭，戒指的事回家说。"

程只只站起来，把书包往背上一撂："情人节还骂我，我才不跟你过，我要回老程那里！"

"我……我我没骂你。"贺知以有点慌了，赶紧起来追她，结果人已经跑出去上了出租车。

贺知以开车一路加速，才在小区门口堵到程只只，情人节吵架闹到她爸妈那儿去，这婚礼怕是要无限延期了。贺知以拦在程只只面前，口气缓和不少："好了，别闹了，跟我回去。"

程只只躲开他的手："我不。"

贺知以跟她拗着："乖，听话。"

程只只冷哼，抱臂把头拧向一边："那你求求我，我就跟你回去。"

贺知以不说话，程只只感受到气压低迷，抠了抠鼻梁，试图给自己找台阶下："那你道个歉吧，这总可以吧，你刚才那么凶，都把我给吓着了。"

贺知以突然弯腰，把程只只扛在了肩头。程只只嗷嗷叫，四肢拼命挣扎，却徒劳无功。

贺知以扛着她往停车的方向走去："我倒要看看，今晚是你求我，还是我求你。"

【小剧场2】

贺知以精心准备的婚礼、蜜月，被湛河截了胡，气得他在家暴走。

程只只吃着车厘子，不急不缓："怀孕这个东西，谁算得准呢是吧？你不要过于计较。"

"亏他还是医生，"贺知以咬下她喂的车厘子，"基本安全常识都不懂！"

程只只咯咯笑："还不是想娶尤然想疯了，迫不得已逼然姐就范。"

贺知以还是替自己可惜，湛河此时正在享受的蜜月，全都是他花了心血为自己准备的。

程只只看出了贺知以的小情绪，小手向他腰间伸去，想做点其他运动让他消消火。贺知以的怒火有所缓解，按住她的手往身上带，正浓情蜜意时，程只只手机响了。

"不管它。"贺知以拽回她的手，声音暗哑。

程只只看到来电人是尤然，推了推贺知以："这时间点肯定有重要的事情。"

贺知以神色一凛，头往后仰闭上眼，等她接电话。程只只一手捏他的下巴，一手接电话。

尤然问些有的没的："只只我那件防晒衣你当时见我有装进行李箱里吗？"

程只只好脾气道："在银灰色那只行李箱里，你找找。"

"噢，我看见了，爱你哟！"挂断电话。

程只只把手机扔回桌上，支起上身搂住贺知以的脖子，正当两人吻得七荤八素时，贺知以手机响了，是湛河。他的鼻息都不太稳了，正要掐掉被程只只拦住："接吧，万一有事。"

贺知以清了清嗓子，按下接通键："说。"

"听说你从法国运了支红酒过来，藏哪儿的？"湛河语气轻盈。

贺知以咬牙切齿："酒柜第三层左数第二格。"完了，立马挂断电话。

这下世界终于清静，两人调整姿势，慢慢进入正调，一时间，气氛旖旎，充斥着喘息声。

书房座机响了起来，要命似的，贺知以提了口气，狠狠地看向罪魁祸首。

扰得程只只无心继续，从他怀里出来："接吧！"

贺知以大步流星走进书房："说。"

还是湛河，殊不知电话这头的濒临爆发："你和只只的手机怎么关机了？"

贺知以忍他："说重点。"

"尤然说她的包忘带了，让只只明早帮忙寄一下，她说只只知道是哪只包。"

"……"贺知以脸部肌肉抽搐，"湛河，今晚你要是再敢打电话过来，我就让你回不了国。"

番外（二）

他真的很喜欢你——湛河 & 尤然篇

尤然举着验孕棒，两道杠。

她脑子里出来个滚动屏：玩大了玩大了玩大了……

她首先没给孩子的爸打电话，而是打给了好姐妹程只只：“如果意外怀孕，你说咋办？”

“生下来呗，不然你想咋办？”听到这儿，尤然马上挂断电话，她二十八未到，正值妙龄……

湛河的电话打断她的思绪，她居然犹豫了，接还是不接，最后还是接了。她还没说话，他就在那边激动了：“你在家里的吧？你别乱动啊，我马上过来，然然你等着我啊！”

尤然一下子平静下来，恢复理智在线的尤然说：“正好，我有话要跟你讲。”

挂了电话，尤然光着脚从卫生间出来，摸了摸肚子，又走去鞋柜处穿了双拖鞋。

她坐在沙发上，陷入沉思，这个孩子来得太意外了，截至此时，她还接受不了。

半小时后，湛河冲进来，在她面前蹲下，侧耳俯身去听她的肚子。

尤然拿指尖推开他的头：“这么小听得到什么？”

“听得到，听得到。”湛河非要抱着她的肚子听。

尤然不再阻止他，静静地看着他。她看得出来，湛河很喜欢这个意外，对于他来说，应该是礼物。尤然动动唇，明明是想说什么，过了好一会儿，终究什么都没说，再等等吧，她想。

“我当爸爸了。”湛河忽然昂起头来，眼里的欢喜，尤然从未见过。

尤然一下子鼻酸，眼泪几乎快涌出来，她强忍着别开脸不去看湛河。

“下午我们去医院，去看看我们的宝宝，好吗？”湛河盯着她，眼底光芒万丈。

尤然顿了顿，还是点了头。

“湛医生，恭喜你，宝宝非常健康。”照B超的医师道贺。

尤然半撑着身子坐起来，看到屏幕上小小蠕动的血球，她的心猛地颤了。

湛河扶着她，接过递来的报告，连连道谢。尤然从他手里拿过报告，一直看着，不说话。

湛河搀着尤然出检查室，尤然推开他的手臂：“不用这样，又不是快生了。”

湛河不肯撒手，让她在过道座椅上坐下，自己蹲在她跟前：“反正你可不能出丝毫闪失。”

尤然的目光在湛河脸上一寸一寸地移，她看了他好久，才下决心：“这个孩子我不要。”

湛河的笑一点一点消失，好半天讲不出一个字，如同在暴雨里走了一遭。

过道路人往来，大多是孕妇，由丈夫挽着，和和睦睦，候在过道里等待做检查。

“为什么？”他艰难地挤出三个字。

尤然也好受不到哪儿去，但她理性抵过感性：“因为很多东西，湛河，我——”

湛河忽然起身：“尤然，有人说过你的心真的很狠吗？”说着，他丢下她，独自走了。

经过妇科楼层的手术室，室外坐着几位脸色惨白的孤身女性，看上去像是才刚动完手术。

湛河看了看手术室大门，咬着牙。把尤然一个人留在这地方，他真怕她又想通什么东西，挂个号就把孩子拿掉。想到这里，他又原路返回，尤然看着又回来的男人，生着气把脸别开。

“我送你回去。”

“不用了，”尤然起身，“我有脚。”

论说风凉话，湛河没赢过，他脸一沉：“尤然。”

这语气，是要动真格的前兆，被喊的人盯着别处：“走吧！”她先溜了。

车上，谁也没说话，周围笼罩着低气压，就像夏日快要下雷阵雨的天气。

到了国贸公寓，尤然等了等，见湛河不准备说什么，她解开安全带要下车。

“你不要动他，我们都冷静冷静。”湛河突然说。

尤然一愣，脸色就更难看了，这话说得好像她是个蛇蝎女人似的，尤然大力甩上车门。

湛河连着好几天没出现，但每天都会托程只只给尤然送饭菜。

程只只到尤然的公司，把食盒放她办公桌上：“今天有鸡汤，湛河炖的。”

正在忙着签文件的尤然顿了顿，盖上笔帽：“他自己怎么不来？”

程只只耸耸肩：“你们的事，我哪儿知道。”

尤然端着碗喝汤：“他每天派你送饭，不就是为了确定我肚子里的毛豆是否安然无恙。”

“欸，”程只只打了个响指，“你知道就好。”

程只只蹲下，贴在尤然肚子上：“小朋友，你好呀，干妈又来给你送汤咯！”

尤然推开她：“喜欢就自己生一个，不要打别人家的主意。”

程只只趴在桌上，盯着尤然：“你可能自己没发现，尤然，你已经散发着母性光辉了。”她自顾自地说，“高跟鞋换成了平底鞋，”又揭开杯盖看了看，“咖啡也换成了纯牛奶。”

尤然沉默，过了好一会儿，才说出心声：“我爸只有我一个女儿，最近他在准备隐退，慢慢地会把公司交到我手里。换作你，你会在这节骨眼上生小孩吗？更何况，他只是个意外。”

“唉，”程只只明白好友的难处，“但是尤然，这就是人生啊！人生就是，它不会按照你安排好、规划好的路径进行，如果你让这颗毛豆离开，那他的意外就是没有了人生，有点残忍了。你好好和湛河谈谈吧，很多东西都是可以商量的，不是非得失去才能成全。”

尤然垂着眼想了会儿，只只说的，都有道理，她点点头：“让我想一下。”

晚上，焰欲酒吧里。

湛河一副失足少男模样，指尖夹着烟，衬衣领口敞着，陷在卡座里。

贺知以和其他几个好友也不知该怎么安慰他，只好一个劲地陪他喝闷酒。

凌晨两点，湛河脚边的酒瓶子倒了一片，他站起来，歪歪扭扭的，说话大着舌头：“我要去找我的大宝二宝。”说着，他抓起外套和车钥匙，东倒西歪地往外走。

“我送你过去。”贺知以跟了上去。

车窗半开，吹了一路的冷风，湛河清醒了几分。到了尤然公寓楼下，他的气势消失不见。

贺知以不说话，等着他自个想明白，结果他来了句：“算了，不上去了。”

“……”贺知以下车，打开副驾驶的门，把湛河从座椅上拖了下来：“她可能也在等你。”

湛河叹了口气：“我害怕她一张口就是拿掉孩子，我还没想好怎么跟她谈，我害怕自己被她说服。”湛河的话有些断断续续，但都是他的心里话，“我拿尤然真的无能为力。”

“尤然要是被你拿捏得死死的，那她就不是你喜欢的尤然。”贺知以道出真理。

湛河分了几分钟的神，拔腿朝小区里走去。

孕妇感官敏锐，嗅到一点酒味，尤然就从睡梦中惊醒。

湛河趴在她床边，头发、衣衫凌乱，委屈巴巴地盯着她。

尤然一瞬间心软到不行，她哑着声音，伸手抓了抓他的头发：“喝酒了？”

湛河嘴角垂了垂，开始甩锅：“他们硬灌的。你睡吧，我去别的房间睡。”

尤然拽住他：“你为什么想要这个孩子？”

湛河想都没想：“因为这是我和你的孩子，因为他一半像我一半像你，因为他很珍贵。”

尤然起来，靠着床头，撇着嘴，不太开心的样子：“那你这些天都干嘛去了？也不来哄哄我。”

湛河搂着她：“我这不是怕你嫌我烦嘛！”感觉事情有转机，湛河埋在她的颈窝里，轻声哀求，“留下他嘛然然，和我结婚吧然然，我会好好爱你们，我会尽全力保护你们。”

尤然紧抿的嘴终于开口：“好。”

湛河身形僵了一瞬：“你说什么？你再说一遍。”

尤然动了动唇：“我说好。你快去洗澡，一股酒味，臭死了。”

湛河赶紧起身：“你睡觉，好好睡，孕妇不能熬夜来着，亏我还是医生。”

尤然躺回了被窝里，听着外面的水声阵阵。没一会儿，湛河鬼鬼祟祟进来，在床另一侧躺下，小心翼翼地抱着她。尤然闻到熟悉的味道，往湛河怀里拱了拱，他暖和的大手抚上她的肚子，自言自语：“小东西，这几个月不能欺负你妈妈哦，不然等你出来看我不收拾你。”

尤然合着眼：“你不要吓他。”

一股热流涌上湛河的眼眶，他亲了亲尤然的额头：“谁都不能欺负我的大宝。”

后来，程只只问尤然，怎么一夜间想通了。

尤然脑子里全是这天晚上，湛河说的“因为是我和你的孩子，因为他一半像我一半像你，因为他珍贵”。他的眼眶红红的，头发乱糟糟的，卸下了平日里所有的伪装，尤然之前的顾虑都没能抵过“他会是个好爸爸、好丈夫”的念头，那一刻，她特别想为他生下这颗小毛豆。

她不似只只从小在蜜罐里长大，她从知事起就规划好了人生，她要挑起的担子，很重很重。湛河是意外，肚子里的小毛豆是意外，她的犹豫，不是不爱，反而是太爱。害怕自己无法兼顾，害怕自己分心酿成大错。但就像只只说的，人生不会分毫不差地按照规划进行。

那就欣然接受吧，尤然想。和湛河结婚，生下这颗小毛豆，然后努力接手爸爸的心血。

湛河抢了贺知以的婚礼，还让人家给他做了伴郎。

尤然已经怀孕一个多月，三个月就会显怀，准备时间紧迫。

当他一筹莫展之际，他忽然想到，贺知以的婚礼不是在下个月吗？他兄弟贺知以办起事来何等的缜密啊，胜过市面上任何一家婚庆公司，他贺知以筹办的婚礼，他放一百个心！

于是某天，湛河拎着礼品去了贺知以的家，程只只也在。饭桌上，他说出这个大逆不道的想法后，贺知以一副“你想死吗”的表情，程只只皱着眉：“我们没关系，你们先结吧！”

湛河差点没给程只只磕头。

“不行，我不同意。”贺知以犟着。

程只只宽慰他：“湛医生情况特殊，再拖一阵，然然就没办法穿婚纱了。”

贺知以不服气：“那你知道这场婚礼我花了多少心思吗？这说让就让，我上哪儿说理？”

程只只力争：“大不了我们的婚礼我来筹划。我觉得我老家镇上河边就挺不错，山山水水，风景优美，草坪还是天然的。办流水席的厨子做的饭菜也好吃，不比你选的五星级酒店差多少。”

“……”贺知以认命，“算了，婚礼借给他们用，我们的婚礼还是我来筹办。”

湛河悄悄给只只竖起大拇指，程只只接收到夸赞，冲湛河会心一笑。

湛河恬不知耻：“既然这样的话，送佛送到西，兄弟把伴郎一职也揽了？”

程只只兴奋：“太好了，我要做伴娘！”

湛河拍手叫好，这下，贺知以不答应也得答应了。

番外（三）

忘在往年的艳阳天——任行篇

任行当年就去了波士顿。

离开那天在机场，程只只和尤然来送他，往常走到哪儿都是玩笑声的三个人异常沉默。

机场亮堂堂的，往来人流映在地砖上。三人并排坐着，谁也没说话，看上去莫名悲伤。

“不至于吧？”尤然打破沉默，“搞得像上刑场一样。”

程只只偏头看了看她：“擦擦你眼角的液体再说这话吧！”

尤然“啧”了声：“不带你这样拆台的啊！”

任行在旁看着，虽笑吟吟的，但眼底没有神采：“你俩有空来美国找我玩啊！”

尤然点点头：“那肯定的，今年圣诞打算过去玩，只只你呢，你去不去？”

任行的目光落在程只只脸上，她“嗯”着想了会儿：“我应该去不了，他年底会很忙。”

任行的眼皮颤了颤，顺着说：“说话算话啊尤然，等着你捎火锅底料过来。”

尤然抛了个媚眼：“美女从不食言。”

三人你一言我一语地闲聊，约莫半小时过去，航班滚动屏上出现飞往波士顿的登机信息。

这下任行真的要走了。

前面再多轻松的铺垫也掩不住该来的沉重。

他起身：“就到这里，不要送了。”

程只只坐着，光照下来，睫毛在下眼睑落下影子。“任行，”她抬起眼，“祝你一路平安！”

任行别开眼，才应了声："嗯。"又道，"再见啊只只。"

程只只不住地点头，额前的碎发跟着动作有些扫眼睛："再见。"

任行挥挥手，转身走进登机口，再没回过头。

机场人流的步伐匆忙，成簇的人群聚了又散，回响在耳边的永远是鞋跟敲击地砖的声音。程只只静坐了好一会儿，被身旁的尤然推了推："我们回去了吧？"她点点头，刚要走时，休息室的工作人员突然递了个小盒子给她："进去那位先生交代，等飞机起飞让你把这个丢了。"

程只只道了谢，盯着小盒子看了会儿，才打开——

是从包装袋上裁下来的一小块。

印刷着一句彩色广告词：实现你的愿望。

这是好多年前，高中时候，程只只敷衍任行的生日礼物。

那天，才考完试，结业考试，挺重要的，所以程只只那阵子的重心全扑在这考试上，老早前任行话里话外问过她会送什么礼物，都被她一句"你到时候就知道了"给打发了。

结果到生日那天，任行装作不经意伸手要礼物时，程只只愣了愣，"啊"地恍然大悟，只见她把中午吃的火炬冰淇淋包装袋摸出来，将包装袋上的广告词"带动你的味蕾，实现你的愿望"平铺在桌面上，当着任行的面拿小刀将后半句裁了下来。最后得意地递给他："好好收着啊！"

任行当时拿着这略显滑稽的生日礼物，问她："什么愿望都可以？"

程只只扬声"嗯"："我什么时候骗过你？"

他脸上的阴霾一扫而光，还傻乐着问她："想吃什么？我请你。"

后来，任行没再提过这事，程只只也完全抛诸脑后。

现在突然出现，程只只半天回不过神，那些存了好久的小心思，她最终还是让他失望了。

程只只很难过，是替任行难过，她不值得的啊！

"走吧！"尤然在旁说。

“嗯。”程只只盖上盒子，路过垃圾桶时，把盒子放了进去。“哐当”一声响，归于平静。

关于暗恋，关于喜欢，能藏得住，但藏不久，所有都只能到这里了。有没有遗憾？当然有的啊，青春那些年留在岁月里的心动，是后来一想起就会叹气的惋惜，是无论怎样努力都无法实现的另一种人生。时间推着他们前行，希望再回头看时，多的是释然，少的是耿耿于怀。

当年的除夕任行没有回国过年，一个人待在波士顿的大房子里。一月的波士顿冷成了冰窖，窗外的雪纷纷扬扬，搭在青松上，露出尖尖的树顶，没一会儿，视线所及全被白雪覆盖。

任行今天难得清闲，泡了杯美式，窝在沙发里浏览新闻。

一通电话的来电显示将屏幕占据，他接起，对方是关系较好的同学：“喂，任行你没事帮我去机场接个人，是我在国内念本科的学妹，我这不突然有事走不开，航班和电话我短信发你啊！”

“我有事——”没说完，电话被挂断，再拨过去那边直接提醒无法接通。

任行气得咬牙，抓起车钥匙，套了件最厚的羽绒服出门。

机场只有稀稀疏疏几个人，大屏上滚动的航班信息也没几条，任行盯着看了会儿，没有好友发来的航班号，正要翻开短信打电话时，手机先响了。

“喂？”他接起，声音有些冲，听起来除了冷就是不耐烦。

那边闷了会儿，才犹犹豫豫讲：“是任行、任学长吗？我是巫黎黎。”

他“嗯”了声：“你在哪儿？”

那边又顿了会儿：“我应该在你身后。”

任行转身，巫黎黎也握着手机盯着他，一双眼睛黑白分明，不掺任何杂质。

“走吧！”任行错开对视的视线，独自往出口方向走。

他走得快，踩着风似的，巫黎黎拖着二十八英寸的行李箱，行走迟缓，没多会儿两个人便拉开了距离。

任行走到出口回头，巫黎黎大概挪了五十米，他再定睛细看，发现她的行李箱的滚轮坏了。任行在心里道了句麻烦，还是折返回去，夺过她的行李箱："拎不动也不喊，耽搁时间。"

巫黎黎低着头，什么也不说。

任行还想埋怨什么，见她一副唯唯诺诺的模样，把话收了回去："跟紧点。"

巫黎黎赶紧加快步伐跟上他。

这是任行第一次见巫黎黎，没什么深刻的印象，只记得这女孩儿胆小认生，其他再没有了。

两个月过去，这天，任行开车路过科普利广场，这里每天人群熙攘，知名或不知名艺术人士都喜欢在这里扎堆。等绿灯时，他打开车窗透气，无意看了两眼街道，就看见了巫黎黎。

她站在阶梯高处的平台上，一身轻盈的芭蕾舞服，肩头搭着小提琴，一边拉琴，一边小幅度舞蹈。吊带样式的舞服刚好露出她好看的锁骨，她的脚尖绷得笔直，轻踩在石板上，舞服上的蕾丝随动作飘扬，美妙的琴曲也从她手中的小提琴上传出，像只春天女神派下来消融冰雪的精灵。

"嘀——嘀——"后面的车发出催促的喇叭声。

任行提速继续行驶，却留心瞟了瞟后视镜，巫黎黎表演完了，但是那几个大汉却围着不走。

前面是弯道，拐过去便再也看不见后面，任行握着方向盘，车四平八稳地行驶在马路上。

下一个红灯，任行在白线前刹住，拧着眉看向车窗外，接机那天巫黎黎怯弱的眼神在脑海里一闪而过。他啧了声，骂了句脏话，猛打方向盘，从十字路口掉头往反方向行驶。

果不其然，那几个大汉待巫黎黎收拾好乐器，一路尾随，看样子是要伺机下手。

他掏出手机，想给巫黎黎打电话，让她就在原地等他，可电话被提示关机。

广场周围禁止停车，任行只能驱车慢速跟着，保持巫黎黎在视野范围内。

但是下一个路口，巫黎黎就转弯进了小巷，离开了他的视线，任行一掌击在方向盘上。好在这里他熟悉，绕过前面的建筑物就能靠边停车，然后他可以从巷尾进入小巷截住巫黎黎，可如果那几人按捺不住动了手……想到这里，任行急忙提速，驶离了主干道就将车扔在路边。

他疯狂奔跑，终于抵达巷尾，这里没动静，他想巫黎黎应该是被堵在了巷子里。

他疾步往巷子里走，巷子里岔路多，他不确信巫黎黎有没有走进岔路里。

一串鞋跟磕在地上的急促声，前方奔来一道白色身影，任行伸手一捞，将她揽在怀里。

巫黎黎喘着粗气，整个人在发抖，头撞在任行胸膛上，她闷闷哼了声疼。

尾随她的几个大汉衣着暴露，表情极其猥琐，骂骂咧咧的，骂任行坏了好事。

任行摁着巫黎黎的后脑勺，不让她回头看。他也不是好惹的主，向便利店门口的摄像头抬了抬下巴，用英语警告他们："已经拍到了你们的脸，如果不想吃官司，识相地滚。"

那几人也许是惯犯，见任行的模样有点能耐，只好作罢一步三回头地离了巷子。

人走远后，任行立马推开巫黎黎，她双腿发软，眼看就要倒向马路，又被任行一把拽回了怀里。

"站不稳？"

巫黎黎赶忙从他怀里挣出来，连连摇头："谢谢你！"

任行仿若未闻，转身走了，走出没多远，他又回头："跟紧点。"

巫黎黎咬着唇，不动。任行没好气："你是在等那帮人回来？"

她又是摇头，声音颤巍巍的："脚崴了。"

"……"任行无话可说，觉得自己就是没事找事、自讨苦吃，他回到她跟前蹲下，"上来。"

巫黎黎攀上他的背，在颠簸中睡着了，在他背上睡的这一觉，是她来美国后最安稳的一觉。

任行时常会想起这天，背上的女孩儿气息均匀，两根细白的胳膊绕着他的颈项，双手交握搭在他的胸前，随走路动作一起一伏的。这天，是春天快来的时候，是万物复苏的时候，任行身体里某种他认为已经干涸的情愫再次流动了起来，像春回大地般，慢慢地回归鲜活。

自那以后，巫黎黎再没出现过。

任行觉得蹊跷，之前两人就算不是同一所学校，但毕竟都是留学生，还是会在某些凑巧的场合上打个照面。可那天过去，巫黎黎就像是故意回避他似的，同他玩起了人间蒸发。

任行总结出三个字。

白眼狼。

实验室里，上次让任行去机场接人的同学也在，他闲聊似的提起："你那学妹最近忙吗？"

直男同学不是很懂："我学妹很多，你说的哪个？"

"……"任行愣是没好意思把巫黎黎的名字说出来。

下课铃响起，任行收拾桌面，直男同学的手机响起："喂黎黎，好好，我半小时后到。"

任行耳尖动了动，动作停了半秒，故意跟直男同学搭话："吃晚饭吗？我请你吃饭。"

直男同学已经收拾好了东西，看样子马上要走："今天不行，上回让你去机场接的学妹，刚才邀请我去他们学校参加聚会。你今晚有事吗？要是没事的话我们可以一起去。"

"没事啊！"任行耸耸肩。

直男同学突然想起来："教授让你赶的报告，不是明早就要交吗？"

任行一顿，轻松答道："早就写好了。"

谁又会想到，参加完聚会的某人，喝了整夜的咖啡，熬到天亮才完成报告。

巫黎黎没预料到会在聚会上碰见任行，这是附近几所大学组织的中国留学生聚会，为的是混个脸熟，以后遇到特殊情况能够相互交流。但巫黎黎觉得任行是不需要参加这种聚会的人。

她没有上前打招呼，反而往人后缩了缩。

任行是何等的眼尖啊，脸一下子就冷了。

她回避得明显，他就更不会倒贴。

这晚上，两人各在一方，明明都在计算着什么，却完全没有走漏丁点风声。

至少任行是彻底把没反应的巫黎黎当成白眼狼了，还是喂饱了穿暖了扭头就跑的那种。

聚会快要散场之际，其中几个模样漂亮的女孩儿向任行伸出橄榄枝，邀请他去别的地儿续杯。任行的长相和举止以及学历，都在众富二代当中排上等，经常会在聚会接收到粉红信号。但他通常都会拒绝，只是今天，他破了例，没拒绝，没接受，吊着人家胃口，自顾自往外走。

巫黎黎走在后边，离他几个人的距离，一直垂着头，也不知在想什么。

到了酒吧门口，漂亮女孩儿们围着任行，在等他的答案。

巫黎黎站在马路边，拿脚尖踩地砖间的缝。她学古典乐的，散发的气质与那几个漂亮女孩儿完全不同，她有点像檀木，乍一看沉沉闷闷的，多看几眼便能发现她身上的韵味。

“走嘛，再去坐坐嘛！”一女孩儿扯了扯任行的衣摆，看样子是要动手动脚了。

任行瞟了眼马路牙子上的“木头”，“木头”毫无反应，甚至像是在等其他男孩送她回家。任行觉得自己使的这招隔空打牛失败了，正想拒绝这几个女孩儿时，“木头”竟不负他望——

“他不去。”

漂亮女孩儿们你看看我我看看你，尖声道：“你谁呀？有你什么事呀？”

巫黎黎语塞，唇动了动，又不知该反驳什么，最终做回了木头，什么都没说。

“我不去，”任行说话了，漂亮女孩儿们十分尴尬，他看向巫黎黎，“送你回去，跟紧点。”

巫黎黎不远不近地跟在任行身后，过了十二点了，街上人不多，偶尔有醉汉经过，走在前方的任行会回头看看她。两人什么交流也没有，一前一后走到停车场，先后拉开车门上车。

“躲我？”任行系上安全带时突然说。

巫黎黎虽然反应慢，但还是会透过现象看本质：“你怎么知道我在躲你？”

任行停下动作，气定神闲地盯着她。巫黎黎默默垂下头：“我没有躲你。”

这回答似乎挺让任行满意，他拧动车钥匙，引擎“咔嚓”着了：“你真当我眼瞎了啊？”

“我只是觉得自己好像总给你带来一些麻烦，我也不想的，但一碰到你，麻烦就会发生。”

她垂着头，抠着手指甲：“所以我尽量不出现在你周围，这样，你就不会……烦我了。”

任行“哦”了声，专心开车，目不斜视。

车厢内陷入沉默，一道接一道的光划过。

车在巫黎黎公寓楼下停住，她小声道了句“拜拜”，解开安全带就下车了。

“你不要恶意揣测别人的心理。”任行模模糊糊地道了句，就开车消失在夜里。

巫黎黎在原地杵了好一会儿，认真揣摩他的话，不要恶意揣测别人的心理，意思就是她恶意揣测了他的心理？换句话说就是他没有觉得她烦？巫黎黎突然笑了出来。

之后，二人之间似乎又没了动静，跟普通朋友似的，没有疏远，也没有靠近。

一个晴朗天，互相认识的朋友吆喝去任行家BBQ，因为他家是大别墅，有院子。

巫黎黎也在其中，他家院子打理得很漂亮，有草坪，有花丛，一行年轻人玩得不亦乐乎。

就在这时，任行的手机来了视频电话，巫黎黎的目光黏了过去，是个非常耀眼的女孩儿，笑起来眼睛里像有碎星子，让人挪不开眼。任行亲昵地唤只只，还悉数分享近来发生的趣事。

巫黎黎安静了下来，随后她接了个电话，学校临时有事，召她回去。

她松了口气，暗自感谢这个及时的电话，拿好包包要走。

“我送你，”任行起身，视频那头的只只笑道，“你送谁呀行哥？”

巫黎黎有种被凉水浇透的感觉，撂了句“不用了”，拔腿跑了。

任行看着她跑的身影：“送一只白眼狼。”也不知是在回答程只只，还是别人。

任行不知道怎么回事，巫黎黎对他客套了起来，也不算冷战，就是过分客气，像是故意的。

就好比昨天，巫黎黎的学校举行了音乐会，她任小提琴手，结束时，他为她献上鲜花。

她只是淡淡扯了扯嘴角，算是笑了：“谢谢学长！”

任行一愣，再抬眼她竟别过脸和钢琴手聊了起来。

任行不是硬要热脸贴冷屁股的人，他双手抄进西装裤口袋里，这时正好一名身穿礼服的女孩儿递了杯香槟给他。任行接下，向女孩儿抬了抬杯，示意碰杯。他回身，身后的巫黎黎不知所终。

两人空闲时间依旧会打电话，你一言我一语，说些鸡毛蒜皮的小事。

谁都没有往深处问，谁都不敢向深处问。

第二年冬天，世界暴发了一场疾病，人见人都躲着走，到处人心惶惶。

那些天任行闭关在家里做科研报告，得以见天日时，药房的口罩、超市的必需品被抢购一空。他拍了张空空如也的冰箱，发在了社交软件上，附上“口罩没有，吃的没有”的文字。但好在他有囤速冻食品的习惯，想起后他随即拉开冰箱下层，撕了袋速冻饺子放锅里煮上。

约莫半小时过去，任行消灭完饺子正准备回卧室，门铃突然响了。

像是平静天空忽起惊雷，任行惊诧地盯着那扇门，不会是巫黎黎吧这个念头跳了出来。

他拧动门把，门外的人戴着口罩，拎着两大购物袋，碎发散乱遮着眼睛，一副风尘仆仆的模样。门口刹着辆二手福特，车门半开着，副驾驶上还放着大包小包东西。任行想帮她。

“你别动！”巫黎黎制止他，“你没有做防护，出门可能会感染的，东西我自己来拿。”

她连着跑了两趟，才把东西全部拿进屋里。任行在旁看着，表情没什么变化。

“这些是食物，够吃两周，那些是消毒药品，还有这个，是口罩，二十个，我只有这么多了，”巫黎黎清点好，转过身时，发现任行正盯着自己看，用那种魅惑人心的眼神。

巫黎黎指了指门外：“那我就回去了。”

任行把刚报道的新闻给她看：“已经封州了，你回不去了。”

“……”巫黎黎呆住，脸上写着大大的“怎么办？”

任行反手一钩，大门关上，他还拿钥匙把门反锁了一遍，然后钥匙被他紧紧捏在手心。

动作熟练，像是“惯犯”。巫黎黎发蒙，嘴微张着：“你这是做什么？”

任行逼近她：“巫黎黎。”

她退不了，后面是墙：“嗯？”

他目光下垂，盯着她的唇：“聊聊？”

“啊……好。”巫黎黎忽然抬眼，正视他的眼睛，“程只只是谁？”

任行的睫毛颤了几颤，但也没有瞒她：“曾经喜欢过的人。”

巫黎黎眼里的光猛地暗了下来，她慌忙撇开脸，能被他喜欢的人，肯定是特别难忘的人。

“我说过不要恶意揣测别人的心理，”任行声音沉了些，被看穿的巫黎黎有些惧，连呼吸都压制着，他犯难地泄了口气，“巫黎黎，你想问，为什么不问我，为什么光靠脑补？”

巫黎黎抿了抿唇，几乎脱口而出：“那你现在还喜欢吗？”

任行一震，沉默了几秒后道："因为你出现了。"

巫黎黎回不了公寓，只好在任行家里住了下来。

本来够一个人吃两周的食物，有了两个人之后就只够吃一周了。

于是，巫黎黎开始在任行的院子里种葱、种蒜苗、种小白菜，以及一切能生根的东西。

葱鹤立鸡群，没过几天，秃秃的葱头长出了绿绿的嫩苗，巫黎黎一把掐来煎成了葱油饼。

两个人就着牛奶吃葱油饼，巫黎黎说："冰箱已经吃空了，所以今天必须去一趟超市了。"

任行随口道："不用，你列个清单出来，我叫人送过来。"

巫黎黎笑道："超市里的必需品抢都抢不到，才不会送货上门。"

任行翻找通讯录："那如果超市是我家开的呢？"

巫黎黎的笑容僵在脸上，脑子里的情节倒回几天前，想通后，急眼了："任行！！你骗我？！"

任行无辜："我没有啊，发在社交软件上的照片都是真的，只是你，过度解析了而已。"

巫黎黎拿出家里唯一一个土豆，任行疑惑："干什么？"

"这几天我省吃省喝，为的就是食物能多吃一天，现在我要把这个省到最后的土豆种了，让它结出一窝土豆。"说着，巫黎黎拿了铲、水壶，气冲冲地去了院子她开垦的菜地里。

任行坐在餐桌前，看着院子里的人忙碌着，陡然生出一股子心安。

他发在社交软件上的照片，实际上，确实有试探巫黎黎的意思，但他没抱希望。

结果她来了，冒着生命危险，像逆流而行般，像命运降临般，朝他奔来。

他不是没有心的。

以前，他以为自己失去了重新喜欢的能力，到现在，他才悟过来，只是她还没出现而已。

有时候对一个人的执念，会在一个瞬间突然释怀，也许是有新的人出现，也许就是眨眼间幡然醒悟。没有什么值不值得，当时因为喜欢你，只是因为喜欢你，不喜欢了，也自然。

THE END